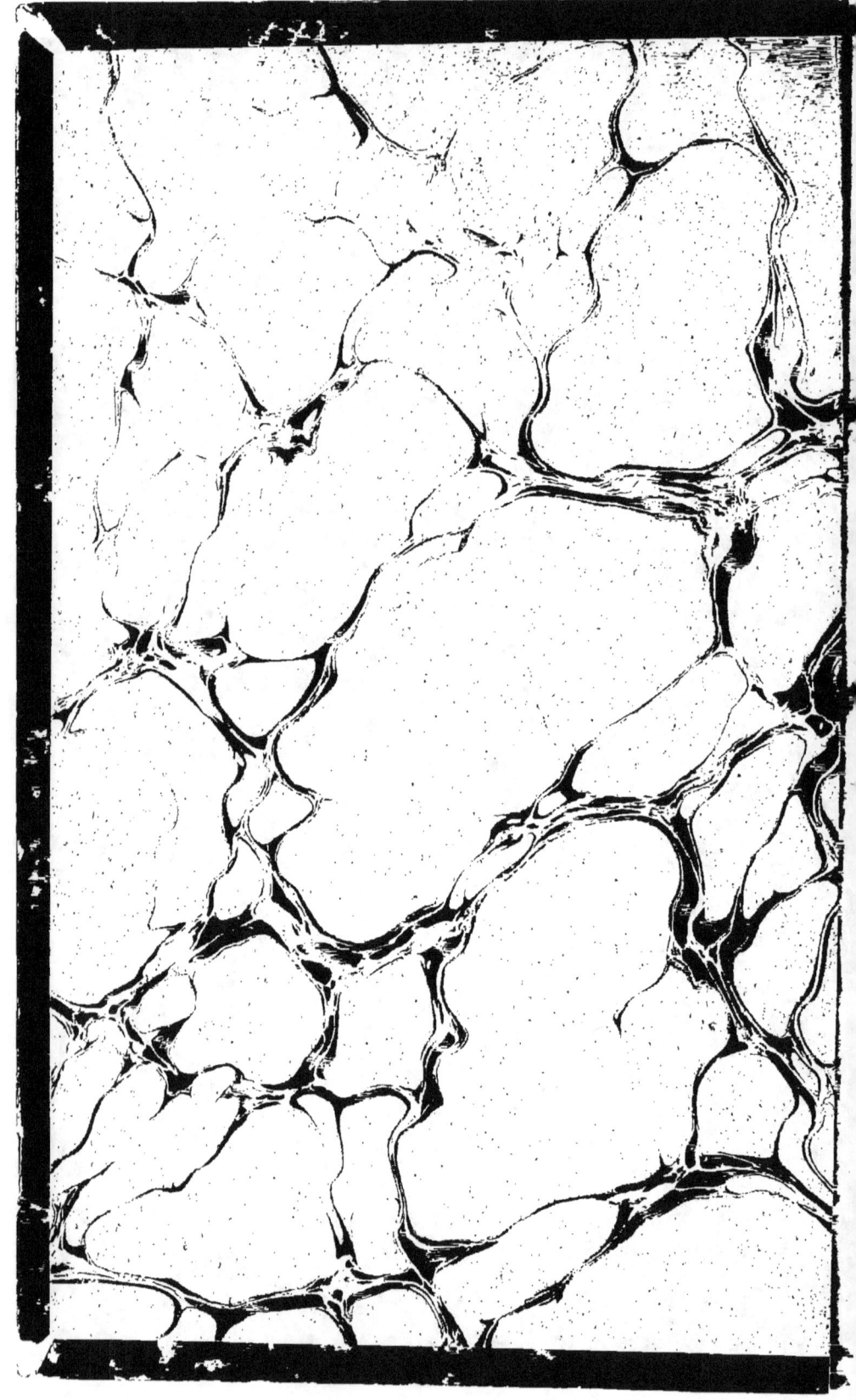

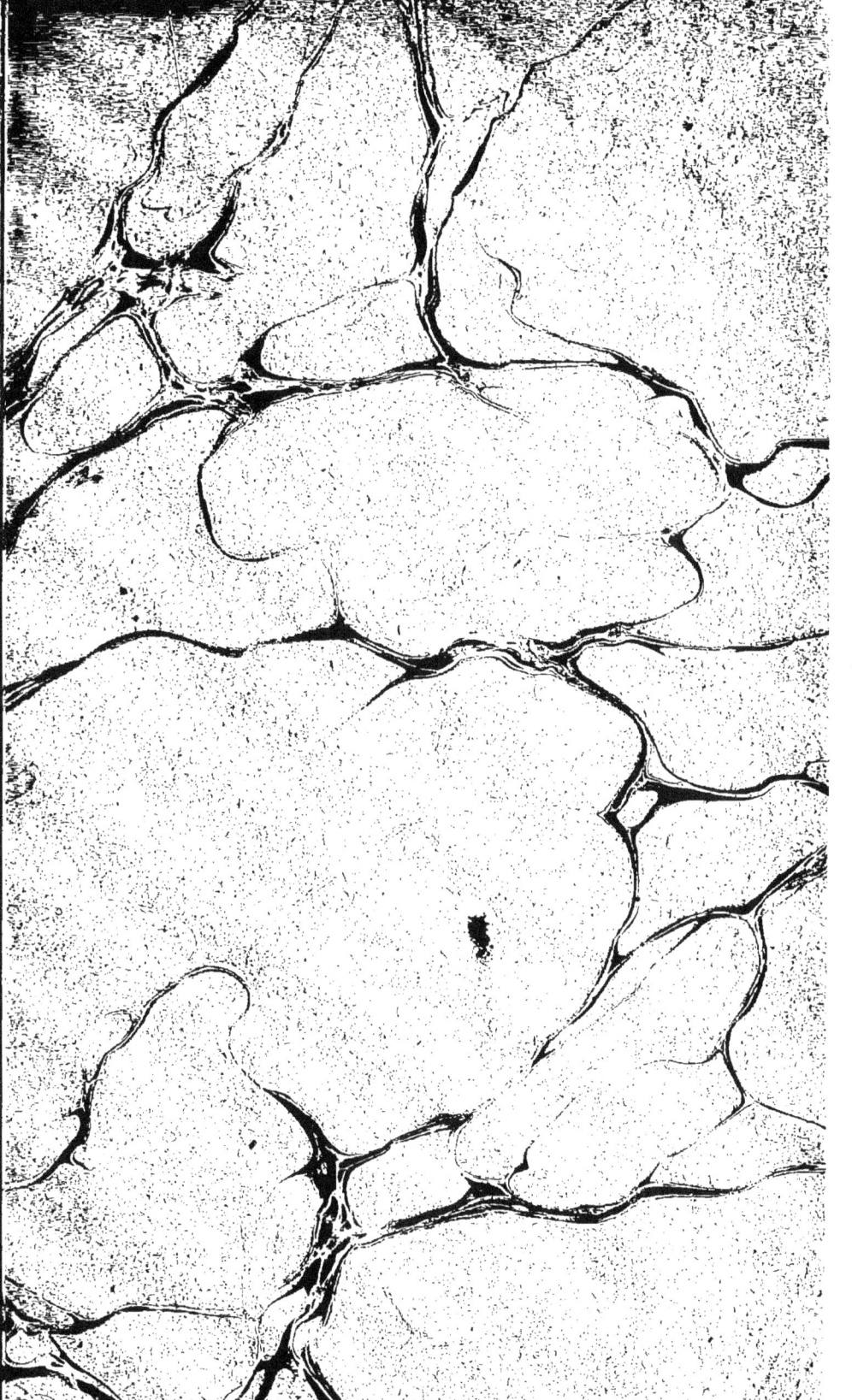

LES GRANDES AVENTURES

LOUIS BOUSSENARD

LES ROBINSONS

DE

LA GUYANE

PREMIÈRE PARTIE

LE TIGRE BLANC

PARIS

GEORGES DECAUX, EDITEUR

7, RUE DU CROISSANT, 7.

1882

PREMIÈRE PARTIE

LE TIGRE BLANC

ÉVREUX, IMPRIMERIE DE CHARLES HÉRISSEY

LOUIS BOUSSENARD

LES ROBINSONS

DE

LA GUYANE

PREMIÈRE PARTIE

LE TIGRE BLANC

PARIS

GEORGES DECAUX, ÉDITEUR

7, RUE DU CROISSANT, 7.

1882

LE TIGRE BLANC

CHAPITRE PREMIER

Un orage sous l'équateur. — L'appel des forçats. — Trop
de zèle. — Aux armes! — L'évasion. — Les « Meurt-de-
faim ». — Les chasseurs d'hommes. — Il y a fagot et
fagot. — Entre chiens. — La forêt vierge la nuit. — La
proie et l'ombre. — Tigre moucheté et *tigre blanc.* — Mauvais coup de fusil, mais superbe coup de sabre. — Vengeance d'un noble cœur. — Le pardon. — Libre!...

Les arbres géants de la forêt équatoriale se tordaient sous la rafale. Le tonnerre grondait furieusement. Les éclats de la foudre, simultanément
sonores ou étouffés, brefs ou prolongés, secs ou
crépitants, bizarres parfois, terribles toujours,
semblaient se confondre en une seule et interminable détonation.

Du Nord au Sud, de l'Est à l'Ouest, s'étalait, à

perte de vue, au ras des cimes, une immense nuée
noirâtre, bordée d'une sinistre bande cuivrée. Des
éclairs aveuglants, affectant toutes les formes et
toutes les couleurs, mêlés dans une colossale ful-
guration, s'en échappaient comme d'un cratère
renversé.

De ces vapeurs trop lourdes, qu'un implacable
soleil avait fait surgir d'insondables marais et de
solitudes inexplorées, roulaient de véritables trom-
bes. Ce que nous nommons en Europe des gouttes
de pluie, semblait de larges coulées de métal en
fusion, à travers lesquelles se réfléaient étrange-
ment les éclairs.

Les feuilles tombaient, hachées comme par un
ouragan de grêle, mieux encore, comme par des
millions de jets de pompes à vapeur.

De temps en temps, un acajou énorme, l'orgueil de la forêt vierge, s'abattait lourdement;
une ébène verte, au tronc élevé de plus de quarante mètres, aussi dur que le fer, voltigeait
comme une paille; un cèdre séculaire, que quatre
hommes n'eussent pu entourer de leurs bras, écla-
tait, ainsi qu'une planchette de sapin; un simarouba, un boco, ou un angélique, dont les cimes
trouaient la nue, roulaient, fracassés les premiers.

Ces géants, reliés ensemble par d'inextricables
lianes, et dont les maîtresses branches disparais-

saient sous des orchidées, des broméliacées ou des
aroïdées en pleine floraison, oscillaient, puis s'é-
croulaient sous la même poussée. Des milliers de
pétales rouges coulaient à travers les herbes : on
eût dit des gouttes de sang arrachées aux flancs des
colosses foudroyés.

Les animaux affolés, se taisaient. Seule mugis-
sait la grande voix de l'ouragan, qui atteignait
alors une invraisemblable intensité.

Cette formidable symphonie de la nature, qu'on
eût dit orchestrée par le génie des tempêtes, et
exécutée par un chœur de Titans, remplissait l'immense vallée du Maroni, le grand fleuve de la
Guyane française.

La nuit s'était faite tout à coup, avec cette rapidité particulière aux zones équatoriales que le
soleil éclaire sans aurore, et d'où il disparaît sans
crépuscule.

Quiconque n'eût pas été familiarisé de longue
date avec ces terribles convusions, fût resté passa-
blement étonné, à la vue d'une centaine d'hommes
de tout âge, et de nationalités différentes, qui,
debout, rangés sur quatre files, se tenaient sous
un vaste hangar, silencieux, impassibles, le chapeau à la main.

La toiture, en feuilles de « waïe », semblait à
chaque instant près de s'envoler. Les poteaux en

« grignon » tremblaient dans leurs alvéoles, les
quatre falots, accrochés aux quatre angles, parais-
saient au moment de s'éteindre.

La physionomie des inconnus, Arabes, Indiens,
Noirs ou Européens, conservait quand même cette
impression de morne impassibilité.

Tous étaient pieds nus, vêtus d'un pantalon et
d'une blouse de toile grise au dos de laquelle se
voyaient deux grandes lettres noires séparées par
une ancre, C. — P.

A travers les quatre files, circulait lentement un
homme de taille moyenne, aux épaules démesuré-
ment larges, à la figure brutale, que coupait une
grosse moustache brune, aux longues pointes cos-
métiquées. Des yeux gris-bleu, sans regard, ou
plutôt qui voyaient sans regarder, donnaient à
cette physionomie une inquiétante expression de
ruse et de duplicité.

L'homme, vêtu d'une vareuse de drap gros-bleu,
au collet rabattu entouré d'un galon d'argent,
portait sur chacune de ses manches deux galons
également en argent. Un sabre-briquet, dans le
ceinturon duquel était passé un pistolet d'arçon,
lui battait les mollets. Il tenait enfin à la main un
solide gourdin, avec lequel il exécutait de temps à
autre, d'un air satisfait, un moulinet, dont la cor-

rection indiquait une science approfondie de l'art du bâtonniste.

Il inventoriait, de la cime à la base, tout en s'éventant avec la visière de son képi, de la même étoffe que la vareuse, chacun des hommes qui répondait à l'appel de son nom.

Cet appel était fait par un homme vêtu du même uniforme, qui se tenait en avant du premier rang, et dont le physique formait avec celui de son compagnon un contraste frappant.

Ce dernier, grand, mince, bien bâti pourtant, était porteur d'une physionomie tout d'abord sympathique. Détail particulier : il n'avait pas de bâton. Il portait un petit carnet sur lequel étaient inscrits des noms.

Il appelait à haute voix, et s'interrompait souvent, tant était assourdissant le bruit de la tempête.

— Abdallah!...

— Présent!...

— Mingrassamy !...

— Présent!... répondit d'une voix rauque un Hindou, qui grelottait, en dépit de la température suffocante.

— Encore un qui a la danse de Saint-Guy... grommela l'homme aux moustaches cirées... Ça prétend avoir la fièvre. Attends un peu... mon drôle... Je vais te faire danser avec mon éventail à bourrique !

— Simonin !...

— Présent !... articula faiblement un Européen à la face livide, aux joues creuses, et qui pouvait à peine se tenir debout.

— Mais réponds donc plus haut... animal.

Et le bruit sourd d'un coup de bâton résonna sur les épaules du pauvre diable, qui plia et poussa un hurlement de douleur.

— Là !... Je savais bien que la voix lui reviendrait... Le voilà qui chante maintenant comme un singe rouge.

— Romulus !...

— Présent !... cria d'une voix de stentor un nègre d'une taille colossale, en montrant une double rangée de dents dont un crocodile eut été jaloux.

— Robin !...

Pas de réponse.

— Robin !..., répéta celui qui faisait l'appel.

— Mais réponds donc !... canaille, hurla le porteur du bâton.

Rien. Un vague murmure circula sur les quatre rangs.

— Silence !... tas de chiens... Le premier qui abandonne sa place ou qui dit un mot, je lui brûle la g....., termina-t-il en armant son pistolet.

Il y eut quelques secondes d'accalmie pendant lesquelles le tonnerre se tut.

— Aux armes !... Aux armes !... **cria-t-on dans** le lointain.

Puis un coup de feu...

— Mille millions de tonnerres !... nous sommes dans de jolis draps. Voilà bien sûr Robin évadé, et c'est un politique ! Que je crève à l'instant, si je ne tire pas du coup mes trois mois de clou.

Le « déporté » Robin fut porté manquant, et l'appel se termina sans autre incident.

Nous disons *déporté* et non *transporté*; la première de ces deux appellations étant réservée aux hommes accusés de délit politique, la seconde servant à désigner les criminels de droit commun. C'est, en somme, l'unique et platonique différence établie entre eux par ceux qui les ont expédiés dans cet enfer et ceux qui les gardent. Travaux identiques, nourriture, vêtements et régime analogues. Les déportés et les transportés, confondus dans une horrible promiscuité, reçoivent avec une égale surabondance jusqu'aux coups de trique du garde-chiourme Benoît, lequel n'a — on a pu le constater — de Benoît que le nom.

Nous sommes, avons-nous dit, en Guyane française, sur la rive droite du Maroni, le fleuve qui sépare notre possession de la Guyane hollandaise.

La colonie pénitentiaire où se passe présentement — février 185., — le prologue du drame auquel nous allons assister, se nomme Saint-Laurent. Elle est de fondation toute récente. C'est une succursale de celle de Cayenne. Les forçats, encore peu nombreux, ne sont guère que cinq cents. Le lieu est malsain, les fièvres paludéennes y sont fréquentes, et les travaux de défrichement écrasants.

. . . .

Le surveillant Benoît — c'est le nom qu'on donne maintenant aux anciens garde-chiourme des bagnes européens — accompagna sa brigade au casernement. Il avait l'oreille basse, le digne argousin, et la face déconfite d'un renard pris au piège. Son gourdin n'évoluait plus au bout de son poignet robuste. Les pointes de ses moustaches pendaient tristement sous l'averse, et la visière de son képi n'avait plus cette conquérante inclinaison à quarante cinq degrés.

C'est que l'évadé était un « politique », un homme de haute intelligence, d'énergie et d'action. Sa fuite devait être désastreuse pour le gardien auquel la sollicitude du gouvernement l'avait confié.

Ah ! s'il eût été un vulgaire assassin, ou même

un simple faussaire, Benoît s'en fût soucié comme d'un verre de tafia.

Les hommes, ravis de cet incident qui désespérait leur chef, dissimulaient mal la joie que leurs yeux réflétaient en dépit d'eux-mêmes. C'était, d'ailleurs, la seule protestation qu'ils pussent élever contre les actes de brutalité dont ce trop zélé serviteur se rendait coupable.

Ils s'allongèrent sur leurs hamacs, tendus entre deux madriers, et s'endormirent bientôt de ce sommeil que procure, à défaut d'une conscience tranquille, un labeur écrasant.

Benoît, plus décontenancé que jamais, s'en alla, sans même se préoccuper de la pluie torrentielle et des hurlements de la foudre, rendre l'appel au commandant supérieur du pénitencier.

Celui-ci, déjà mis au courant de la situation par le coup de feu et l'appel aux armes de la sentinelle, prenait avec calme les mesures qu'il croyait nécessaires pour opérer les recherches.

Non pas qu'il espérât retrouver le fugitif, mais c'est la règle. Il comptait bien plutôt sur la faim, cet implacable ennemi de tout homme isolé dans l'interminable forêt. En effet, si les évasions étaient nombreuses, la famine ramenait invariablement tous ceux qu'avait entraînés le fol espoir de la liberté.

1.

Trop heureux, quand, les entrailles tordues par la faim, ils pouvaient éviter la dent des reptiles, la griffe des fauves, ou l'aiguillon souvent mortel des insectes.

Quand il apprit pourtant le nom de l'évadé, le commandant, qui connaissait son énergie et qui avait su apprécier son caractère, sentit diminuer sa confiance.

— Il ne reviendra pas, murmura-t-il. C'est un homme perdu.

— Commandant, dit Benoît, espérant qu'un peu de zèle détournerait de sa tête la menace d'une juste punition, je vous le ramènerai mort ou vif... Je m'en charge. Il me le faut.

— « Mort » est de trop..., vous m'entendez, riposta sèchement le commandant, homme très équitable, très ferme aussi, et qui savait rendre compatibles ses terribles fonctions avec l'humanité.

« J'ai dû souvent refréner votre brutalité. J'ai formellement interdit les voies de fait... vous savez ce que je veux dire. Tenez-vous pour une dernière fois averti.

« Tâchez de ramener le fugitif, si vous voulez éviter le conseil de discipline, et vous en tenir aux huit jours de prison que je vous inflige à dater du moment de votre retour.

« Allez !... »

Le surveillant salua brusquement et partit en expectorant une série de jurons à faire rougir encore le ciel en feu.

— Oui, je te ramènerai, canaille !... J'étais fou !... mort ou vif !... Halte-là. C'est bel et bien vivant qu'il me le faut. Une balle à travers les côtelettes... Allons donc, ce serait trop doux pour une pareille vermine. Je veux le tenir encore sous mon bâton... Et, sang-Dieu, je veux qu'il y crève !

« Allons, au trot ! »

Le surveillant regagna la case que ses collègues habitaient en commun, empila quelques provisions dans un havre-sac, se munit d'une boussole, d'un sabre d'abatis, passa un fusil de chasse en bandoulière sur son épaule et s'apprêta à partir.

Il était à peine sept heures du soir. Depuis trois quarts d'heure environ l'évasion de Robin était signalée.

Benoît, qui était surveillant chef, commandait le poste; il s'adjoignit trois autres surveillants, qui s'équipèrent sans mot dire.

— Voyons, Benoît, dit un de ceux qui restaient de garde, celui-là même qui faisait en même temps que lui l'appel, tu ne penses pas à partir par un tel temps et à pareille heure.

« Attends au moins la fin de l'orage. Robin ne peut être bien loin, et demain...

— Je fais ce qui me plaît, riposta-t-il brutalement, je commande seul ici et je ne te demande
pas ton avis.

« Et d'ailleurs, mon animal va essayer de franchir le Maroni, afin de se réfugier chez les Aroua-
gues ou les Galibis. Il va suivre la rive. Je vais
le pincer avant qu'il ait pu construire un radeau.

« Pardieu ! Je devine son plan. C'est bête comme
tout. D'autant plus que j'ai vu rôder avant hier
quelques-uns de ces sales Peaux-Rouges près de
l'abatis du Nord...

« Attendez un peu, mes gaillards, vous allez
avoir prochainement de mes nouvelles.

« N'est-ce pas, Fagot, que nous allons leur
parler du pays ? »

A ce nom de Fagot, un chien barbet, à figure
hargneuse, aux poils hérissés, aux pattes cour-
taudes, à l'œil intelligent, sortit en s'étirant de
dessous une table grossièrement équarrie.

Fagot signifie « forçat » dans l'argot des bagnes,
et Benoît avait trouvé ingénieux de donner ce nom
au chien, qui partageait, à l'endroit des transportés, toute l'animadversion de son maître.

Phénomène assez original et pourtant facilement
explicable, les chiens des forçats haïssent non-
seulement leurs congénères appartenant à des

hommes libres, mais ils accueillent ces derniers par des aboiements significatifs.

Tel est le genre d'éducation que leur donnent leurs maîtres, telle est aussi l'intelligence de ces animaux de race indienne, aux oreilles droites, au museau pointu, à l'œil vif, à l'odorat infaillible, que le passage d'un blanc ou d'un noir libre, est toujours annoncé par eux.

Réciproquement aussi, les chiens des fonctionnaires éventent le forçat à d'incroyables distances, et signalent à qui de droit sa présence par des cris véritablement sauvages.

Bien plus, quand ces chiens de même race se rencontrent, il ne leur est pas besoin d'un temps bien long pour se reconnaître. Sans aucun de ces préliminaires habituels aux représentants de l'espèce canine, ils se précipitent l'un sur l'autre, ou plutôt, le chien libre attaque l'autre avec furie. Ce dernier, qui s'avançait, la queue basse, en rasant les buissons et les cases, avec l'allure familière à son maître, se retourne ; une lutte terrible s'engage, et ce n'est pas toujours l'assaillant qui a le dessus.

Benoît, qu'un séjour assez long en Guyane avait familiarisé avec le pays, était devenu un excellent chercheur de pistes. Aidé de son compagnon à

quatre pattes, il eût pu rivaliser avec les plus
habiles « rastréadores » de la Plata.

Il emmena Fagot au casernement, décrocha le
hamac du fugitif, le lui fit humer à plusieurs
reprises en claquant de la langue, comme les chasseurs.

— Cherche!... Fagot!... Cherche!... à moi!...à
moi, mon chien!

L'animal flaira le tissu, aspira fortement l'air,
frétilla de la queue, jappa, comme pour dire:
« J'ai compris... » et s'élança au dehors.

— Fichu temps, et véritable temps d'évasion,
grommela un des trois surveillants, trempé jusqu'aux os par l'averse, avant même d'avoir fait dix
mètres; du diable si nous allons jamais retrouver
notre homme.

— Oui, renchérit un autre, il ne manquerait
plus que de mettre le pied sur un *serpent grage*,
ou de nous envaser dans une *savane tremblante*.

— Avec ça, dit le troisième, que son chien
pourra sentir l'évadé... Il y a beau temps que la
pluie a lavé toute trace et enlevé toute odeur.
Robin ne pouvait véritablement mieux choisir son
moment.

— Allons, vous autres, en avant! Vous entendez,
il ne s'agit pas de s'amuser à la moutarde. Dans
un quart d'heure à peine, l'orage sera dissipé. La

lune brillera, on y verra comme en plein jour. Suivons la rive du Maroni... et, au petit bonheur!

Les quatre hommes, précédés du chien, s'avancèrent sans bruit, en file indienne, dans un petit sentier à peine frayé au milieu des broussailles et qui devait s'étendre assez loin vers le haut du fleuve.

La chasse à l'homme était commencée.

Au moment où les forçats se rendaient sur deux rangs à l'appel, la sentinelle en faction près du bâtiment avait distinctement vu, à la lueur d'un éclair, un homme quitter les rangs et s'enfuir à toutes jambes.

Il n'y avait pas d'erreur possible. Le fugitif portait la lugubre livrée du bagne. Le soldat n'hésita pas. Les ordres étaient formels. Il arma précipitamment son fusil, et fit feu sans avoir même crié : « Qui-vive ?... »

En dépit des fulgurations dont le flamboiement continu lui permettait de voir distinctement, il manqua son homme le plus naturellement du monde.

Celui-ci entendit siffler la balle, détala de plus belle et s'enfonça dans les broussailles. Il disparut au moment où les soldats du poste accouraient en armes.

Sans se préoccuper en aucune façon de la pluie, du vent et de la foudre, il s'avança en plein bois avec l'assurance d'un homme auquel sont familiers les moindres accidents de terrain. Il s'orienta à la lueur des éclairs, obliqua sur la gauche, en tournant le dos au pénitencier, et en laissant par conséquent le fleuve à sa droite.

Il suivait une imperceptible trace, précédemment ouverte dans l'épaisse muraille de verdure. Après une demi-heure de marche précipitée, il arriva à une vaste clairière jonchée d'arbres renversés par la main de l'homme, et dont les troncs épars étaient déjà en partie débités à la scie.

C'était un des chantiers exploités par la transportation. A quelques pas à peine de la zone défrichée s'élevait, à un mètre environ, un tronc énorme abattu à cette hauteur suivant l'habitude des pionniers guyanais.

Le fugitif s'arrêta près de ce tronc, le tâta, car les éclairs devenant plus rares, ses yeux ne pouvaient plus distinguer quelque signe de reconnaissance.

— C'est bien ici, dit-il à voix basse, en mettant la main sur un morceau de bois taillé en épieu et laissé là comme par mégarde.

Il saisit l'épieu, et opéra au pied du tronc mutilé une fouille rapide. La terre friable, et remuée sans

doute peu de temps auparavant, s'excava rapidement. La pointe de bois, presque aussi dure que
le fer, rencontra un corps résistant qui rendit un
son métallique.

L'inconnu retira sans effort une de ces boîtes de
fer-blanc dans lesquelles on enferme le biscuit de
mer, et pouvant avoir quarante centimètres sur
toutes ses faces.

Une liane longue et flexible en faisait plusieurs
fois le tour, et laissait dépasser sur l'un des côtés
deux larges boucles figurant assez bien les bretelles
d'un havre-sac. Il l'assujettit sur ses épaules,
retira du fond du trou un sabre d'abatis à poignée
de bois cerclée de fils de laiton, à lame courte et
légèrement recourbée, saisit son épieu de la main
gauche et resta quelques minutes appuyé le long
du tronc.

Puis, sa haute silhouette se redressa fièrement.

— Enfin ! dit-il. Je suis libre ! libre comme les
fauves avec lesquels je vais habiter. A moi comme
à eux les grands bois et leurs terribles solitudes !

« Mieux vaut le reptile qui enlace, le tigre qui
déchire, le soleil qui affole, la fièvre qui ronge, la
faim qui tue. Mieux vaut la mort sous tous ses
aspects, que la vie du bagne. Enfer pour enfer,
celui où je puis mourir libre n'est-il pas préférable !

« Qu'ils viennent donc maintenant me disputer ce lambeau de liberté ! termina-t-il avec un indescriptible accent d'implacable énergie. »

Le surveillant chef ne s'était pas trompé dans ses prévisions relatives à l'orage. Les convulsions de la nature équatoriale sont formidables, mais passagères. Une demi-heure ne s'était pas écoulée, que les nuages étaient envolés bien loin. La lune émergeait lentement de l'opaque rideau de frondaisons bordant le fleuve, son disque brillait d'un éclat inconnu dans les latitudes européennes et faisait scintiller les vagues encore agitées, ainsi que les feuilles emperlées des dernières gouttes de pluie. De place en place, un rayon bleuâtre, d'une douceur infinie, trouait l'épaisse voûte de feuillages, et glissait entre les troncs immenses, s'élançant d'un inextricable fouillis de feuilles et de fleurs, comme les colonnes d'une cathédrale sans fin.

L'évadé n'était pas insensible à ce réveil de la nature, mais le temps pressait. Il fallait, pour compléter son œuvre de libération, s'enfuir au plus vite, et mettre entre lui et ses ennemis une infranchissable barrière.

Il s'arracha brusquement à la muette contemplation qui avait, pendant quelques minutes, suc-

cédé à son monologue, prit une nouvelle orienta-
tion et se remit en marche.

Robin, depuis qu'il était au pénitentier du
Maroni, avait vu s'accomplir plusieurs évasions.
Aucune n'avait réussi. Ceux qui les avaient tentées
avaient été repris par les surveillants, ou rendus
par les autorités hollandaises, ou étaient morts
de faim. Quelques-uns, préférant à cet épouvantable épilogue d'une tentative trop hasardeuse le
régime du bagne, étaient revenus, agonisants, se
constituer prisonniers.

Ils savaient que les conseils de guerre leur impo-
seraient fatalement de deux à cinq ans de double
chaîne. Qu'importe! ils revenaient quand même,
tant est profondément invétéré chez l'homme l'a-
mour de la vie, quelque misérable qu'elle pût être.

Pour notre héros, il avait jadis fait bon marché
de son existence, qu'il avait sans hésiter consa-
crée au triomphe d'une idée; peu lui importait
la mort. Il éviterait avec soin la rencontre des
Hollandais. C'était facile. Il n'avait qu'à rester sur
la rive droite du fleuve. La faim, il était homme
à la braver. Sa vigueur athlétique et son indomp-
table énergie lui permettraient de tenir longtemps. S'il succombait... Eh bien! il ne serait pas
le premier dont on retrouverait le squelette, net-

toyé par les fourmis-manioc comme une pièce anatomique.

Et d'ailleurs, il ne voulait pas mourir. Oh! non. Il était époux et père, ce vaillant que l'effroyable labeur du bagne n'avait pu abattre, que la misère n'avait pu dompter, dont la chiourme n'avait jamais fait baisser les yeux.

Il voulait vivre pour les siens. Et quand un homme de cette trempe dit : « Je veux! » Il peut.

Restait l'hypothèse d'une poursuite bien dirigée, et à laquelle les plus fins limiers du pénitencier ne manqueraient pas de consacrer toutes leurs facultés.

Eh bien! soit. Puisqu'il était gibier, à lui de dépister les chasseurs. Il fallait d'abord, autant que possible, imprimer à leurs recherches une fausse direction.

— Ils sont déjà à mes trousses, dit-il à part lui. La pensée que je veux gagner les établissements hollandais va tout naturellement leur venir. Laissons-leur cette illusion, ou plutôt entretenons-la chez eux.

« Construisons tout d'abord un radeau. »

Il dit, fit aussitôt volte-face et se dirigea séance tenante vers le fleuve dont il entendait gronder les eaux sur sa droite.

— Bon, dit-il, les Roches-Bleues sur lesquelles

le flot se brise. A un kilomètre en amont, je trou-
verai mes matériaux.

Sans faire plus de bruit qu'un Peau-Rouge suivant le sentier de la guerre ou poursuivant un
gibier, il piqua droit au rivage, dont il était séparé par trois quarts d'heure à peine de marche.

La réalisation de ce plan nécessitait une adresse
et une audace incroyables. Robin se savait poursuivi. Il n'ignorait pas que ceux qui le cherchaient
suivraient fatalement le Maroni, soit en amont,
soit en aval de Saint-Laurent. De deux choses
l'une : ou les chercheurs de piste auraient dépassé
le point où il comptait fabriquer son radeau, ou
ils ne l'auraient pas encore atteint. Dans le premier cas, il ne courait aucune inquiétude, dans le
second, il saurait bien se tapir dans les herbes
aquatiques et éviter le regard de ses ennemis, si
perçant qu'il fût. Quant au séjour plus ou moins
prolongé dans l'eau, en compagnie des requins
d'eau douce, des « piraïes », des anguilles électriques ou des raies épineuses, il n'y pensait même
pas. C'était pour lui de simples incidents.

Il ne put tout d'abord savoir laquelle de ses
deux suppositions était réalisée. Mais comme il ne
vit ni n'entendit rien de suspect au moment où il
atteignit la berge, il mit sans tarder son projet à
exécution. Aviser deux longues gaulettes de bois-

canon, blanches et lisses comme des barres d'argent, les faucher de deux coups de revers fut pour lui l'affaire d'un moment.

Puis, il entra résolûment dans l'eau et pénétra jusqu'aux aisselles dans un immense bosquet aquatique, composé d'une variété « d'arums », appelés ici « moucoumoucou », et qui croissaient à profusion dans le lit du fleuve. Ces plantes, terminées par un sphathe d'un beau vert, sont extrêmement légères, se coupent aussi facilement que la moelle de sureau, tout en possédant une écorce leur donnant une assez grande consistance.

Il choisit une trentaine de belles tiges longues de plus de deux mètres, les abattit sans bruit, en évitant tout contact avec la liqueur corrosive qui en découle, les entre-croisa aux deux bouts dans chacune de ses gaulettes de bois-canon, de façon à former une sorte de palissade analogue à celles qui servent de clôture aux jardins.

Il avait de la sorte une plate-forme de deux mètres environ de côté, flottant admirablement, insuffisante à la vérité pour porter le poids d'un homme, mais devant parfaitement remplir le but qu'il se proposait.

Cela fait, il se dépouilla de sa blouse de toile, la bourra de feuilles, de façon à figurer tant bien que mal un homme accroupi, mit dans les **bras**

de son mannequin une tige représentant une
pagaye, et poussa son esquif hors du champ de
verdure.

La marée, qui se fait sentir à plus de quatre-
vingts kilomètres de l'embouchure de l'énorme
cours d'eau, montait. Le radeau fut saisi par le
courant, qui l'entraîna lentement en lui imprimant
un léger mouvement giratoire, vers le côté d'a-
mont, mais en l'éloignant peu à peu vers la rive
hollandaise.

— C'est parfait, dit le fugitif. Je ne serais pas
étonné que d'ici un quart d'heure au plus, mes
gaillards, lâchant la proie pour l'ombre, ne se
mettent à la poursuite de ce semblant d'embarcation.

Le fugitif, estimant alors que le meilleur procédé pour se cacher était, aussi bien en plein pays
sauvage que dans les villes, de suivre les voies
fréquentées, prit sans plus de souci le petit chemin
frayé, sur lequel devaient indubitablement marcher
ceux qui étaient à sa poursuite.

Quant à pénétrer en plein bois, il n'y fallait
pas penser. La forêt pouvait être un lieu de refuge,
mais il était impossible à pareille heure de s'y
frayer un passage.

Tout en avançant avec d'infinies précautions,
et en faisant d'inimaginables efforts pour ne pas

troubler le silence de la nuit, Robin s'arrêtait de temps en temps, et tâchait de percevoir un bruit étranger au multiple murmure s'échappant de cet océan de verdure.

Rien!... rien que le crépitement des dernières gouttes sur les feuilles miroitantes, que le mystérieux glissement des reptiles dans les herbes, que la marche silencieuse des insectes dans les tiges, ou l'imperceptible froufrou des ailes d'un oiseau mouillé.

Il marchait toujours sous les voûtes sombres à peine bleuies par la lune, à travers des essaims de mouches à feu, zébrant les ténèbres d'inoffensifs éclairs.

Il arriva bientôt à une crique large de près de cinquante mètres, et qui porte le nom de crique Balété. Il s'attendait effectivement à rencontrer ce cours d'eau, tributaire du Maroni, et qu'il fallait au plus vite interposer entre lui et ses ennemis.

Pour un nageur de sa force, franchir cette rivière, profonde de cinq mètres à son embouchure, n'était qu'un jeu.

Avant d'opérer sa traversée, il s'arrêta, reprit haleine, et inspecta le rivage avec plus d'attention que jamais. Bien lui en prit, car un chuchottement de voix qui lui parvint distinctement, tant est

grande la sonorité des nuits équatoriales, le cloua
net au sol :

— Mais si... je t'assure que c'est un radeau.

. — Je ne vois rien.

— Tiens, là... en face... à cent mètres du rivage
Tu vois bien, cette tache noire. Il y a un homme
dessus. Je l'aperçois distinctement.

— Tu as raison.

— Un radeau, un homme dessus. Oui. Mais il
remonte.

— Parbleu, c'est le moment du « montant ». Il
va être pris par un tourbillon et drossé à la côte
hollandaise.

— Ah! mais non. Pas de bêtises, nous ne nous
sommes pas dérangés pour rien.

— Si je lui criais de rallier la côte ?

. — Imbécile! Ah! si c'était un « fagot » de droit
commun, je ne dis pas. La peur d'attraper un
lingot de plomb le ferait *rappliquer*. Mais un politique !... Jamais.

— Ça, c'est vrai. Robin surtout.

— Un rude homme, tout de même.

— Oui, mais un rude homme qu'il faut pincer.

— Si seulement Benoît était là !

— Ah! bien oui. Benoît s'est emballé. Il a traversé la crique dans le bac, et maintenant il est au
diable, en avant.

— Alors, feu sur le radeau !

— C'est dommage. Moi, je n'en ai jamais voulu à Robin, qui était bien le meilleur et le plus doux des hommes.

— Eh ! oui, c'est toujours comme ça. Pauvre diable ! Nous allons lui casser la figure, et ce sont les aïmaras qui le mangeront.

— Feu donc !...

Et trois sillons rapides de lumière blafarde surgirent simultanément. Trois détonations éclatèrent sourdement, faisant envoler effarés tout un clan de perroquets.

— Que nous sommes bêtes ! Nous usons nos cartouches pour rien, quand il y a un moyen si facile de crocher le radeau.

— Comment cela ?

— C'est tout simple. Le canot dont s'est servi Benoît pour franchir la crique est amarré de l'autre côté. Je vais me mettre à l'eau, saisir la liane qui relie les deux rives et sert au passage du bac, traverser la rivière, revenir vous prendre dans l'embarcation... puis nous recommencerons la chasse.

— ... Et nous la terminerons fructueusement.

Ce qui fut dit fut séance tenante accompli, et les trois hommes, pagayant avec fureur, descendirent la crique Balété et s'élancèrent sur le Maroni.

Robin, impassible, avait tout entendu. Décidé-
ment, la chance était pour lui. La pirogue était à
peine disparue qu'il saisit à son tour la liane, la
trancha d'un coup de sabre, et se mit à l'eau en
l'empoignant d'une main.

L'amarre végétale, au bout de laquelle il flottait,
sollicitée par le courant, décrivit le quart d'un
cercle dont le centre était l'autre point d'attache,
situé sur la rive opposée. Cette évolution s'accomplit sans bruit, sans fatigue surtout, et sans même
troubler la surface de l'eau.

Dix minutes après, le fugitif était de l'autre
côté. Sans commettre la même faute que les surveillants qui avaient laissé subsister ce moyen de
communication, il coupa la liane, qui s'enfonça
aussitôt.

— Ah ! se dit-il, c'est Benoît qui me poursuit,
Benoît est en avant. Parfait. Jusqu'à présent, j'ai
suivi les chasseurs. Cette manœuvre a parfaitement
réussi. Continuons.

Tout en marchant, il tira de sa boîte de fer-blanc
un biscuit qu'il grignotta, avala ensuite une gorgée
de tafia ; puis, réconforté par ce repas de Spar-
tiate, il accéléra encore sa marche.

Les heures succédaient aux heures. La lune avait
accompli sa course. Bientôt le soleil allait tordre

sa rutilante chevelure. La forêt tout entière semblait s'éveiller.

Au roucoulement plaintif des « tocros », au nasonnement monotone des « agamis », au rire strident du « moqueur » se mêlèrent tout à coup les aboiements brefs et saccadés d'un chien qui empaume une voie.

— C'est un Indien qui chasse, ou le surveillant, pensa Robin. Mauvaise rencontre. Le Peau-Rouge voudra gagner la prime. Quant au surveillant !...

« Bah ! c'était prévu. J'en fais mon affaire. »

Le bois s'éclaircissait rapidement. Les arbres, de plus en plus élevés, mais plus rares, appartenaient aux familles qui préfèrent le voisinage des lieux humides. Les *pinots*, dont la présence indique des marais desséchés, appelés *pinotières*, dressaient majestueusement leur panache vert tendre.

Robin allait déboucher dans la clairière, quand brusquement le jour se fit. Il n'eut que le temps de se jeter derrière un cèdre énorme, afin de ne pas être surpris par cette brutale invasion de l'air et de la lumière.

Les aboiements se rapprochaient. Le fugitif assura son épieu dans sa main, et attendit.

Une minute s'écoula, puis un gracieux animal, de la grosseur d'un chevreuil daguet, à la robe couleur cannelle, passa près de lui comme un trait de lumière.

C'était un « kariakou », le chevreuil de la Guyane.

Au même moment, et à moins de vingt mètres au point où se tenait Robin, eut lieu comme un subit écroulement d'une chose formidable. Cela quitta la maîtresse branche d'un « boco », et s'abattit, mais une dizaine de secondes trop tard, sur le kariakou, qui disparut.

C'était un jaguar énorme, qui, entendant un chien chasser, s'était mis à l'affût du gibier, dont il comptait bien faire son profit.

L'homme ne poussa pas un cri, ne donna aucun signe d'émotion, et resta immobile. Le monstre, à sa vue, eut comme un mouvement de recul. Mais, comme il était lancé avec l'irrésistible vitesse d'un projectile, il ne put arrêter son élan.

Surpris d'autre part à l'aspect de Robin, et intimidé peut-être par son attitude résolue, il bondit une seconde fois, passa trois mètres au-dessus de sa tête, et, s'accrochant des griffes au tronc le long duquel il était appuyé, s'aplatit sur une branche, l'œil en feu, les moustaches hérissées, le mufle plissé, en grondant sourdement.

Les yeux rivés à ceux du terrible félin, l'épieu à la main, les muscles tendus, l'homme attendait l'attaque. Un bruit de branches froissées lui fit un instant tourner la tête.

Il aperçut à cinq pas un canon de fusil braqué sur lui... Une voix furieuse lui envoyait en même temps ce brutal ultimatum :

— Rends-toi !... ou tu es mort !

Un sourire dédaigneux crispa sa lèvre en reconnaissant Benoît, le surveillant-chef. L'outrecuidance de cet argousin, qui employait des formules surannées de mélodrame, lui parut une chose bouffonne, surtout en présence du félin dont les dents craquaient, et qui pétrissait sous ses ongles ainsi que du papier, l'écorce dure comme du fer.

Il ramena ses yeux sur ceux du jaguar, lentement, à la façon d'un dompteur dont chaque mouvement est calculé, et en évitant ces soubresauts précurseurs d'une catastrophe.

L'animal, les paupières plissées, la pupille contractée en forme d'I, subissait une sorte d'influence magnétique.

Le surveillant, les deux bras emmanchés à son arme, dans la posture d'un Guillaume-Tell enluminé à Epinal, était grotesque.

— Eh bien ! canaille... Tu ne réponds pas ?

On entendit un de ces miaulements énormes familiers aux tigres, et qui passant par leurs gorges ardentes se transforment en rugissements.

— Ah!... fit-il, plus surpris qu'effrayé. Deux pour un... Au plus pressé...

Benoît était brave, en somme; et d'ailleurs, quel homme, bien armé, familiarisé avec le maniement du fusil, pourrait hésiter un seul moment, étant données surtout les circonstances présentes.

Il ajusta froidement le jaguar et fit feu. La charge, composée de chevrotines, frôla la joue de la bête, lui fracassa l'épaule, puis, glissant le long de sa robe tachetée, faucha le poil et troua la peau en traçant des sillons sanglants.

Blessure dangereuse, mortelle peut-être, mais insuffisante pour l'arrêter sur place.

Le surveillant en fit la triste expérience. A peine la détonation avait-elle éclaté, que l'animal s'élançait, en dépit de son horrible blessure, sur le malheureux chasseur et l'abattait sous le choc.

Benoît sentit sa chair frissonner sous la griffe, il lui sembla qu'un lambeau de lui-même s'en allait, arraché comme par un engrenage. Il vit devant ses yeux, à quelques centimètres, une énorme gueule béante, hérissée de crocs formidables.

Machinalement il y jeta en quelque sorte son fusil. Les mâchoires se refermèrent avec un bruit de cisailles sur la monture, qui fut broyée au ras des batteries, à la couche.

Il se sentit perdu et n'appela pas à l'aide. A

quoi bon, d'ailleurs. Il ferma les yeux, attendant le coup mortel. Prompt comme la pensée, Robin, dont l'âme généreuse ignorait la haine, bondit à son tour.

Il saisit à pleine main la queue du jaguar, imprima une secousse brutale et tellement douloureuse, que celui-ci, plus furieux que jamais, tenta d'abandonner sa première victime afin de s'élancer sur l'être assez téméraire pour l'oser braver avec une pareille audace.

Mais il avait à faire à forte partie. Le déporté avait lâché son épieu, et sa main droite brandissait son sabre d'abatis. La lame, emmanchée à un bras de fer, retomba et trancha net le col de la bête, ce col aussi gros que celui d'un jeune taureau et tressé de muscles énormes. Deux longs jets de sang surgirent en pulsations rapides et jaillirent à deux mètres, s'épandant en pluie rouge et écumeuse.

Le surveillant gisait sur le sol, la cuisse ouverte jusqu'à l'os. Son fusil en deux morceaux lui était aussi inutile qu'un manche à balai.

La dépouille pantelante du fauve, agité de convulsifs soubresauts, le séparait de l'évadé.

Celui-ci essuyait froidement sur les herbes sa lame sanglante. On eût dit qu'il venait de faire une chose toute simple et qu'il n'avait aucunement conscience du tour de force qu'il venait d'accomplir.

Il y eut un long silence, interrompu seulement par la voix aiguë de Fagot, qui aboyait rageusement à distance respectueuse.

— Eh bien ! vas-y donc... C'est mon tour, dit enfin le surveillant... continue la besogne de l'autre.

Robin, les bras croisés, immobile comme une statue de pierre, ne répondait pas, ne semblait même pas entendre.

— Allons, pas tant de façons. Tue-moi et que ça finisse. A ta place, il y a longtemps que ça serait fait.

Pas un mot.

— Ah ! tu jouis de ton triomphe. L'autre a fait la moitié de l'ouvrage. Le tigre moucheté a été l'auxiliaire du *tigre blanc!*...[1]

« Parbleu, il m'a mis... dans un... joli état... J'y vois trouble... mon cœur s'en va... c'est fini... je suis... f... fichu. »

Le sang ruisselait en nappe de la plaie béante ; le blessé, déjà sans connaissance, pouvait succomber à une rapide hémorrhagie.

---

[1] Les nègres Bosh et Bonis, ainsi que les Peaux-Rouges, désignent sous le nom de « *tigres* » les *blancs* forçats fugitifs d'origine européenne.

Robin, qui, en égorgeant le jaguar, avait obéi à un mouvement spontané, inspiré en partie par l'instinct de la conservation, oublia les insultes et les coups.

Il ne se souvint plus de l'enfer du bagne dont Benoît personnifiait la féroce individualité. Plus de gourdin, plus de blasphèmes, plus de chiourme, plus d'embûches ni de poursuites. Il ne vit plus qu'un homme... un homme blessé qui allait mourir.

Il manquait des éléments nécessaires à un pansement. Son expérience allait lui en fournir aussitôt.

La « pinotière », ou savane desséchée, commençait à quelques mètres du lieu où ce drame venait de s'accomplir. Le déporté s'élança, écarta les herbes, et fouilla précipitamment l'épaisse couche d'humus, composée de détritus végétaux.

Il atteignit en quelques minutes un gisement d'argile grisâtre et poisseuse.

Il en fit une masse grosse comme la tête et l'apporta près du blessé toujours évanoui. Retirant alors une des manches de sa chemise, il la déchiqueta en menus morceaux, prépara une sorte de charpie grossière, qu'il imbiba de tafia et posa sur les lèvres de la plaie préalablement rapprochées.

Il prit ensuite un peu de terre glaise qu'il pétrit

et appliqua couche par couche en enveloppant le
membre blessé comme d'un manchon. Le sang,
qui transsudait à travers le linge, ne put traverser
cette couche imperméable.

Cela fait, Robin enveloppa l'appareil entier de
grosses feuilles fraîches et les maintint solidement
à l'aide de lianes.

L'horrible plaie s'étendant de la hanche au genou était réunie par première intention, et s'il ne
survenait pas de fièvre traumatique, le blessé devait guérir aussi bien que s'il eût été pansé par le
plus habile chirurgien.

Cette opération, accomplie avec une dextérité
infinie, n'avait pas duré plus d'un quart d'heure.
Le sang commençait à revenir aux pommettes
livides de Benoît.

Il s'agita, respira longuement et murmura d'une
voix sourde :

— A boire !

Robin cueillit une longue feuille de « waïe »
la plia en cornet, courut la remplir au trou d'où
il venait d'extraire la terre glaise et qu'une eau
limpide commençait à envahir.

Il souleva la tête du blessé, qui but avidement
et ouvrit enfin les yeux.

Dépeindre l'expression de stupeur que refléta
son visage en reconnaissant le forçat, serait im-

possible. Puis, la brute se réveillant tout d'abord
en lui, il essaya de se lever pour se mettre en état
de défense, peut-être même pour attaquer.

Une horrible douleur le terrassa. La vue du cadavre du jaguar acheva de le rappeler à la réalité.
Eh quoi! c'était bien là Robin, cet homme qu'il
poursuivait d'une haine aveugle, et qui, après
l'avoir arraché aux griffes mortelles de l'animal,
venait, dans un moment d'abnégation sublime, de
panser sa plaie et d'étancher sa soif!

Tout autre se fût incliné devant un tel acte
d'humanité. Il eût parlé des exigences du devoir,
de la consigne, il eût enfin tendu la main à
l'homme et lui eût dit : Merci.

Benoît blasphéma!

— ..... Eh bien! tu sais, tu es ce qu'on pourrait
appeler un drôle de corps. Moi, à ta place, je n'en
aurais fait ni une ni deux... Crac! et puis, bonsoir.
Plus de Benoît. C'eût été un bon moyen de me
faire payer mes coups de trique avec les intérêts.

— Non! dit froidement le déporté. La vie humaine est chose sacrée... Et d'ailleurs, n'y a-t-il
pas mieux que la vengeance?

— Et quoi donc, s'il te plaît ?

— Le pardon !...

— Connais pas... Dans tous les cas, je ne te dis

pas : à charge de revanche, car j'espère bien te pincer un jour ou l'autre.

— Comme il vous plaira. J'ai rempli un simple devoir d'humanité. Si plus tard les hasards de la vie nous mettent face à face, je défendrai ma liberté.

« Je ne vous conseille pas d'y attenter.

« Un mot encore. Je ne vous demande pas de reconnaissance. Souvenez-vous seulement que s'il y a là-bas des hommes justement frappés par la loi, il en est d'autres qui sont innocents. N'abusez jamais de la force à l'égard des uns et des autres. Cette loi que vous représentez met dans l'impossibilité de nuire, mais elle ne martyrise pas.

« Adieu ! je vous pardonne tout le mal que vous m'avez fait. »

— Au revoir ! Tu as eu tort, Robin, de me laisser en vie.

Le fugitif ne détourna même pas la tête. Il disparut dans l'épaisse forêt.

CHAPITRE II

Robin marcha longtemps. Il ne lui semblait
jamais être assez loin de ses bourreaux. Chose
incroyable, il avait pu jusqu'alors se maintenir à
peu près dans la ligne qu'il voulait parcourir.
Supposez un homme seul, presque sans vivres,
sans boussole, flottant sur l'océan dans une frêle
barque et réussissant à s'orienter.

La forêt vierge, avec son dôme d'impénétrables
frondaisons, son interminable tapis d'herbes et de

broussailles, ne lui offrait pas plus de point de repère que les vagues mouvantes de la mer.

Trois jours déjà s'étaient écoulés depuis le moment de son évasion. La distance parcourue devait être considérable. Elle ne pouvait être évaluée à moins de cinquante kilomètres, « à l'estime », comme disent les marins.

Douze lieues et demie de forêt équatoriale, c'est l'immensité. Le fugitif n'avait, pour le moment, rien à craindre des hommes civilisés.

Il n'en restait pas moins exposé à une terrible série de dangers, dont un seul constitue une perpétuelle menace de mort.

C'est la faim! la faim, à laquelle les explorateurs, les fonctionnaires appelés loin des centres, les colons eux-mêmes n'échappent qu'à grand renfort de provisions patiemment accumulées. La faim, aux angoisses de laquelle succombent aussi les Noirs et les Peaux-Rouges, quand ils n'ont pas su amasser, pour la saison pluvieuse, la quantité de vivres nécessaire à leur subsistance.

Ne croyez pas que ces arbres admirables, pour lesquels la nature semble avoir épuisé toutes ses forces créatrices, tous les trésors de son écrin, soient susceptibles de fournir à l'homme un aliment quel qu'il soit.

Non. Ces végétaux superbes ne produisent ni un

fruit ni une baie. Ni l'oranger aux fruits d'or, ni le cocotier à la noix savoureuse, ni le bananier au « régime » succulent, ni le manguier à la chair si fraîche, bien que parfumée de térébenthine, ni même l'arbre à pain, l'extrême ressource du voyageur, ne croissent à l'état sauvage dans ces interminables forêts.

Ils se trouvent partout en Guyane, mais *seulement dans les villages*, lorsqu'ils ont été importés et plantés par les hommes.

Loin des cases, et en dehors d'un périmètre assez restreint, l'homme ne peut pas plus assouvir sa faim, qu'il ne peut étancher sa soif sur les vagues salées de l'océan.

Mais, la chasse... la pêche? L'homme désarmé a-t-il la possibilité d'atteindre un fauve, ou de prendre un poisson?

L'auteur de ces lignes a parcouru les forêts du Nouveau-Monde. Il a eu faim, il a eu soif dans ce désert de verdure où se débat présentement notre héros. Perdu au milieu de cet inextricable pêle-mêle de branches, de troncs et de lianes, séparé de ses porteurs de vivres, il a fait une de ces rencontres inoubliables, qui, après quelques mois passés au milieu de notre civilisation européenne, amènent encore une indescriptible angoisse, un indéfinissable frisson.

Près d'une crique aux eaux fraîches et limpides, onze squelettes, vous avez bien lu, *onze squelettes!*... secs et blancs, se trouvaient sous un angélique aux larges « arcabas ».

Les uns, allongés sur le dos, les bras en croix, les jambes écartées ; les autres tordus et convulsés ; d'autres, la tête à moitié enfouie, ayant encore entre les dents la terre qu'ils avaient mordue ; d'autres, enfin, accroupis sur leurs jambes repliées, des Arabes sans doute, qui avaient stoïquement attendu la mort.

Six mois avant, onze transportés avaient quitté le pénitencier de Saint-Laurent. On ne les avait jamais revus. Ces hommes étaient morts de faim... Puis, les fourmis-manioc étaient passées et n'avaient plus laissé que leurs os !

Le commandant Frédéric Bouyer, un des officiers les plus distingués de notre marine, doublé d'un écrivain de haut mérite, cite dans son bel ouvrage sur la Guyane [1] un fait plus horrible encore.

Des forçats évadés, mourant d'épuisement, ont été massacrés par leurs compagnons, et de hideuses scènes d'antropophagie, que notre plume se refuse à retracer, s'en sont suivies !

Telle était l'épreuve à laquelle son ardent

[1] *La Guyane française*, par M. F. Bouyer, *capitaine de vaisseau*. Hachette et Cie.

amour de la liberté soumettait le fugitif. Parti du pénitencier avec une douzaine de biscuits, prélevés sur la maigre ration allouée au forçat par l'administration, quelques épis de maïs, quelques grains de cacao et de café, tel était le viatique avec lequel cet homme intrépide comptait entreprendre la formidable étape le séparant du pays de l'indépendance.

Il avait fait de nombreux emprunts à cette boîte de fer-blanc, lugubre havre-sac ramassé derrière un magasin, mais qui mettait au moins à l'abri des insectes et de l'humidité sa triste provende d'indigent.

Ces collations d'anachorète avaient plutôt empêché les tiraillements de son estomac, que sustenté son organisme. Et maintenant, la faim le tenaillait. Il mâcha quelques grains de café, but une gorgée d'eau à une petite crique, et s'assit sur un tronc renversé.

Il resta longtemps dans cette position, l'œil fixé sur le ruisselet, regardant sans voir, n'entendant plus que le sifflement de son sang appauvri, la tête prise de vertige.

Il voulut se lever et se remettre en route, mais il ne put y parvenir. Ses pieds gonflés, lardés en maint endroit d'épines d'aouara, ne pouvaient plus le soutenir. Il retira péniblement ses souliers, —

bien que les forçats marchent habituellement nu-
pieds, l'administration leur fournit des souliers
et des sabots — que ces épines, longues et dures
comme des aiguilles d'acier, avaient traversés en
dépit de leur épaisseur.

— Il me semble, dit-il en souriant amèrement,
que ces légers incidents de la première heure ont
une importance sur laquelle je n'avais pas compté.

« Est-ce que mon énergie faiblirait ? Ne serais-
je plus le même ? Eh quoi ! mon âme serait-elle,
dès le début, ainsi anéantie par ces défaillances
de son enveloppe ?

« Allons, du courage. Un homme, même épuisé,
peut rester quarante-huit heures sans manger. Il
faut que d'ici-là ma situation ait changé. Je le
veux. »

Il ne pouvait raisonnablement continuer sa
route en ayant les pieds ainsi endoloris. Il le
comprit et s'installa commodément sur une racine, puis s'assit les jambes pendantes et immer-
gées jusqu'aux chevilles.

Robin était un homme de trente-cinq ans à peine,
grand, bien bâti, hardiment découplé, les mains
fines, attachées à des bras d'athlète. Sa figure
régulière, encadrée d'une longue barbe brune, au
nez aquilin, aux yeux noirs et pénétrants, avait
une expression habituellement grave, triste, pres-

que sévère. Sa bouche, hélas! avait depuis longtemps désappris le sourire.

Telle était pourtant l'incroyable vitalité de cet
homme, que son large front, un peu dégarni sur
les tempes, un véritable front de penseur et de
savant, n'avait pas une ride.

Mais ses traits, amaigris par les travaux du
bagne, et sa face blêmie par l'anémie, portaient,
en dépit de l'énergie qu'ils respiraient, la trace d'é-
pouvantables souffrances.

Souffrances morales et physiques. Robin, bourguignon d'origine, ingénieur distingué, dirigeait à
Paris une manufacture importante au moment
du coup d'État de Décembre. Il fut un de ceux qui
poussèrent, à la nouvelle de l'attentat, ce cri d'angoisse et de fureur, dont l'immortel auteur des
Châtiments donna un des premiers le signal.

Il prit aussi un fusil, et tomba sanglant derrière
la barricade de la rue du Faubourg-du-Temple.

Recueilli, pansé et guéri par des mains amies,
il se cacha longtemps et fut pris au moment où
il allait passer la frontière. Son affaire fut ins-
truite en quelques jours; les commissions mixtes
ajoutèrent un nouveau nom à leur liste, et l'ingénieur Robin partit pour la Guyane.

Il partit sans avoir pu dire un dernier adieu à sa
femme, bonne et vaillante créature qui était mère

depuis deux mois à peine de son quatrième enfant,
et qu'il laissait dénuée de toute ressource !

Depuis trois ans, il rongeait son frein, en compagnie de ses hideux compagnons, n'ayant que de
loin en loin un lambeau de lettre, qui lui arrivait
aux trois quarts raturée, et dont, par un raffinement de cruauté inouïe, les passages principaux
étaient soigneusement enlevés.

Chose étrange et pourtant admissible, il avait,
sans même s'en douter, pris un singulier ascendant
sur ses co-détenus. Cette figure austère, qui jamais
n'avait reflété le moindre sourire, leur en imposait
non moins que la colossale vigueur de celui qui en
était porteur.

Puis, c'était un « politique », et tous, jusqu'aux
grands dignitaires de cet enfer qu'on appelle le
bagne et qui ont conquis leurs titres à la pointe
du couteau, éprouvaient comme une sorte de ma-
laise à l'énoncé du motif de sa condamnation. Ils
le sentaient en quelque sorte déplacé dans leur
compagnie, où il faisait une tache de propreté.

Un indice bien caractéristique de cette singulière déférence : nul ne le tutoya jamais ! De plus,
il était bon, comme les êtres forts. Tantôt, c'était
un forçat qu'il rapportait, frappé d'une insolation,
du chantier éloigné d'une demi-lieue, tantôt quelque
malheureux dont il pansait les plaies. Il retira un

jour du Maroni un soldat qui se noyait, une autre
fois ce fut un transporté. Il assomma presque d'un
coup de poing un de ces tyrans de bagne, un im-
monde voleur, qui maltraitait indignement un
pauvre diable que secouait la fièvre.

Il était à la fois redouté et respecté. Ces gen
romprenaient qu'il n'était pas de leur « monde ».
Il avait, de plus, l'honneur d'être particulièrement haï de la chiourme dont il endurait d'ailleurs
les traitements sans proférer une plainte.

Il vivait toujours seul et ne parlait jamais.

Nul ne s'étonna de son évasion, et tous firent
des vœux pour son succès. C'était en outre un bon
tour dont le surveillant Benoît, la terreur de tous
ces bandits, devait être la première victime...

.   .   .   .

Un bain prolongé dans les eaux glaciales de la
crique, procura au fugitif un bien-être immédiat.
Il retira patiemment les épines dont la présence
le faisait horriblement souffrir, frotta ses pieds
avec la dernière goutte de tafia qu'il gardait avec
la parcimonie d'un avare, aspira une gorgée d'eau,
et allait se mettre en quête de son dîner, quand
un cri de joie lui échappa, à la vue d'un simarouba.

— Je ne mourrai pas de faim aujourd'hui, dit-
il à la vue de l'admirable végétal.

Le *quassia simarouba* de Linnée, *l'amara sima-ruba* d'Aublet, est employé en médecine pour les propriétés toniques de son écorce et de ses racines, mais il ne porte pas de fruits ni de bourgeons comestibles.

Rien ne semblait de prime abord légitimer le cri du fugitif et son espoir d'apaiser sa faim. Il s'avança pourtant aussi vite que le lui permettaient ses plaies, arriva bientôt près du tronc, et écarta de la pointe de son couteau les feuilles sèches, formant un lit épais que jonchaient les fleurs et les fruits tombés de l'arbre.

Sa lame rencontra un corps dur.

— Enfin, dit-il, mes compagnons ne se trompaient donc pas. Si, pendant ma captivité, j'ai entendu d'étranges et horribles choses, il en est d'autres qui avaient bien leur utilité.

« Je me rappelle cette dernière recommandation, adressée par son voisin à un de ceux que berçait aussi le fol espoir de la liberté: « Si tu ren-
« contres dans les bois un simarouba qui perd ses
« fleurs, cherche au pied de l'arbre. Tu trouveras
« certainement des tortues de terre. Elles sont
« très friandes du fruit qui commence à se déve-
« lopper. »

Le corps dur qu'avait heurté son sabre, était la carapace d'une de ces grosses tortues si savoureuses que l'on rencontre par place en nombre incroyable.

Il prit le chélonien, le mit sur le dos, continua ses investigations, en trouva deux autres qu'il retourna également, puis il se prépara à accommoder son dîner.

Ce fut bien simple. Le bois mort abondait. On voyait épars sur le sol des troncs immenses qui s'effritaient, et que le moindre choc faisait tomber en poussière, véritable réceptacle d'araignées-crabes, de serpents ou de mille-pattes, de vastes frondaisons d'aouaras, de grosses branches bien sèches abattues par l'ouragan et quantité d'herbes mortes.

Il prépara un vaste bûcher, et réussit, après des peines infinies, à l'allumer à l'aide d'un peu de linge calciné et d'un silex qu'il frappait sur son sabre. La flamme pétilla et jaillit en chassant du sol tout un monde d'insectes.

Les préparatifs ne furent ni longs ni difficiles. La tortue fut déposée dans sa carapace sur un lit de braise et recouverte de cendres rouges, procédé indigène fort simple et qui dispense d'un matériel encombrant.

Robin, pendant que son dîner mijottait, ne resta pas inactif.

Il lui semblait avoir aperçu tout à l'heure quelques beaux arbres verts de la famille des palmiers,

mais beaucoup moins élevés que ne sont leurs congénères des zones cultivées, et atteignant seulement
cinq ou six mètres. Il ne s'était pas trompé. A cinquante pas à peine se dressait un de ces végétaux,
dont le feuillage vert sombre rompait agréablement la monotonie des longues lignes formées par
les troncs des grands arbres.

Ce palmier stérile, en apparence du moins, ne
portait ni fleurs ni fruits. Robin se mit pourtant
aussitôt à l'abattre, et réussit après une demi-heure
d'efforts surhumains. Bien que le tronc ne fût pas
plus gros que la cuisse, la substance corticale est
tressée de fibres tellement résistantes qu'il faut,
pour en avoir raison, un bras vigoureux et un instrument d'une trempe exceptionnelle.

Vous avez tous entendu parler du chou-palmiste,
n'est-ce pas, chers lecteurs ? On vous a décrit un
bouquet de feuilles tendres, formé par les jeunes
pousses de l'arbre et réunies en faisceau au centre
de celles qui, ayant pris déjà leur accroissement,
sont devenues ligneuses.

Cette description, réelle quant au fond, est tellement insuffisante qu'elle laisse croire que ce chou
a quelque analogie avec le cœur du « brassica cam-
pestris » ou chou commun, et qu'il suffit de le
trancher comme fait une bonne cuisinière avant
de le mettre au pot.

Détrompez-vous. Ce chou, puisque chou il y a, n'en est pas un. Il suffit, pour vous en convaincre, de suivre attentivement la manœuvre de notre héros.

Robin ébrancha la cime de son arbre, de façon à ne conserver que le tronc dont le sommet présentait un renflement un peu plus gros que la tige. Cela fait, il décortiqua à grands tours de bras la base du pédoncule des feuilles s'imbriquant à la tête.

Les premières écorces concentriques de couleur vert pâle tombèrent l'une après l'autre, puis apparut une substance cylindrique, longue de quatre-vingts centimètres, du volume du bras, et lisse comme l'ivoire dont elle avait la mate blancheur.

Le fugitif, dont les entrailles étaient tordues par la faim, cassa un morceau de cette substance et la croqua à belles dents, ainsi qu'une grosse amande avec laquelle elle offre comme contexture certains points de ressemblance.

Cela ne nourrit guère, mais empêche pour un temps de mourir de faim. On a donné à ce bourgeon central le nom de chou-palmiste. Celui que Robin, après avoir cédé à son premier mouvement, emporta près de son brasier est produit par le *patawa*. Bien moins savoureux encore que le précédent, lequel, somme toute, n'est qu'un manger peu agréable, le *patawa* est le palmiste du pauvre, la dernière et insuffisante ressource des coureurs des bois.

La tortue était cuite à point. Une agréable odeur de friture s'exhalait des coquilles carbonisées et craquelées par la chaleur. Notre héros la retira du foyer, l'ouvrit sans peine, s'assit, puisa à l'aide de son sabre dans ce plat improvisé, et se servant, en guise de pain, du bourgeon blanc du patawa, commença ce frugal et bizarre repas.

Tout entier à cette fonction, il dévorait avidement, accroupi sur le sol nu faisant face à l'arbre, oubliant et sa fuite et ses dangers.

Un sifflement aigu le fit bondir sur ses pieds. Quelque chose de long et de rigide passa devant ses yeux et vint se planter en trépidant à travers l'écorce lisse du simarouba.

C'était une flèche de plus de deux mètres, grosse comme le doigt, et dont l'extrémité, empennée de rouge, frémissait en oscillant.

Robin saisit son épieu et se mit en défense, les yeux fixés sur le point d'où venait ce terrible messager de mort. Il ne vit rien tout d'abord, puis les lianes s'écartèrent doucement comme un rideau, et un Peau-Rouge apparut, son grand arc tendu, les bras contractés, les jambes écartées, prêt à décocher une nouvelle flèche dont la pointe menaçait le déporté.

Il était à la merci du nouveau venu. Quelle résistance opposer à ce sauvage, qui, impassible comme une statue de porphyre rouge, semblait, par un raffinement de cruauté, chercher pour frapper une place à sa convenance. La pointe, en effet, évoluait de haut en bas, de droite à gauche, puis restait immobile, mais sans cesser d'être infailliblement dirigée sur la poitrine du blanc.

L'Indien, presque complètement nu, portait pour tout vêtement un petit morceau de calicot bleu serré à la ceinture, passant entre les cuisses et remontant jusqu'aux reins. C'est ce qu'on nomme le *calimbé*.

Tout son corps, enduit de roucou, semblait sortir d'un bain de sang. Des lignes bizarres, tracées au pinceau à l'aide du suc du *génipa*, sur sa poitrine et son visage, lui donnaient un aspect à la fois grotesque et terrible. Ses longs cheveux noir-bleu, coupés au ras des sourcils, tombaient par derrière jusque sur ses épaules.

Il portait un collier composé de dents de jaguar et des bracelets en griffes de tamanoir.

Son arc en « bois de lettre » (bois de fer), haut de plus de deux mètres, touchait le sol, et dépassait sa tête de trente centimètres. Enfin, il tenait

de la main gauche, qui étreignait également l'arc
trois flèches démesurées.

Robin ne s'expliquait pas cette brutale agres
sion. Les riverains du bas Maroni, les Galibis, son
généralement inoffensifs; ils ont même des rap
ports très pacifiques avec les Européens qui leur
procurent du tafia en échange d'objets de première
nécessité.

Le Peau-Rouge avait-il, simplement voulu l'ef-
frayer en lui décochant sa flèche? C'était pro-
bable, car telle est leur habileté au maniement de
l'arc, qu'ils descendent presque à coup sûr un
singe rouge et même un parraquâ (sorte de faisan)
du haut des plus grands arbres. La plupart traversent sans difficulté un citron fiché à trente pas sur
la pointe d'une flèche.

Il n'y avait donc pas lieu de supposer qu'il eût
pu le manquer à une distance relativement si
courte.

Robin résolut de payer d'audace. Il lança loin
de lui son épieu, croisa les bras, et regardant son
ennemi bien en face, avança à petits pas.

A mesure qu'il s'approchait de lui, le bras de
ce dernier, celui qui bandait l'arc, se détendait
peu à peu, et le regard méchant de ses yeux
noirs, bridés comme ceux des Chinois, s'éteignait.

La poitrine du blanc toucha presque la pointe de
la flèche, celle-ci s'abaissa lentement.

— Tig' blanc, li pas gain la peur... (le tigre blanc
n'a pas peur) dit enfin avec effort le Galibi en em-
ployant le patois créole, familier à ceux de sa race
ainsi qu'aux noirs riverains du Maroni.

— Non, je n'ai pas peur. Mais je ne suis pas un
tigre blanc. (Tel est, avons-nous dit, le nom sous
lequel sont désignés par les sauvages de la Guyane
les forçats fugitifs.)

— Si to pas tig' blanc, qué ça to fésé coté pauv'
Kalina? (Si tu n'es pas un tigre blanc, que fais-tu
chez le pauvre Indien ?)

— Je suis un homme libre, comme toi. Je ne fais
de mal à personne. Je veux vivre ici, défricher,
planter mon abattis, bâtir mon carbet.

— Oh!... To palé mento... si to pas tig' blanc...
Poquoué to pas gain fisil ?... (Oh ! Tu mens. Si tu
n'es pas un forçat, pourquoi n'as-tu pas de fusil?)

— Je te jure par ma mère, tu entends, Kalina
(Kalina est le nom que se donnent les Indiens); je
te jure que je n'ai jamais commis de crime. Je n'ai
jamais tué. Je n'ai jamais volé !

— To juré maman!... Ça bon... Mo ké kré to!
(Tu as juré par ta mère, c'est bien, je te crois...)

« Poquoué to pas coté to madame? coté pitit
moun to? Poquoué to vini coté Kalina pô prend li

la té?... pô prend li z'abattis... (Pourquoi n'es-tu pas près de ta femme, de tes enfants?... Pourquoi viens-tu chez l'Indien prendre sa terre et ses abattis ?)

« Atoucka pas oulé!... Soti! Ké allé coté moun blancs!... (Atoucka ne veut pas... Va-t-en chez les blancs.)

A ce cher souvenir de sa femme et de ses enfants, si durement évoqué par le Peau-Rouge, qui lui reprochait de ne pas être près d'eux, Robin se sentit étouffé par un flot de larmes.

Il se raidit contre cette émotion qu'il ne fallait pas laisser deviner à l'Indien et répondit :

— Ma femme et mes enfants sont pauvres. C'est pour les nourrir et les abriter que je suis ici.

— Atoucka pas oulé!... répliqua l'Indien avec colère. Li pas pati coté mouns blans... Li pas fléché koumarou, li pas bati carbet, li pas planté manioc coté mouns blancs... Ça moun blanc, resté coté li... Ça Kalina resté coté Kalina... (Atoucka ne veut pas. Il ne va pas chez les blancs pour flécher le koumarou, bâtir un carbet ou planter le manioc. Que l'homme blanc reste chez lui et l'Indien aussi.)

— Mais, voyons, Atoucka, nous sommes tous des hommes... La terre est ici à moi, comme celle de mon pays est à toi.

— Oh!... Ké koumba di Mama-Boma!... riposta-t-il furieux, to palé mento!... coupé la té ké to
sab'; to trouvé zos à mo pé... zos papa li... zos à tout
vié mouns Kalina... Si to trouvé zos moun blancs!...
mo baïe to la té... mo fika to chien!... (Oh! par le
nombril de la Maman-Couleuvre, tu mens! fouille
la terre avec ton sabre, tu trouveras les os de mon
père, ceux des Indiens, mes ancêtres... Si tu y
trouves les os d'un seul blanc, je te donne toute la
terre, je deviens ton chien.)

— Mais, Atoucka, je n'ai jamais dit que je
voulais m'établir chez toi. Je compte me rendre
chez les nègres Bonis. Je suis ici en passant, je ne
veux même pas m'y arrêter plus longtemps.

A cette nouvelle, l'Indien laissa échapper, malgré toute sa finesse et tout son empire sur lui-
même, un vif mouvement de désappointement.

Toute cette longue tirade patriotique, ce pom-
peux étalage de sentiment familial, tout, jusqu'à
cette tentative d'intimidation opérée en décochant
sa flèche, avait un seul but, et d'une importance
bien minime. On le verra tout à l'heure.

Son visage se rasséréna soudain, mais pas assez
vite, cependant, pour que Robin n'en vit l'altéra-
tion passagère.

— Si to pas tig' blanc, fit-il en reprenant sa
marotte, to vini ké mo, coté Bonapaté. (Si tu n'es

pas un tigre blanc, viens donc avec moi à Bonaparte.)

« To trouvé là mouns blancs, carbet, viande,
tafia, posson... (Tu trouveras là des hommes blancs,
un carbet, de la viande, du tafia, du poisson...)

A ce mot de Bonaparte, qu'il ne s'attendait pas
à entendre à pareille place et trouver dans une
telle bouche, Robin haussa les épaules. Puis, il se
rappela tout à coup que le pénitencier s'appelait
Saint-Laurent depuis quelques années seulement,
du nom de l'amiral Baudin, gouverneur de la
Guyane.

Ce terrain avait été jadis occupé, pendant plus
de trente ans, par un vieil Indien surnommé
Bonaparte. De là le nom de pointe Bonaparte,
donné à cette bande de terre qui longe le Maroni[1]
et où s'élève présentement la « commune » de
Saint-Laurent.

L'Indien n'y avait mis aucune malice, cela va
sans dire ; mais il faut une fois de plus reconnaître que le hasard opère souvent de singuliers
rapprochements.

— Nous verrons, répondit évasivement Robin.

La raideur de l'Indien sembla tomber tout à coup.
Il reposa près de son épaule son arc et ses flèches,

[1] Historique.

comme un soldat l'arme au pied, tendit avec une apparente et peut-être sincère cordialité, la main au fugitif.

— Atoucka compé tig' blanc.

— Tu tiens à ce nom, soit. Il en vaut bien un autre. Tigre blanc est le *banaré* (compère) d'Atoucka; viens donc manger avec moi ce qui reste de ma tortue.

L'Indien ne se le fit pas répéter. Il s'accroupit sans façon et travailla tant et si bien des mains et des mâchoires, sans s'occuper de son « compé », qu'il ne resta bientôt plus que la carapace, nettoyée comme par un clan de fourmis-manioc.

Le dîner, apprêté à la diable sur un brasier mal établi, avait contracté une forte odeur de fumée dont le glouton ne s'était pas préoccupé tout d'abord.

— Oh! banaré!... oh!... dit-il, en manière de remerciement, to pa savé fé cuisine!...

— Il est vraiment bien temps de t'en apercevoir... Mais j'ai là encore deux tortues, nous verrons ce soir ton talent.

— Ah!... banaré... to gain tou araka (Ah! compère, tu as deux tortues?...)

— Oui, tiens.

— Bon.

Puis, voyant que son nouveau « banaré », après

avoir largement étanché sa soif à la crique, s'apprêtait à s'endormir, il lui demanda avec un naïf accent d'ardente convoitise :

— To pas baïé tafia Atoucka. (Tu n'as pas donné de tafia à Atoucka.)

— Je n'ai plus de tafia...

— To pas gain... moi oulé voué çà boite là... (Tu n'en as pas? Je veux voir ce qu'il y a dans la boîte.)

Le contenu n'était, hélas! guère long à inventorier. Une chemise de grosse toile, le flacon vide, ayant contenu le tafia, et que le sauvage flaira avec une avidité de macaque, les épis de maïs, quelques fragments de papier blanc, le petit étui renfermant le linge calciné,— l'amadou de l'indigent, — c'était tout.

Atoucka dissimulait mal son mécontentement.

Robin, brisé de fatigue, sentait le sommeil l'envahir. Le Peau-Rouge s'accroupit et se mit à chanter une longue et plaintive mélopée. Il célébrait ses exploits... racontait que ses abatis regorgeaint d'ignames, de patates, de bananes et de millet... son carbet était le plus grand, sa femme la plus belle, sa pirogue la plus rapide...

Nul comme lui ne fléchait le koumarou. Nul ne savait trouver la trace du maïpouri (tapir) et le percer comme lui d'une flèche infaillible... Nul

enfin ne pouvait rivaliser avec lui quand il pour
suivait le paque et l'agouti... ses jambes défiaient
à la course le kariakou lui-même...

Le fugitif s'était profondément endormi. Longtemps son âme erra dans le pays des songes. Il lui
sembla revoir les chers absents, et vivre quelques
heures là-bas, au delà de l'Océan immense, près de
ceux dont l'implacable destinée l'avait depuis si
longtemps séparé.

Le soleil avait accompli les deux tiers de sa
course quand il s'éveilla.

Le sentiment de la réalité l'envahit soudain et
l'arracha brusquement à son cher et douloureux
cauchemar.

Mais ce sommeil avait au moins rétabli ses
forces. Et d'ailleurs, n'était-il pas libre! Il n'entendait donc plus ce monotone bourdonnement,
accompagnant chaque matin le réveil des forçats...
et ce lugubre roulement de tambour, et ces imprécations...

Pour la première fois, la forêt lui semblait belle.
Pour la première fois, il en goûtait l'incomparable
splendeur. Cette végétation, vagabonde, capri-
cieuse, immense, se tordait, s'échevelait, roulait à
travers des bleuissements de crépuscule. Çà et là,
des lumières irisées trouaient en ricochant la colossale voûte d'émeraude, et retombaient en cascades

de couleurs comme réfléchies à travers des vitraux gothiques.

Et ces mâtures d'arbres géants, aux agrès de lianes, pavoisées de corolles éclatantes, pavillon multicolore, arboré pour toujours par la fée des fleurs...

Et ces colonnes, droites et rigides comme les piliers d'un temple sans fin, drapées de vert, au gracieux chapiteau d'orchidées, dont les arceaux immobiles se profilaient à l'infini sous cette coupole de feuilles et de fleurs...

Les joies des proscrits sont, hélas! bien courtes. La vue de ces splendeurs, devant lesquelles un voyageur bien pourvu de tout fût resté en extase, évoquait pour le fugitif une lugubre idée de tombeau.

... Et l'Indien?... A ce souvenir, Robin se leva brusquement, chercha et ne vit rien. Il appela... pas de réponse. Atoucka avait disparu en emportant non seulement les deux tortues formant toute la réserve de l'infortuné, mais encore ses chaussures, sa boîte-havre-sac renfermant ce qu'il lui fallait pour faire du feu.

Il ne restait à Robin que son sabre d'abatis, sur lequel il s'était par hasard couché, et que le voleur n'avait pu lui ravir. Le mobile du Peau-Rouge lui apparut dans toute sa naïve simplicité. Sa flèche, son entrée dramatique, ses tirades n'étaient

que de l'intimidation. Il pensait que le blanc avait
du tafia, ne fut-ce qu'une bouteille, il lui en fallait.

Déçu de cette espérance, il avait, sans plus de
façon, accepté le frugal repas du fugitif. C'était
autant de pris, et une journée de plus, passée
dans cette chère et adorée paresse, la seule divi-
nité qui, avec l'ivrognerie, soit de la part de l'Indien
l'objet d'un culte assidu.

Trouvant à sa convenance les bibelots de son
hôte, il se les était appropriés, pensant naturellement que ce qui était bon à prendre était bon à
garder. En le privant d'ailleurs des moyens, quelque
élémentaires qu'ils fussent, de continuer sa route,
le « pauvre Kalina » avait un autre but.

Si le tigre blanc eût eu en sa possession quelques
larges rasades de tafia, le résultat eût été identique.
L'Indien aime à boire et à ne rien faire. Il ne travaille, ne pêche ou ne chasse que quand la faim le
talonne. Il eût, sans hésité, vécu pendant quelques
jours, comme on dit vulgairement, aux crochets
de son *banaré*, puis eut disparu de la même façon
pour aller le dénoncer à l'autorité.

Et maintenant il y avait gros à parier qu'il était
en route pour Saint-Laurent — Bonapaté. Il savait
parfaitement que l'administration donne une prime
à quiconque ramène ou fait retrouver un forçat.

Cette prime, dix francs, je crois, représente dix

litres de tafia ; c'est-à-dire dix journées complètes
d'ivrognerie dans sa brutale et répugnante pléni-
tude. Oh ! les préliminaires sont de courte durée.
L'Indien prend une bouteille, la débouche, avale
le goulot, et engloutit sans reprendre haleine la
liqueur corrosive.

Il titube un moment, regarde d'un air hébété
autour de lui, cherche une place à sa convenance,
s'y allonge comme un pourceau repu, et s'endort.

Il s'éveille le lendemain. A peine éveillé, il recommence. Il en est comme cela, sauf de légères
variantes jusqu'à complet épuisement de la provision.

S'il a près de lui sa femme, ses enfants, ses amis,
le cérémonial est identique, mais la ripaille dure
moins longtemps. Tous, mâles et femelles, grands
et petits, ceux-là même qui peuvent à peine marcher, ingurgitent à gosier que veux-tu. Et tous,
ayant atteint en quelques minutes les extrêmes
limites de l'ivresse, s'en vont culbutant, roulant,
tombant, pêle-mêle, s'échouer en famille sous l'é-
paisse feuillée.

Telle était le motif de la visite de digestion que
Atoucka comptait rendre sous peu à son banaré.
Voyant qu'il était impossible, et pour cause, de le
ramener à Saint-Laurent, il était allé chercher du
renfort.

Robin ne pourrait être bien loin. L'Indien, mettant à profit son habileté de chercheur de piste, conduirait à coup sûr les représentants de l'autorité. Son compé serait pris, et il empocherait la prime.

Le fugitif ne s'y trompa pas un moment. Il lui fallait reprendre au plus tôt sa course vagabonde, piquer droit devant lui comme un fauve, accumuler les obstacles, augmenter les distances et marcher jusqu'à complet épuisement.

Il partit en mâchonnant quelques fruits verts de l'aouara, à la saveur aigrelette, et fortement astringente.

En avant! Et, sans plus se soucier de ses pieds qui saignent sous les morsures des « herbes coupantes », il s'élance à travers bois, contournant les massifs, escaladant les troncs renversés, écartant les rideaux de lianes, rampant sous les branchages fracassées.

En avant! Qu'importe le voisinage des fauves à l'affût, qu'importe le trigonocéphale ou le crotale tapis dans l'herbe, qu'importent les milliers d'insectes aux dards empoisonnés, qu'importe le torrent avec ses cascades et ses roches aiguës, la savane avec ses vases sans fond... Qu'importe enfin la mort sous toutes ses formes, sous tous ses aspects!

Si les farouches habitants de la grande solitude

équatoriale sont redoutables, plus redoutables encore sont les hommes de la pointe Bonaparte, qui bientôt le chasseront sans trève ni merci.

Les animaux n'attaquent pas toujours. La bête féroce n'est pas toujours implacable. Elle n'a pas toujours faim. Seule la haine de l'homme est mortelle.

En avant! Qu'importent les miasmes qui s'élèvent des marécages, formant ces buées épaisses, énergiquement appelées le « Linceul des Européens ! » Il faut marcher, faire de la route, comme disent les marins. Les chasseurs d'hommes seront là demain.

Le délire commençait à envahir le fugitif. Mais la fièvre lui donnait des ailes. Il courait comme un cheval emporté, sentant vaguement et comprenant inconsciemment qu'il tomberait tôt ou tard et qu'il ne se relèverait peut-être pas...

La nuit vint, la lune se leva éclairant de sa douce lumière la forêt qu'emplirent bientôt les bruits les plus divers.

Robin semblait n'en entendre aucun. Il marchait sans même penser à frayer sa route, sans voir les écueils, sans même s'apercevoir qu'il laissait aux épines des lambeaux de sa chair.

La vie semblait pour lui s'être résumée et concentrée dans une seule fonction : la marche.

4.

Où était-il ? où allait-il ? Il n'en savait rien. Il n'en avait pas conscience...   .

Il fuyait.

Cette course désordonnée dura la nuit entière. Le soleil du matin chassait déjà les ombres de la forêt, que le fugitif, trempé de sueur, la respiration haletante, les yeux hors de la tête, les lèvres frangées d'une écume sanglante, courait encore.

Puis sa robuste nature fut enfin vaincue par ce formidable effort. Il lui sembla que son crâne supportait toute la voûte de feuillage. Le vertige s'empara de lui, il buta, tituba, broncha et s'abattit lourdement sur le sol.

. . . .

Le surveillant Benoît endurait de véritables tortures. Sa cuisse, ouverte par la griffe du jaguar, enfla rapidement, sous l'appareil posé par la main du forçat.

L'hémorrhagie était arrêtée, mais le surveillant était un homme mort si une médication énergique et savamment conduite n'était bientôt employée.

La fièvre le saisit, cette terrible fièvre de la Guyane, véritable Protée qui prend toutes les formes, qu'une cause même futile détermine, et qui devient si rapidement mortelle.

Une morsure d'araignée-crabe, aussi bien qu'une piqûre de fourmi-flamande, quelques minutes d'exposition au soleil, comme un bain trop froid, une marche prolongée, un écart de régime, une ampoule produite par une chaussure trop étroite, un furoncle, que sais-je encore, suffisent pour donner la fièvre.

La tête devient alors le siège d'une douleur atroce. Les articulations d'abord douloureuses s'immobilisent, le délire survient avec son cortège de spectres; puis le coma, et souvent la mort à courte échéance.

Benoît savait tout cela, il eut peur. Isolé aussi dans la forêt, blessé grièvement, sans autre compagnon que son chien, faisant vis-à-vis à un jaguar décapité, on conviendra qu'il y avait là de quoi émouvoir l'homme le plus vigoureusement trempé.

Une soif ardente le dévorait, et bien qu'il entendît à quelques pas le murmure d'une crique, il n'avait pu jusqu'à présent se traîner jusqu'aux bords.

Chose étrange et monstrueuse tout à la fois, il trouvait encore entre un blasphème et un cri arraché par la douleur la force de maudire Robin, auquel il devait la vie et qu'il accusait de son malheur.

— Oh! le gueux!... la vermine!... Dire que tout ça est de sa faute...

« Et ça fait le grand seigneur avec moi... Ça me

pardonne !... Canaille !... si jamais je te trouve...
je t'en administrerai un pardon.

« Silence donc, Fagot... bête de malheur... sauvage ! dit-il à son chien, qui aboyait bravement à
cinq pas du jaguar pantelant.

« Oh que j'ai soif !... A boire !... Sang-Dieu !... De
l'eau !... A boire !... Et ces trois brutes que j'ai
laissés là-bas, comme des canards empêtrés...

« Tas d'ânes... vont-ils avoir au moins l'instinct
de suivre ma piste. »

Le surveillant, tordu par la soif, trouva dans la
colère la force d'opérer quelques mouvements ;
s'accrochant des mains aux herbes et aux racines,
rampant sur les coudes et sur son genou valide, il
put accomplir ce voyage de quelques mètres.

— Enfin ! dit-il en buvant avidement... Oh ! que
c'est bon de boire... J'ai un volcan dans le corps.

« Ah ! Je me sens renaître. Je guérirai... Je ne
veux pas mourir... Il me faut vivre... vivre pour ma
vengeance.

« En attendant, je vais rester là comme une
bête estropiée... J'ai de quoi manger, heureusement, ne fût-ce que le tigre[1] que l'autre a laissé
là.

---

[1] Que le lecteur ne s'étonne pas de nous voir employer
indistinctement le mot de tigre en parlant du jaguar, du
léopard ou du puma, de même que celui de biche pour

« J'ai de quoi me défendre aussi ; mon sabre...
Joli sabre d'invalide... Ah ! mon pistolet. Il est en
état. Ça va bien.

« Impossible de faire du feu !... oh !... Tonnerre
de tonnerre ! Que je souffre ! C'est comme si une
demi douzaine de chiens rongeaient ma cuisse.

« Pourvu qu'il ne prenne pas fantaisie à toutes
les vermines des bois de se mettre après ma peau.

« Benoît, mon garçon, tu vas passer une fichue
nuit. Bien certainement que mes clampins ne seront
pas là avant demain... et encore.

« Tiens... où donc est Fagot ?... La sale bête. Il
m'a quitté. Ces chiens, c'est ingrat comme des
hommes !

« Encore un à qui je règlerai son compte...
Allons, bon. Le soleil se couche... Il va faire une
nuit de tous les diables... Ah ! non, la lune.

« Tiens, c'est drôle... d'être comme ça seul ici...
Je me sens tout... chose ! »

Si les nuits sont interminables pour celui qui
chemine lentement, combien elles sont affreuses
pour celui qui souffre et qui attend. Imaginez-vous

---

tous les cerfs d'espèces et de sexes différents. C'est l'habitude à la Guyane. Nous aurons soin d'ailleurs, pour éviter
toute erreur, de les désigner en principe par leurs noms
véritables.

L. B.

un malade, les yeux fixés sur le cadran d'une
horloge, et forcé de regarder avancer les aiguilles
pendant douze heures. Voyez-le assister au laborieux entassement des minutes, épier le mouvement
circulaire de la grande aiguille, pendant que la
petite semble ne s'avancer qu'à regret, et de quan-
tités infinitésimales que son œil ne peut apprécier.

Imposez-lui ce supplice là-bas, sous les géants
de l'équateur, au milieu des insondables solitudes,
et vous aurez à peine une idée des tortures endurées
par le surveillant.

La lune avait accompli la moitié de sa course.
Le blessé rongeait son frein, lorsqu'un tintamarre
épouvantable retentit au-dessus de sa tête.

C'était comme un formidable rugissement, auquel
nul bruit n'est comparable. Figurez-vous le va-
carme produit par un train lancé à toute vitesse au
moment où il s'engouffre sous un tunnel et auquel
se mêlerait le cri aigu d'une douzaine de porcs
qu'on égorge.

Ce tapage assourdissant commence brusquement,
grave et aigu en même temps, comme un duo ex-
pectoré par je ne sais quels montres, roule, change
de ton, monte, descend et s'arrête tout net pour
recommencer.

— Allons ! bon, grogna pendant une accalmie

Benoît, sans s'émouvoir de ce charivari sans nom, de la musique, maintenant...

« Satanés singes rouges ! Que le diable les emporte. »

Le surveillant ne s'était pas trompé. Un clan de singes hurleurs prenait ses ébats au haut de l'arbre sous lequel il était couché.

Il pouvait les apercevoir, à travers un rayon de lune, rangés en cercle autour de l'un d'eux, le chef de la bande, qui poussait ces atroces beuglements, et qui *seul* arrachait de son appareil vocal ces deux sons se répercutant à une distance de plus de cinq kilomètres.

Quand il avait bien hurlé, il s'arrêtait, et tous ses auditeurs, charmés sans doute, poussaient quelques rauques hon !... hon !... de contentement.

Un mot en passant sur ce singulier quadrumane. Le singe hurleur de la Guyane, *stentor seniculus*, appelé aussi singe rouge, et *alouate* par les naturels, mesure à peine un mètre quarante, du museau à l'extrémité de la queue. Son pelage est roux-écureuil, et noirâtre à reflets fauves aux pattes et à la queue.

L'examen de son appareil vocal permet de se rendre compte de cette curieuse propriété qu'il possède d'émettre simultanément des sons graves et des sons aigus.

J'ai pu disséquer un vieux mâle, et reconnaître tout d'abord que l'air qu'il aspire peut s'échapper directement par la glotte, ce qui donne naissance au son aigu. En outre, son os hyoïde (petit os situé chez l'homme entre la base de la langue et le larynx), au lieu d'avoir les modestes dimensions de la *pomme d'Adam*, est aussi gros qu'un œuf de dinde, et forme une cavité sonore comme un tuyau d'orgue. Quand il chante, sa gorge se gonfle et prend les proportions d'un gros goître. L'air qui passe par cette vaste cavité osseuse augmente d'une manière incalculable l'intensité de la voix et produit le son grave, de façon que le singe rouge possède à lui seul la faculté de chanter un duo.

Enfin, c'est toujours le chef qui vocifère, à l'exclusion de ses humbles sujets.

Si l'un d'eux, emporté par l'ardeur, veut mêler sa note à la symphonie, le chanteur lui administre une verte correction qui le fait rentrer dans le silence.

L'auditoire a seulement le droit d'applaudir.

Benoît, peu sensible à cette mélodie de quadrumane, enrageait. Les *alouates* ne voulaient pas abandonner la place. Le clan des hurleurs était en liesse. Il les vit bientôt s'accrocher par la queue se balancer comme des lustres, et pousser, la tête en bas, leurs hon !... hon !... approbateurs, pen-

dant que le chef, également renversé, beuglait à
crever le tympan à tous les habitants de la forêt.

— Que je suis donc bête, se dit-il, mais j'ai là
de quoi les faire taire.

Et, armant son pistolet, il fit feu dans la direction de la bande qui s'éparpilla en un clin d'œil.
A peine le silence était-il rétabli, qu'une faible détonation se faisait entendre dans le lointain.

L'espoir revint soudain au blessé.

— Sacrebleu! on me cherche... Feu à volonté,
alors.

Il chargea son arme tout en sacrant et en gei-
gnant, puis il tira. Un nouveau coup de feu retentit, mais sensiblement rapproché.

— Allons, ça va bien. Dans un quart d'heure
mes clampins seront ici. Avant peu, je serai sur
pied, et alors gare à toi, Robin !...

Les prévisions du surveillant furent pleinement
réalisées. Ses collègues, après s'être aperçus, mais
trop tard, qu'ils lâchaient la proie pour l'ombre,
arrivèrent, munis de torches fabriquées avec un
bois résineux, et précédés du chien Fagot, qui se
mit à gambader et à japper joyeusement en re-
voyant son maître.

Ils improvisèrent à la hâte un brancard, et ra-
menèrent, après des fatigues inouïes, leur camarade, repris par le délire.

Ce diable d'homme avait réellement l'âme che-
villée au corps.

Trente-six heures ne s'étaient pas écoulées, que
l'Indien Atoucka arrivait au pénitencier et racontait à qui voulait l'entendre qu'il avait rencontré
« tig' blanc » et qu'il se faisait fort, moyennant
récompense, de mettre la force armée sur ses
traces.

Benoît eut vent de l'affaire. Il fit venir l'Indien
à son chevet, lui promit ce qu'il voulut, lui adjoignit deux compagnons de son choix, et les fit
partir séance tenante, bien pourvus d'armes et de
vivres, pour leur lugubre croisière.

En agissant de cette façon, à l'insu de son chef
hiérarchique, le surveillant chef espérait bien se
targuer de la découverte, ainsi que de la réintégration du fugitif, et détourner l'orage qui allait
fondre sur lui après sa guérison.

Les chasseurs d'hommes, guidés par l'Indien,
pour lequel la forêt n'avait pas de mystère, retrou-
vèrent facilement la piste. Bien que Robin, lors de
sa course désespérée, eût à peine laissé de traces,
le Peau-Rouge, rivé à la voie comme un limier,
savait reconnaître, à un brin d'herbe foulé, à une
feuille tordue, à une liane froissée, que « tig'
blanc » était passé par là.

Quatre jours après leur départ du pénitencier,

ils trouvèrent dans les broussailles une large em-
preinte foulée comme par la chute d'un corps,
puis une tache de sang qui brunissait une pointe
de quartz.

Le déporté était tombé là. Une bête féroce l'a-
vait-il dévoré ?

Atoucka secoua la tête. Il prit silencieusement
les grands-devants, comme on dit en termes de
vénerie, resta près d'une heure absent, et revint en
posant un doigt sur ses lèvres.

— Ou qu'à vini, dit-il à voix basse.

Ses compagnons le suivirent sans mot dire. A
cinq cents mètres à peine, ils trouvèrent une clairière, et aperçurent, au milieu, un petit carbet en
feuilles de macoupi, de construction ancienne,
mais bien clos, et de la toiture duquel s'échappait
un mince filet de fumée.

— Ça tig' blanc, là, fit l'Indien joyeux.

— Kalina, mon garçon, dit un des hommes, c'est
très bien. Benoît n'ira pas au clou, et tu as gagné
la prime, car nous allons pincer notre homme.

CHAPITRE III

Robin, hors d'haleine, affolé par la course, brisé
par la fatigue, congestionné par la chaleur, avait
roulé comme foudroyé sur le sol.

Son corps disparut dans les hautes herbes, qui
l'enveloppèrent ainsi que d'un linceul de verdure.
Étant données les circonstances accompagnant
cette chute, la mort devait arriver à courte
échéance.

L'infortuné expirerait sans même avoir repris connaissance.

Eh quoi ! se pouvait-il qu'un nouveau nom s'ajoutât au martyrologe de la déportation ! qu'un nouveau squelette blanchît dans le lugubre ossuaire de l'équateur !

L'épais tapis de végétaux amortit le choc, et le corps, semblable à un cadavre, resta de longues heures allongé sur les tiges flexibles. Nul jaguar en quête ne passa et les fourmis-manioc ne se montrèrent pas. Ce fut un hasard miraculeux.

Le fugitif s'éveilla lentement, après un temps dont il lui fut impossible d'apprécier la durée. Il était en proie à une prostration dont il ne put tout d'abord s'expliquer la cause, quoique les idées lui revinssent bientôt avec une rapidité singulière.

Phénomène incroyable, il ne sentait plus aucune pesanteur dans la tête, l'étau qui lui étreignait le crâne semblait desserré, ses oreilles ne tintaient plus, et percevaient distinctement le glapissement aigu de l'oiseau-moqueur, ses yeux s'ouvraient à la lumière, son pouls battait régulièrement, une respiration facile gonflait sa poitrine ; la fièvre avait momentanément disparu.

Mais telle était sa faiblesse, qu'il ne put tout d'abord se lever. Il lui semblait être de plomb. Il se sentait en outre comme inondé par un liquide

tiède, exhalant une odeur fade et bien caractéristique.

Un regard jeté sur sa chemise la lui fit voir rouge
écarlate.

— Mais je suis dans un bain de sang, murmura-
t-il. Où suis-je ? Que s'est-il donc passé ?...

Il se tâta partout et finit par se dresser sur les
genoux.

— Je ne suis pourtant pas blessé... mais ce
sang... oh ! que je suis faible !

Il se trouvait dans une large vallée, encaissée
par des collines boisées dont la hauteur ne dépassait pas cent cinquante mètres et qu'arrosait une
crique peu profonde aux eaux claires et délicieuse-
ment fraîches.

Ces criques, abondantes en Guyane, sont d'ailleurs
la seule compensation offerte par la nature aux tour-
ments que l'on endure dans cet enfer.

Robin s'y traîna, but avidement, se dépouilla
de ses habits lacérés, se plongea dans les eaux, et
enleva les épais caillots souillant sa face et sa poitrine.

Ses ablutions terminées, il allait sortir du lit
du petit ruisseau, quand la même sensation d'é-
coulement d'un liquide tiède vint l'intriguer de
nouveau, non sans l'inquiéter. Il porta la main à
son front et la retira rougie.

C'est en vain qu'il tâta de nouveau. Nulle plaie ne déchirait son épiderme. Il fallait pourtant se rendre compte de la cause de cette effusion de sang...

— Mon Dieu ! que l'homme dit civilisé est donc emprunté ici.

« Depuis cinq minutes un nègre ou un Peau-Rouge aurait déjà un miroir. Faisons comme eux. »

Il dit, et, malgré sa faiblesse qui allait toujours en augmentant, il avisa quelques larges feuilles vert brun appartenant à une variété de nénuphar très commun en Guyane.

Couper une de ces feuilles, l'enfoncer horizontalement dans l'eau et la maintenir à quelques centimètres de la surface, fut pour lui l'affaire d'un moment.

Son image, réfléchie comme par un verre doublé d'une feuille d'étain, lui apparut aussi distinctement que s'il eut possédé la meilleure glace.

— Tiens, dit-il, après un moment d'attentives recherches et en apercevant au-dessus de son sourcil gauche, près de la tempe, une petite cicatrice, j'ai été visité par un vampire.

Puis, se rappelant enfin sa rencontre avec l'Indien, sa fuite vertigineuse, son délire et sa chute finale :

— Quelle étrange destinée est la mienne ! Poursuivi par les fauves, traqué par les hommes, il faut que la vorace gloutonnerie d'une hideuse bête me sauve la vie !

Robin ne se trompait pas. Il était perdu sans la bizarre intervention du vampire, qui l'avait littéralement saigné à blanc.

L'on sait que la chauve-souris vampire fait sa nourriture presque exclusive du sang des mammifères qu'elle surprend endormis, et qu'elle suce avec avidité.

Elle est pourvue à cet effet d'un suçoir, ou plutôt sa bouche se termine en un petit cornet formant ventouse et armé de papilles cornées à l'aide desquelles elle perfore lentement et sans douleur l'épiderme du bétail, des singes, des grands mammifères et de l'homme lui-même.

Elle s'approche de sa victime en agitant doucement ses longues ailes membraneuses, dont le mouvement continu procure un sentiment d'exquise fraîcheur et ajoute encore à son engourdissement. Puis, sa bouche répugnante se colle lentement au point qui lui semble propice, ses ailes papillottent toujours, la peau est bientôt percée et l'horrible goule se remplit peu à peu comme une ventouse vivante, puis s'envole repue en laissant la plaie ouverte.

Si les désordres causés par le vampire s'arrê-
taient là, il n'y aurait que demi-mal. Les deux
cents ou deux cent cinquante grammes prélevés
pour son repas ne seraient pas absolument préju-
diciables au « sujet », bien qu'il soit ordinairement affaibli par l'anémie.

Mais comme le réveil ne vient presque jamais
après cette saignée, et que le sang coule une nuit
entière par cette minuscule ouverture, le malheureux, pâle, livide, exsangue, a perdu toutes ses forces, sa vie est en péril si un régime exceptionnelle-
ment tonique et fortifiant ne répare pas au plus
vite les ravages occasionnés par cette perte.

Combien de voyageurs, surpris dans leur hamac,
sans avoir eu la précaution d'envelopper leurs
pieds, leur gorge, ou leur tête, s'éveillent au
jour dans un bain rouge et tiède !

Combien ont payé de leur existence ou tout au
moins de cruelles maladies cet instant d'oubli !
Car bien peu possèdent, au milieu des bois, les
ressources suffisantes pour restaurer leur organisme
appauvri ; ils deviennent alors une proie trop
facile sur laquelle viennent fondre ces terribles
affections équatoriales auxquelles on ne peut résister qu'en étant dans un parfait équilibre.

Mais, à quelque chose malheur est bon parfois.

5.

Votre héros vient d'en faire l'expérience. Cette énorme saignée l'a sauvé pour le moment.

Il se rhabille lentement. Telle est sa faiblesse, qu'il peut à peine couper un bâton sur lequel il s'appuie péniblement. N'importe, pas plus aujourd'hui qu'hier son énergie de fer ne l'abandonne.

Puisqu'il faut marcher. Eh bien, en avant !

Tant de constance doit enfin avoir sa récompense.

— Voyons, dit-il bientôt... Est-ce que je rêve? Mais non. C'est impossible... Quoi! Un bananier!... Mais cette clairière... C'est un abatis.

« Cette herbe drue qui court sur la terre, couverte de feuilles triangulaires... C'est la patate !

« Voici des cocotiers... des ananas... des calaloups... du manioc !

« Oh! Je veux manger! je meurs de faim. Suis-je donc dans un village d'Indiens? Quels que soient les propriétaires, il faut les trouver. Advienne que pourra ! »

Et, obéissant à un mouvement plus prompt que la pensée, il sabra une tige d'ananas, arracha la pulpe écailleuse du fruit, le mordit à pleine bouche, le pressura, le tordit, le but.

Puis, rafraîchi, un peu restauré par l'absorption de ce beau fruit, il saisit le bouquet feuillu qui le surmonte, pratiqua un trou dans le sol,

l'y planta [1], rabattit la terre et se dirigea vers
un petit carbet qu'il aperçut à cent mètres à peine.

Cette habitation solitaire était plutôt une case
très confortable, couverte en feuilles de « waïe »,
un palmier presque indestructible formant une
toiture pouvant durer une quinzaine d'années.
Les murailles, formées de gaulettes entrelacées,
étaient impénétrables à la pluie. La porte était
hermétiquement close.

— C'est une case de noir, pensa Robin, en
reconnaissant la forme spéciale des habitations
de la race nègre. Le propriétaire ne doit pas
être loin. Qui sait, c'est peut-être un fugitif comme
moi !

« Cet abatis est merveilleusement tenu. »

Il frappa à la porte et n'obtint pas de réponse.

Il frappa plus fort.

— [Qué ça oulez ? (que voulez-vous) ? fit une
voix cassée.

— Je suis blessé et j'ai faim.

— Ah ! pauv' moun à bon Gué ! (Ah ! pauvre
homme du bon Dieu !) Ou cé pas pouvé entré dans

---

[1] Touchante coutume à laquelle ne manquent jamais les
coureurs des bois. Quand ils ont mangé le fruit, ils replan-
tent toujours le bouquet. Six mois après, il a pris racine,
sa croissance est complète, tant est active la végétation ;
alors, il donne un fruit qui sauvera peut-être la vie à un autre
voyageur.

L. B.

case là non. (Vous ne pouvez pas entrer dans ma case.)

— Je vous en prie! ouvrez-moi... Je vais mourir... articula péniblement le déporté qu'une subite faiblesse envahit soudain.

— Mo pas pouvé!... Mo pas pouvé (Je ne peux pas), articula la voix, comme entrecoupée par un sanglot. Ou prend' tout ça qué oulé (Prenez ce que vous voudrez). Ou qu'à pas touché rien di mo la case (Ne touchez à rien dans ma maison) ; ou qu'à mouri! (vous mourriez!)

— A moi!... au secours!... râla l'infortuné en s'affaissant.

La voix cassée — une voix de vieillard sans doute — sanglotait toujours.

— Oh! pauv' mouché blanc! Oh!... saint bon Gué mo!... Oh!... Mo pas pouvé laissé mouri li, non.

La porte s'ouvrit enfin toute grande, et Robin, incapable de faire un mouvement, aperçut comme dans un cauchemar l'être le plus épouvantable dont jamais la vue ait hanté le cerveau d'un fiévreux.

Sur un front bossué de pustules luisantes, végétait une chevelure d'un blanc de neige, touffue par places comme la broussaille des bois, ou pelée comme une savane. Ici des verrues avaient, en se chevauchant bizarrement, creusé des sillons livides, étagé des mamelons inclinés, étalé des zones inflammatoires du plus hideux aspect.

Un œil bleuâtre, décomposé, sans regard, sortait de son orbite, comme un œuf de sa coque. La joue gauche n'était qu'une plaie, les cartilages des oreilles se montraient comme des chairs blanches sous le haillon noir de l'épiderme en lambeaux.

La bouche tordue n'avait plus de dents, et les mains sans ongles, aux doigts pleins de rugosités, restaient crispées et rigides comme celles d'un mort.

Enfin, l'une des deux jambes, aussi grosse que le corps, informe, luisante, ronde comme un poteau, semblait près d'éclater sous l'effort de l'œdème qui la gonflait.

Le vieux nègre, en dépit de la lèpre qui le rongeait, de l'éléphantiasis qui immobilisait sa jambe comme celle d'un forçat rivée à un boulet, avait l'air triste et bon des déshérités.

Il allait, venait, tournait, en claudiquant sur sa jambe mutilée, levait ses doigts crochus, et n'osant pas toucher le moribond, poussait des cris désespérés...

— Mi maman!... oh!... Mi dédé!... To pas pouvé prend' li, pauv' « kokobé... » Li mouri caba!... (Oh! ma mère... Je suis mort! Tu ne peux pas le toucher, toi, pauvre lépreux; il en mourrait.)

« Mouché... criait-il anxieusement, mouché... allons, bon mouché... ou vini coté gran' z'arb' là... à l'omb' li. (Venez à l'ombre de cet arbre.)

Robin reprenait ses sens. La vue de l'infortuné lui produisit une impression d'immense pitié, mais, et il est inutile de le dire, exempte de dégoût.

— Merci, mon brave, dit-il d'une voix mal assurée, merci de toutes vos bontés, je me sens mieux. Je vais continuer ma route.

— Oh! mouché... ou pas parti caba... mo baïé ou morceau di l'eau, morceau cassave, morceau poisson... vié Casimir avé gain tout ça coté la case. (Oh! monsieur, ne partez pas encore. Je vous donnerai un peu d'eau, de la cassave, du poisson. Le vieux Casimir a tout cela dans sa case.)

— J'accepte, mon brave homme, j'accepte, murmura-t-il attendri. Pauvre créature déshéritée, dans laquelle se trouve une âme compatissante, comme une perle d'une incomparable pureté enfouie sous la fange.

Le vieux noir ne se sentait plus de joie. Il se démenait comme quatre, tout en prenant d'infinies précautions pour éviter à son hôte un contact qu'il croyait contagieux.

Il rentra dans sa case et en sortit bientôt, tenant un coui (moitié de calebasse) tout neuf, et qu'il portait au bout d'un morceau de bois fendu. Il passa le coui à la flamme de son feu, se rendit en trottinant à la crique, le rapporta plein d'eau et le tendit au malade qui but avidement.

Pendant ce temps, une bonne odeur de poisson grillé s'exhalait à travers le gauletage de la case. Casimir avait mis sur les charbons un morceau de koumarou boucané, et la chair de ce magnifique poisson fondait en grésillant, emplissant le réduit de succulentes effluves culinaires.

Partant de cet axiome que le feu purifie tout, Robin put se repaître sans crainte de contracter la lèpre. Le noir semblait ravi de la façon dont le nouveau venu faisait honneur à son hospitalité.

Loquace comme ceux de sa couleur, jaseur comme les gens habitués à vivre seuls, il se dédommageait amplement du silence imposé par sa solitude et des monologues d'antan.

Il n'avait pas été longtemps avant de s'apercevoir de la position sociale du nouveau venu. Peu lui importait, d'ailleurs. Le brave homme voyait un malheureux, cela lui suffisait. Ce malheureux

frappait à sa porte, il lui devenait plus cher
encore.

Puis, il aimait les blancs de tout son pauvre
cœur. Les blancs avaient été si bons pour lui. Il
était vieux !... mais vieux à ne pas savoir son âge.
Il était né esclave, sur l'habitation de la Gabrielle,
appartenant jadis à M. Favart et située sur la rivière de Roura.

— Oui, mouché, disait-il non sans orgueil, mô,
neg'bitation. Mô savé cuisine, condui chival, planté
girof, soigner roucou. (Oui, monsieur, je suis nègre
d'habitation. Je sais la cuisine, conduire un cheval,
soigner les plantations de girofle et de roucou.)

M. Favart était un bon maître. On ignorait à la
Gabrielle ce que c'était que le fouet. Les noirs
étaient les enfants de la maison. Ils étaient bien
traités, on les regardait comme des hommes.

Casimir vécut là de longues années. Il y vieillit.
Peu de temps avant 1840, il sentit les premières
atteintes de la lèpre, ce mal terrible qui a désolé
l'Europe au Moyen Age et qui est encore à ce point
fréquent en Guyane que l'administration a dû
fonder la léproserie d'Acarouany.

Le malade fut isolé. On lui bâtit une case non
loin de l'habitation, on pourvut à ses besoins.

Puis, sonna l'heure mémorable où s'accomplit
le grand acte de réparation qui s'appelle l'*abolition*

de l'esclavage ! Tous les noirs furent enfin libres...
Tous les hommes furent égaux. Il n'y eut plus
d'autre supériorité que celle du mérite et de l'intelligence.

L'industrie coloniale reçut un rude coup. Sa
prospérité, injustement basée sur le travail non ré-
tribué, sur l'exploitation gratuite des forces humaines, fut irrémédiablement atteinte. Les plan-
teurs, habitués à de folles dépenses, se trouvaient
la plupart sans avances et vivaient au jour le jour,
une année poussant l'autre.

La plupart ne purent, de la veille au lendemain,
faire face aux exigences du labeur salarié. Et quel
salaire pour tant de peines !

Les noirs pourtant ne demandaient pas mieux
que de travailler. Leurs forces n'étaient-elles pas
décuplées par ce mot magique de liberté !

Quoi qu'il en soit, et faute de savoir s'organiser,
les colons laissèrent aller en débâcle leurs habitations. Les noirs se retirèrent, reçurent des con-
cessions, défrichèrent, plantèrent, travaillèrent
chacun pour soi et vécurent libres. Ce sont aujour-
d'hui des citoyens !

Mais, dès le début, un grand nombre restèrent
attachés à la fortune de leurs maîtres, et travaillèrent comme par le passé, donnant gratuitement
et de grand cœur leurs fatigues et leurs sueurs.

Tels furent ceux de la Gabrielle. Mais un jour vint où le maître partit. Le lien de commune affection et de communs besoins était rompu. Les noirs s'éparpillèrent. Casimir resta seul. Pour comble de malheur, son abatis fut ravagé par l'inondation. Dénué de ressources, incapable de vivre dans les villages, envahi par la lèpre, devenu pour tous un objet d'horreur, il partit, marcha longtemps, bien longtemps, et finit par arriver au point où il se trouvait présentement.

Le lieu était admirablement fertile. Il s'y installa, travailla comme quatre, attendant sans se plaindre le moment où son âme quitterait sa misérable enveloppe.

Il était le lépreux de la vallée sans nom.

Son labeur le rendait heureux.

Robin écoutait sans interrompre le récit du bonhomme. Pour la première fois depuis son départ de France il savourait, sans amertume, un instant de bonheur. Ses yeux ravis contemplaient l'Eden du déshérité. La voix cassée du vieillard résonnait avec des intonations affectueuses. Plus de bagne, plus de geôle, plus de blasphèmes...

Ah ! qu'il eût voulu presser dans ses bras cet être humain dont une infortune plus cruelle encore que la sienne l'avait rapproché !...

— Qu'il ferait bon vivre ici, murmurait-il... Mais

suis-je assez loin? N'importe, je resterai... Je veux demeurer près de ce vieillard, l'aider dans ses travaux... l'aimer !

— Ami, dit-il au lépreux, le mal te ronge, tu souffres, tu es seul. Bientôt ton bras n'aura plus la force de soulever la pioche et de fouiller la terre. Tu auras faim ; si la mort vient, nul ne veillera près de toi, nul ne fermera tes yeux.

« Je suis, moi aussi, un déshérité. Je n'ai plus de patrie ; ai-je encore une famille ? Veux-tu que je vive près de toi ? Veux-tu que je m'associe, de corps et d'esprit, à tes joies comme à tes peines, comme à tes travaux ?

« Dis, le veux-tu ? »

Le vieillard, ravi, transporté, ne sachant s'il rêvait tout éveillé, riait et sanglotait en même temps.

— Ah ! mouché ! Ah ! maître ! Ah ! bon fils blanc à mo !

Puis, le sentiment de sa hideur l'envahissant tout à coup, il cacha sa face ravagée dans ses doigts crispés et tomba sur les genoux, la poitrine agitée de convulsifs soubresauts.

. . . .

Robin s'endormit sous un bananier. Son sommeil fut hanté par le cauchemar.

A son réveil, la fièvre le reprit avec violence. Le délire survint.

Casimir ne perdit pas la tête. Il fallait à tout prix un abri pour son nouvel ami. Sa case était contaminée, croyait-il. Il fallait au plus vite l'approprier à sa nouvelle destination, et la rendre habitable pour le malade. Il saisit sa pioche, gratta profondément le sol, emporta au loin la terre, éparpilla sur le plancher des charbons ardents, puis recouvrit ce plancher de belles frondaisons de macoupi, qu'il coupa sans y toucher, et étala avec son sabre.

La couche du malade étant purifiée, il fit lever celui-ci en lui disant doucement :

— Allons, compé, ou vini couché là.

Robin obéit comme un enfant, entra dans la case, s'allongea sur le lit de verdure, et s'endormit d'un sommeil de plomb.

— Pauv' mouché, disait pendant ce temps le noir. Li bien mala... Li mouri si pas vini coté mo... Ah ! mais non, Casimir li pas oulé.

L'accès de fièvre arrivait rapide, presque foudroyant. Le blessé délira bientôt. Il éprouvait à l'occiput d'intolérables douleurs ; d'effroyables visions obsédaient sa vue ; sur ses yeux s'étendait comme un voile sanglant où se tordaient des milliers de reptiles plus hideux les uns que les autres.

Le noir connaissait heureusement de longue date l'accès pernicieux et aussi les remèdes indi-

gènes employés souvent par les « bonnes femmes »
du pays.

Son abatis, cultivé avec amour, contenait non
seulement les plantes et les arbres utiles à l'alimentation, mais encore les végétaux dont la médecine créole fait un si fréquent et si salutaire usage.

Là, se trouvait le « calaloup » dont le fruit coupé
en tranches est l'élément indispensable de la
boisson rafraîchissante dite « rafraîchi » et qui,
écrasé en bouillie, forme le plus émollient des
cataplasmes. Puis, l' « yapana » ou thé de la
Guyane, tonique et sudorifique, le « batôto », un
arbuste aux feuilles atrocement amères, contenant
un principe fébrifuge et antipériodique, analogue à
la quinine ou la salicine, le « tamarin » purgatif, le
« ricin », le « calaloup-diable », dont les graines,
infusées dans le tafia, sont un spécifique contre
la morsure du serpent, etc.

Mais le cas de Robin nécessitait l'usage immédiat
d'une médication plus énergique. Casimir le comprit bien. En dépit de la saignée copieuse à
laquelle le vampire avait soumis son compagnon,
l'accès affectait la forme congestive. L'application d'un vésicatoire était urgente.

Un vésicatoire !... Par cinq degrés de latitude
nord ! Le noir n'avait ni cantharides, ni ammo-

niaque, ni aucune substance pouvant produire la
vésication.

Le vieux docteur *in partibus* ne semblait pourtant pas embarrassé.

— Pitit' minute... mouché. Mo allé... pis, vini.

Il prit son sabre, son coui, s'en alla claudiquant,
et explora minutieusement les abords de la crique.

— Ah ! Ça bien bon, dit-il en se baissant... Oui...
oui, ça même...

Il se courba, ramassa quelque chose, mit ce
quelque chose dans son vase végétal, et recommença à huit ou dix reprises. Puis il revint.

Son absence avait duré dix minutes.

Debout près du malade, l'air grave et recueilli,
il saisit avec d'infinies précautions un insecte long
d'un centimètre et demi, noir d'ébène, luisant, au
fin corselet, à l'abdomen renflé et mobile. Tenant
alors l'animal par la tête, il appliqua son autre
extrémité derrière l'oreille du malade.

Un dard court et rigide surgit, s'implantant profondément dans l'épiderme.

— ... Hein ! hein !... dit-il en nasonnant... ça
bien bon...

Il jeta l'insecte, en prit un second, et lui fit
opérer la même manœuvre derrière l'autre oreille.
Puis un troisième, deux centimètres plus bas...
puis un quatrième, un cinquième, puis un sixième...

Le malade hurlait, tant cette minuscule ponction le faisait souffrir.

— ... Hein! hein ! disait toujours le noir... Ça même. Ça michant bête là, bon bon pou mouché. (Cette mauvaise bête est très bonne pour le monsieur.)

Excellente en effet. Un quart d'heure ne s'était pas écoulé, que deux énormes cloques, remplies de sérosité jaunâtre, soulevaient l'épiderme qu'elles bossuaient, produisant une vésication analogue à celle qui fût résultée au bout de douze heures de l'application du meilleur vésicatoire.

Le malade semblait renaître ; sa respiration rauque s'adoucissait. Ses pommettes enfiévrées pâlissaient. Un miracle, auquel la thérapeutique civilisée était étrangère, s'accomplissait.

— Ça fourmi-flamand, bon bon, dit alors Casimir, qui, sans plus tarder, saisit une longue épine, de « counanan » et perça les cloques, d'où jaillit un jet d'un liquide citrin. Il eût bien voulu appliquer sur la plaie une poignée de coton imbibée d'huile tirée du fruit du « bâche », mais il n'osa pas, dans la crainte de communiquer sa lèpre.

— Ça bon... bon... même !

Robin reprit connaissance, ou plutôt, une douce somnolence succéda rapidement à son état coma-

teux. Il put à peine balbutier un remerciement
et s'endormit.

Le bon nègre avait opéré un véritable miracle.
Les éléments de cette cure merveilleuse, dont le
résultat avait été immédiat, étaient bien simples
pourtant. Un vulgaire remède de bonne femme.
La piqûre des fourmis-flamandes est atrocement
douloureuse. Telle est en outre la propriété particulière du venin dont leur aiguillon est le véhicule,
qu'elle amène séance tenante la vésication. Tel est
aussi le résultat produit par la fourmi-eau-bouil-
lante de l'Afrique équatoriale. L'épiderme se sou-
lève instantanément comme sous une compresse
d'eau à cent degrés. Les phénomènes sont absolument identiques à ceux qui résultent de l'application de cantharides.

Au réveil, une bonne infusion de feuilles de ba
toto, compléta cette médication tropicale dont
l'effet fut à ce point satisfaisant, que vingt-quatre
heures après, le malade, bien que horriblement
faible, se trouvait hors de danger.

Qui donc avait enseigné au vieux nègre cette
médecine qui se rapproche si singulièrement de
celle qu'emploient nos praticiens, les dérivatifs et
les antipériodiques? Car, en somme, un vésicatoire
produit par une fourmi, est-il inférieur à celui qui
est formé par des cantharides, et l'absorption d'in-

fusion de batoto, n'a-t-elle pas souvent guéri les coureurs des bois, aussi bien que la quinine?

N'est-ce pas là un merveilleux rapprochement à établir entre un résultat obtenu par des sauvages qui ont étudié le livre de la nature, et des savants qui ont pâli sur les ouvrages de pathologie!...

Le fugitif, enfin soustrait à l'influence de la malaria équatoriale, était sauvé. L'inclémence de la nature était vaincue, mais la haine des hommes veillait.

Quatre jours s'étaient à peine écoulés, que Casimir, absent depuis quelques heures, rentrait effaré en s'écriant:

— Compé mo!... Là-bas, michants mouns blancs qu'à vini côté nous...

— Ah!... dit Robin, dans l'œil duquel surgit comme un éclair... Des blancs... Des ennemis... N'y a-t-il pas un Indien avec eux?

— Ça même. Kalina qu'à vini.

— Bien! Je suis toujours faible, mais je me défendrai. Ils n'auront que mon cadavre. Tu entends.

— Ça même. Mo pas oulé eux tué ou. Ou pas bougé... Ou resté là... sous feuilles macoupi. Vié Casimir joué oune bon tour à michants blancs.

Le fugitif s'arma de son sabre, trop lourd, hélas!

6

pour son bras débilité; puis, connaissant les ressources que tenait en réserve son vieux compagnon, il se blottit sous les feuilles vertes et attendit.

Des pas rapides se firent bientôt entendre. Puis
une voix rude retentit accompagnée du craquement
bien connu d'un chien de fusil.

La formule employée par les arrivants, sinistre
en pays civilisé, était à la fois lugubre et grotesque
en pareil lieu :

— Au nom de la loi! ouvrez.

Le noir, sans attendre une seconde sommation,
ouvrit doucement la porte, et montra sa face
hideuse!

Sa vue produisit sur les blancs l'effet d'une tête
de trigonocéphale. Quant à l'Indien, qui ne s'attendait pas à pareille rencontre, il resta un moment parfaitement ahuri.

Il y eut un silence.

— Entrez, dit Casimir en donnant à ses traits
l'expression de la plus avenante cordialité, vaine
tentative d'ailleurs qui aboutit à la plus atroce
grimace.

— C'est un lépreux, dit un des nouveaux venus
qui portait le costume des surveillants militaires.
Plus souvent que j'entrerai dans la cabane, pour
attraper des chiques, des tiques, et risquer de
pincer le « pian » qui le ronge.

— Eh! bé ou qu'à pas vini?

— Jamais de la vie. Tout doit être pourri, là-dedans, ça suinte la lèpre. Jamais le « fagot » ne se serait réfugié là.

— Qui sait, reprit le second surveillant. Nous ne sommes pas venus ici pour retourner bredouille... En prenant quelques précautions... Voyons, nous ne sommes pas des enfants.

— A ton aise... moi, je bats en retraite... avec ça que j'ai les jambes encore trouées par les « malingres ». L'air seul de ce poulailler suffirait à les envenimer.

— Mô qu'allé, fit l'Indien en pensant à la prime et aux innombrables verres de tafia qui en seraient la conséquence.

— Moi aussi, parbleu, reprit le surveillant. Je n'en mourrai pas, après tout.

— Ça même, fit le noir radieux.

L'argousin, le sabre d'abatis à la main, pénétra le premier dans l'humble réduit à peine éclairé par quelques minces rayons filtrant à travers le gauletage.

Le Peau-Rouge suivit en marchant sur la pointe des orteils. Un hamac tendu en travers était le seul « meuble » de la case. A terre, quelques ustensiles grossiers, des couis, des gargoulettes, un grage à manioc, une couleuvre à passer la pulpe rapée, un mortier, un long pilon de bois noir, et une plaque circulaire en tôle.

Sur le sol, un lit épais de feuilles de macoupi; dans un coin, plusieurs brassées d'épis de maïs et quelques galettes de cassave.

C'était tout.

— Et là-dessous, grogna le surveillant en désignant de la pointe de son sabre la litière de frondaisons, y a-t-il quelque chose?

— Mo pas savé, fit le noir d'un air idiot.

— Ah! to pas savé, eh bien, je vais voir.

Il dit, et leva le bras comme pour planter la pointe de son sabre à travers les folioles.

Un sifflement aigu, bien que peu intense, retentit, et le surveillant, terrifié, resta la main haute, la pointe basse, la jambe allongée, dans la position d'un maître d'armes qui porte un coup de seconde.

Il semblait pétrifié. L'Indien était déjà dehors. Il était épouvanté, lui aussi, le digne Peau-Rouge, et paraissait avoir absolument oublié les rasades de l'avenir.

— Aye-aye!... beuglait-il, aye-aye!... et son accent indiquait une folle terreur.

Le surveillant fut près d'une demi-minute avant de reprendre ses esprits. Le lépreux, immobile aussi, le regardait avec une expression diabolique.

— Pourquoi ou qu'a pas sersé (cherché).

Le son d'une voix humaine le fit sursauter.

— Aye-aye !... murmura-t-il d'une voix étranglée, c'est un aye-aye !... et son regard ne quittait pas deux points qui luisaient au milieu d'un petit paquet noirâtre, enroulé comme un bout de filin.

« Un brusque mouvement, et je suis mort.

« Allons, en retraite. »

Et doucement, bien doucement, avec d'infinies précautions, il ramena la jambe droite, retira la gauche, se cambra en arrière et chercha à gagner la porte.

Un second sifflement se fit entendre au-dessus de sa tête, au moment où il poussait un soupir de soulagement. Ses cheveux se dressèrent. Il lui sembla que la racine de chacun d'eux était une pointe rougie.

Puis, un objet long, mince, de la grosseur du col d'une carafe, glissa lentement d'une poutrelle, avec un susurrement d'écailles froissées.

Il leva la tête, et faillit tomber à la renverse, en voyant à quelques pouces de sa figure un serpent, la gueule béante, qui, accroché par la queue, allait se laisser tomber et lui planter en plein visage ses crocs empoisonnés.

Fou de terreur, il bondit en arrière, en envoyant à toute volée un coup de sabre sur le ter-

rible ophidien. Heureusement pour lui, sa lame
porta d'aplomb, et décapita net l'animal, qui s'a-
battit sur le sol.

— Un grage!... hurla-t-il... Un grage!

La porte était, derrière lui, grande ouverte. Il
la franchit avec la prestesse d'un clown traversant
un cerceau de papier, non sans butter sur un troisième serpent qui rampait en agitant les anneaux
cornés de sa queue.

Cette scène n'avait pas duré une minute. Le
second surveillant, alarmé par les cris de l'Indien,
restait interdit à la vue de son compagnon qui, pâle,
trempé de sueur, la face contractée par la terreur,
semblait près de tomber en défaillance.

— Eh bien! interrogea-t-il brièvement, qu'y a-t-
il? allons, parle.

— C'est plein... de serpents... là-dedans, articula t-il faiblement.

Le noir sortait en même temps de la case, avec
autant de rapidité que pouvait le lui permettre sa
jambe atteinte d'éléphantiasis.

Il paraissait également terrifié.

— Ah! mouché. Serpents... là trop beaucoup.
Plein mo la case.

— Mais tu ne l'habites donc pas, ta case?

— Si mouché, tit morceau (un peu).

— Comment se fait-il qu'elle pullule de serpents. Ordinairement, ils ne nichent que dans les carbets abandonnés.

— Mo pas savé.

— To pas savé !... To pas savé... Il me semble qu'il y a bien des choses que tu sais et que tu feins d'ignorer.

— Mo qu'a pas mis serpents là, non.

— Ça, je veux bien te croire. Aussi, pour qu'il ne t'arrive pas malheur pendant la nuit, je m'en vais flanquer le feu à ta niche. La garnison est trop dangereuse.

Le vieux nègre frémit. Si sa cabane brûlait, c'en était fait de son hôte. Aussi fût-ce avec un réel accent de douleur, qu'il implora la pitié des deux argousins.

Il n'était qu'un pauvre homme, bien vieux, bien malade. Jamais il n'avait fait de mal à personne, sa case était son seul bien. Comment trouverait-il un abri désormais? Ses bras débiles ne pourraient plus en construire une autre.

— Après tout, il a raison, reprit celui qui était entré dans la case, et qui, ravi de la fin de son aventure, ne demandait pas mieux que de s'en aller.

« Il y a gros à parier que notre homme n'est pas couché avec de pareils camarades de lit. L'Indien s'est moqué de nous et, de deux choses l'une : ou

Robin est bien loin à l'heure présente, ou il est mort. »

— Ma foi, cela me paraît juste, et nous avons raisonnablement fait notre possible.

— Si tu veux m'en croire, nous ne prendrons pas racine ici.

— C'est mon avis. Laissons le moricaud se débrouiller comme il l'entendra avec ses locataires, et filons.

— Tiens, mais, à propos, et l'Indien ?...

— L'Indien, il nous a mis dedans comme des fantassins de deuxième classe, il s'est donné de l'air.

— Si jamais il me tombe sous la main, il peut être bien sûr d'empoigner une de ces roulées...

Les surveillants, acceptant philosophiquement leur bredouille, reprirent leur trace et disparurent.

Casimir les regardait s'en aller en riant d'un rire de démon.

— Ah !... ah !... ah !... serpent « aye-aye », serpent « grage », « boïcinenga » !... tout ça bons pitits bêtes à mo.

Puis, il rentra dans la case en sifflottant doucement. Quelques frémissements imperceptibles agitèrent pendant quelques minutes la litière, puis tout bruit cessa.

Il n'y avait plus d'autre indice de la présence des

reptiles qu'une forte odeur de musc bien caractéristique.

— Eh! compé, dit-il joyeusement. . Comment
ou fika? (Comment vous portez-vous?)

La tête pâle du fugitif émergea lentement, puis
le corps tout entier s'arracha péniblement du trou
au fond duquel Robin venait d'endurer un quart
d'heure de mortelle angoisse.

— Ils sont donc partis?

— Oui, compé, eux partis... pas contents, li gain
la peur... oh! la peur! (Ils ont eu peur, mais une
peur!)

— Mais comment as-tu donc fait pour les mettre
en fuite, je les ai entendus hurler de terreur...
Puis, cette odeur de musc....

Le lépreux raconta alors à son hôte qu'il était
charmeur de serpents. Il savait les appeler, les faire
venir; non seulement il pouvait impunément les
toucher, mais encore il n'avait rien à craindre de
leur morsure, au cas où ces sauvages visiteurs
commettraient quelque écart de mâchoire.

Non seulement le *boïcinenga*, ou serpent à sonnettes, mais encore le redoutable *grage* et le terrible *aye-aye*, ainsi nommé parce que la personne
mordue n'a que le temps de jeter ce cri entre le
moment de la morsure et celui de la mort.

Quant à l'immunité de Casimir, elle s'expliquait

parce qu'il avait été « lavé » pour le serpent par
« mouché » Oleta, un blanc bien connu en Guyane,
qui, au moyen de breuvages et d'inoculations, savait rendre absolument inoffensive la morsure de
tous les reptiles.   —

— Mo qu'appelé serpents, quand blancs vini
côté nous. Ça blancs là, pas « lavés ». Li soti qu'é
allé. (J'ai appelé les serpents quand les blancs sont
venus. Comme les blancs ne sont pas « lavés », ils
sont sortis et se sont enfuis.)

— Mais si l'un d'eux m'avait mordu ?

— Oh ! pas danger. Mo qu'avé mis côté ou,
z'herbes. Serpents pas contents z'herbes là [1]. Li pas
vini côté ou.

---

[1] Plusieurs faits analogues m'ont été racontés par des té-
moins dignes de foi. Le suivant, entre autres, m'a été affirmé
par un des plus hauts fonctionnaires de la Guyane, sous
les yeux duquel il s'est passé à Cayenne. On venait de
prendre vivants deux trigonocéphales énormes. M. Oleta,
dont il est question un peu plus haut, vint à passer.
L'occasion était superbe pour montrer l'efficacité de son
spécifique. On lui amena deux chiens de moyenne taille.
Tous deux furent mordus par les serpents.
— Lequel des deux voulez-vous me voir sauver? demanda
Oleta.
On lui en désigna un. Il lui fit, séance tenante, absorber
son breuvage, lui en inocula quelques gouttes sous la
peau, et l'animal, au bout d'un quart d'heure, s'enfuyait
parfaitement guéri, pendant que son compagnon expirait
dans de terribles convulsions. Ce n'est pas tout. Oleta se
laissa mordre par un des « grages » également désigné au
hasard, et ne fut victime d'aucun accident. Cent cinquante
personnes au moins assistaient à cette expérience, qui eut
lieu rue de Choiseul. M. Oleta est mort, il y a une dizaine

« A présent, ou pas sorti. Kalina parti, allé côté grands bois. Li pas content. Pas gain sous marqués, pas gain tafia... Li ouvri so z'œil côté ou. (Et maintenant, restez ici, l'Indien s'en est allé dans les grands bois. Il est furieux. Il n'aura pas de sous marqués — la prime — il n'aura pas de tafia, et il ouvrira l'œil de votre côté.)

Le bonhomme ne s'était pas trompé. Six heures à peine après l'algarade arrivée aux surveillants, et leur déroute précipitée, Atoucka vint rôder impudemment près de la case.

— Ou michant moun. Empêché mo prend' tig' blanc.

— Soti, mauvais Kalina, riposta Casimir en crachant dédaigneusement, chia!... (Va-t-en, mauvais Indien. Rien qui vaille!) Si to vini côté mo la case, to voué ça vié, kokobé, baïe to oun *piaye*... (Tu verras, le vieux lépreux te jettera un sort!)

A ce mot de *piaye*, l'Indien, superstitieux ainsi que ceux de sa race, s'enfuit éperdu, comme un kariakou poursuivi par le tigre.

d'années, en laissant sa recette à son fils. J'ai vu ce dernier à Rémire. J'aurai occasion de parler de lui dans la suite.

L. B.

CHAPITRE IV

Robin, dans sa course aventureuse, n'avait, en cette série d'incidents divers, pas trop dévié de la direction qu'il s'était primitivement tracée.

Il ne voulait pas s'écarter du Maroni qui forme la limite des deux Guyanes, et avait à peu près réussi à se maintenir dans la direction Nord-Ouest, que ce fleuve affecte depuis son embouchure jusqu'au 5° degré de latitude nord.

Dépourvu de tout instrument de précision, il lui était impossible d'évaluer autrement que par à peu près et la distance parcourue et le point où il se trouvait. Il tenait surtout à se maintenir dans la ligne du Maroni, la grande artère navigable, qui tôt ou tard lui servirait de voie de communication avec les pays civilisés.

Son compagnon était incapable de le renseigner. Peu importait au pauvre homme qu'il fût ici ou là; l'essentiel était pour lui de subvenir à sa malheureuse existence. Il savait vaguement que le fleuve devait se trouver à trois ou quatre journées de marche vers le couchant, et c'était tout. Il ignorait jusqu'au nom de la crique dont les eaux fertilisaient la vallée.

Robin conjecturait qu'elle pourrait être la crique Sparwine. Si sa supposition était vraie, le séjour avec le lépreux ne lui offrait aucune sécurité. L'administration pénitenciaire venait d'établir à l'embouchure de cette rivière un chantier pour l'exploitation des bois. Une escouade de transportés y avait élu domicile. Qui sait si d'un moment à l'autre quelqu'un de ses anciens compagnons, ou même un surveillant, ne déboucherait pas inopinément dans la clairière?

La vigueur lui était revenue, et, avec la force, un irrésistible besoin de conserver à tout prix cette liberté conquise après de si terribles souffrances.

Un mois s'était écoulé déjà depuis le jour où ses ennemis avaient été si rapidement mis en déroute par le corps d'armée de reptiles, dont Casimir était le commandant en chef. Il s'était bien vite habitué à cette vie tranquille, dont le calme profond reposait son âme et son corps de l'enfer du bagne.

Mais aussi la pensée des siens ne quittait plus son cerveau. Chaque jour, chaque heure était remplie du doux et triste souvenir des absents. Chaque nuit, son sommeil était hanté par ce cher et douloureux cauchemar.

Comment les prévenir que l'heure de la délivrance avait sonné ? Comment les revoir ? Comment leur donner un simple signe d'existence, sans s'exposer au plus cruel danger ?

Les idées les plus folles, les projets les plus irréalisables se présentaient à son esprit. Tantôt il voulait gagner la rive hollandaise, traverser la possession tout entière et arriver à Demerara, capitale de la Guyane anglaise. Là, il pourrait trouver de l'ouvrage pour subvenir à ses premiers besoins, puis prendre passage à bord d'un navire en partance pour l'Europe, et sur lequel il s'embarquerait comme matelot.

Mais les raisonnements de Casimir avaient bien-

tôt réduit à néant ce chimérique projet. Il serait
indubitablement arrêté par les Hollandais, et dans
le cas contraire il n'avait aucune chance de gagner
la colonie anglaise, avec laquelle la France n'a pas
le traité d'extradition.

— Si d'autre part je remontais le Maroni, je suis
sûr, d'après les cartes de Le Blond, que sa branche principale, l'*Aoua*, correspond avec le bassin de l'Amazone. Ne pourrais-je descendre le
Yarry, ou tel autre affluent jusqu'au Brésil ?

— Ou pas prouvé caba (déjà), compé, répétait
le noir. Ou qu'attendez morceau. (Attendez un
peu).

— Oui, mon bon Casimir, j'attendrai... le plus
longtemps possible. Nous ferons des provisions,
un canot, puis nous partirons tous deux.

— Ça même.

Ce fut seulement après de longs débats que
Robin consentit à associer le vieillard aux hasards
de son entreprise. Non pas qu'il craignît outre
mesure son contact et la contagion pouvant en
résulter ; loin de là. Mais Casimir était bien vieux.
Avait-il le droit de spéculer sur la profonde affection que lui témoigna dès le premier jour le
déshérité, pour lui faire quitter l'Eden embelli
par ses mains mutilées, ce confort de solitaire,

ces chères habitudes de reclus, cette vie facile
de grand air et de liberté !

Ah ! certes, Robin n'était pas égoïste. Il rendait
de tout son cœur l'affection que lui témoignait le
vieillard, et s'ingéniait à lui rendre agréable ce
lambeau d'existence.

Mais Casimir avait tant et si bien insisté, que
Robin avait dit oui. Le lépreux avait pleuré de
joie et remercié à genoux son bon compé blanc.

D'un mouvement irréfléchi, d'un de ces gestes
commandés par le cœur, le déporté l'avait relevé.

— Ah ! fit douloureusement le vieillard. Ou
qu'a touché mo... Ou fika kokobé (vous devien-
drez lépreux).

— Non, Casimir, n'aie aucune crainte. Je suis
heureux d'avoir serré ta main, bonne et chère
créature qui n'existes que pour le bien...

« Crois-moi, mon ami, ta maladie est moins
contagieuse qu'on ne le croit généralement. J'ai
beaucoup étudié en France. Eh bien ! des médecins,
de grands savants vont jusqu'a affirmer qu'elle ne
se communique pas.

« Quelques-uns même qui exercent dans les
pays où sévit la lèpre, prétendent qu'on peut
en enrayer les progrès en s'éloignant des lieux où
elle a été contractée.

« Ainsi, c'est un double motif pour que je
t'emmène en quelque endroit que j'aille. »

Casimir n'avait compris qu'une chose, c'est que
son blanc ne le quitterait pas. De plus, il lui avait
serré la main. Depuis près de quinze ans,
pareille chose ne lui était arrivée. Il serait donc
inutile de décrire l'émotion dont il fut agité.

A dater de ce moment, leur résolution fut prise.
Ils construiraient un canot bien léger, d'un faible
tirant d'eau, et dans lequel on entasserait le
plus de provisions possibles. Ces provisions se
composeraient essentiellement de couac (farine de
manioc) et de poisson séché.

Quand l'embarcation serait prête, on descen-
drait la crique pendant la nuit seulement. Pendant le jour, la pirogue serait dissimulée dans les
lianes et les plantes encombrant les berges, et
les deux hommes reposeraient sous les arbres.

Ils traverseraient le Maroni, remonteraient son
cours jusqu'à ce qu'ils aient trouvé un affluent
considérable coupant la pointe de la Guyane hollandaise et communiquant avec le bassin de l'Es-
séquibo, le grand fleuve de la colonie anglaise.

Là ils seraient sauvés, car Georgestown ou Dé-
mérara se trouve près de l'embouchure de ce cours
d'eau.

Tel était l'ensemble de ce projet colossal, sauf

modifications ultérieures résultant des événements. Quant aux difficultés presque insurmontables, les deux hommes les avaient énumérées pour
la forme, et pour qu'il n'en fut plus question.

Les provisions abondaient. Il suffirait de recueillir des produits végétaux et de les emmagasiner en temps et lieu. Restait la question de
l'embarcation. Un canot d'écorce ne saurait suffire
pour accomplir une semblable traversée. Son im-
perméabilité est loin d'être parfaite, et les provisions, la suprême ressource des fugitifs, seraient
avariées. De plus, il ne pourrait jamais résister
aux chocs et aux soubresauts résultant d'une navigation à travers les rapides qui hérissent les fleuves et les criques des Guyanes.

Il fut résolu que la pirogue serait construite sur
le modèle de celles des Bosh et des Bonis, d'une
seule pièce, dans le tronc imputrescible et imperméable du bemba. Effilée, relevée et renforcée aux
deux extrémités, elle serait susceptible de naviguer
en avant comme en arrière, les deux pointes aiguës
laissées pleines jusqu'à cinquante centimètres,
pouvant impunément heurter les roches. Elle aurait enfin cinq mètres de long, et porterait, indépendamment des deux canotiers, environ cinq
cents kilos de provisions.

Il s'agissait tout d'abord de trouver un arbre

réunissant toutes les qualités requises, c'est-à-dire ni trop gros ni trop petit, d'âge moyen, sans nœuds ni crevasses, et surtout à proximité de la crique et de l'abatis.

Il ne fallut pas moins de deux pénibles journées de recherches à travers ces arbres géants de la Guyane, qui, on le sait, ne vivent pas en famille et sont éparpillés de ci, de là, sur des zones immenses.

Le sujet fut enfin trouvé et déclaré « bon-bon » par Casimir, ingénieur en chef de la construction navale. On se mit incontinent à l'œuvre. Le travail, hélas ! n'avançait que bien lentement. Le vieux solitaire n'avait qu'une hache de petite dimension, dont le tranchant rebondissait sur les fibres tenaces du bemba, en ne pratiquant que de bien faibles entailles.

Heureusement, Casimir connaissait à fond toutes les ressources des habitants de la forêt. Puisque le fer était insuffisant, on demanderait au feu son secours. Un bûcher fut allumé à la base de l'arbre qui s'enflamma lentement, charbonna, brûla à l'étouffée pendant quarante-huit heures, et s'abattit enfin pendant la nuit avec un fracas terrible.

Casimir, éveillé en sursaut, s'agita dans son hamac et s'écria joyeusement :

— Compé, ou qu'a entendu... Boum... li tombé là... crac... crââââc!...

Robin, tout joyeux, ne put se rendormir.

— C'est bien, voilà le commencement de notre délivrance. Nous manquons d'outils pour creuser le canot, mais...

— Oh ! interrompit le noir... neg' Bosh, neg' Boni, pas gain outils. Eux fabriquer canot avec feu...

— Oui, je sais cela ; ils creusent leurs pirogues avec le feu et les polissent ensuite avec leur sabre, ou même des pierres tranchantes, mais j'ai trouvé mieux que cela.

— Qué chose, ou qu'a trouvé ? compé.

— Tu as une pioche, n'est-ce pas, une bonne pioche, eh ! bien, je m'en vais l'affûter comme il faut, y ajuster un manche solide, cela nous fera une herminette parfaite. Avec un pareil outil, vois-tu, Casimir, je me fais fort de rendre la pirogue aussi unie qu'une feuille de barlourou, aussi bien à l'intérieur qu'à l'extérieur.

— Ça même, compé, ça même ! fit le nègre joyeux.

Ce qui fut dit fut fait, et les deux hommes, après avoir adapté la pioche à sa nouvelle destination, s'en allèrent à leur chantier.

Ils portaient chacun leur provision pour la journée, et s'avançaient en devisant gaiement.

— Vois-tu, Casimir, disait Robin devenu plus communicatif depuis que sa vie avait un but et que ce but allait se rapprocher, vois-tu, avant un mois, nous serons partis.

« Bientôt, nous serons loin. Dans un pays libre. Je ne serai plus une bête fauve qu'on poursuit, un forçat qu'on traque... Je ne serai plus le gibier des Indiens et des argousins... Je ne serai plus le *tigre blanc !*

— Ça même, compé... ça même, disait doucement le lépreux, heureux de la joie de son ami.

— Puis, songe donc... Je pourrai revoir ma femme, mes chers petits. Oublier dans un seul moment les tortures du passé... Effacer par un baiser le souvenir du bagne... Les presser dans mes bras... les voir... les entendre !...

« Ah ! tiens cet espoir me donne une force de géant. Il me semble que je mettrais la forêt en morceaux. Tu vas voir comme je fouillerai le canot... ce cher petit canot, mon espérance... Tiens ! nous l'appellerons de ce nom : *l'Espérance !*

Ils arrivaient à ce moment à la clairière formée par la chute du bemba, qui avait en tombant entraîné plusieurs autres arbres. Un large rayon de

7.

soleil trouait la voûte disloquée. La base de l'arbre fumait encore.

— Allons, à l'ouvrage !... mon...

Robin n'acheva pas sa phrase. Il resta comme pétrifié à la vue d'un homme armé d'un sabre d'a-batis, revêtu de la lugubre livrée du bagne et qui se leva brusquement en prononçant ces simples mots :

— Tiens ! c'est vous, Robin. Du diable si je m'attendais à vous trouver là...

Robin, foudroyé par l'imprévu de cette rencontre, ne répondit pas. La vue de son ancien compagnon de geôle évoqua soudain tout un cauchemar de souvenirs lugubres.

Il vit d'un seul coup le pénitencier et ses hideurs !... Le conseil de guerre, la double chaîne. La réintégration au casernement. La pensée ne lui vint même pas que cet homme était peut-être un évadé aussi.

Ce forçat n'était pas, ne pouvait pas être seul. Là peut-être à deux pas, sous le couvert, se tenait le clan des maudits avec son escorte de surveillants.

Eh quoi ! tant de souffrances auraient-elles été endurées en pure perte ? Fallait-il dire adieu à cette liberté à peine entrevue ? Une fièvre étrange et terrible envahit l'ingénieur. Une fugitive pensée de meurtre traversa son cerveau. En somme, que lui importait ce bandit, dont la venue constituait pour lui le plus grave danger.

Il eut honte aussitôt de ce mouvement inconscient et redevint subitement maître de lui-même.

L'autre ne semblait pas s'apercevoir de ce trouble, ni s'étonner de ce silence. Il continua :

— Ah ! oui, je comprends, vous n'êtes guère causeur. C'est égal, je suis tout de même content de vous revoir.

— C'est vous, reprit-il enfin avec effort, Gondet...

— Gondet lui-même, en chair et en os... surtout en os. Voyez-vous, l'ordinaire ne s'est pas amélioré depuis votre départ, et dame, avec la température et le métier qu'on nous fait faire, ça n'est pas le moyen de nous retaper.

— Mais, que faites-vous ici ?...

— A un autre que vous, je répondrais qu'il est trop curieux et que ça ne le regarde pas. Mais vous avez le droit de tout savoir.

« Je suis tout simplement chercheur de bois. »

— Chercheur de bois ?

— Mais, oui. Vous savez bien que dans chaque chantier l'administration détache un homme connaissant bien la forêt et les essences de bois. Il part un peu à l'aventure, découvre les plus beaux sujets, les marque, puis, quelque temps après, les

« pensionnaires » de l'État les exploitent pour le
compte de leur patron.

— Oui.

— Pour lorss' avant d'être « dans la peine » j'é-
tais ébéniste, d'où le sobriquet de « P'tit ébéniste »
que je porte depuis mon arrivée. J'ai été nommé
chercheur avec quarante centimes de haute paye
par jour. Et voilà pourquoi je tombe chez vous
comme une corneille qui abat des noix.

« Mais, savez-vous que vous avez une fière mine.
On voit bien que vous vivez de vos rentes. »

— Et les autres, où sont-ils ?

— Oh ! ils sont à plus de trois journées d'ici. Vous
pouvez être tranquille pour le moment.

— Alors, vous n'êtes pas évadé ?

— Pas si bête. Je n'ai plus que six mois à faire,
plus mon doublage. Dans six mois, je serai en
liberté provisoire mais résident forcé à Saint-Laurent et à la veille de devenir concessionnaire.

— Ah ! vous n'êtes pas évadé ?...

— Mais non, que je vous dis. On croirait que ça
vous contrarie. Vous auriez préféré, pour être bien
sûr de moi, que je ne retourne pas là-bas.

« Soyez tranquille. Voyez-vous, nous autres rien
qui vaille, nous avons des idées comme ça. Jamais
un « fagot » n'a dénoncé un copain évadé. »

Robin eut un brusque haut-le-corps.

— Oh ! dit l'autre, qui s'en aperçut, quand je dis copain, faut pas vous fâcher... Je sais bien que vous ne l'étiez que pour la frime, notre copain.

« Eh bien ! si vous voulez savoir la vérité, tout le monde a été ravi de vous avoir vu filer en douceur.

« Et Benoît ! Benoît que les argousins ont rapporté tout démoli. En voilà un qui se fait un sang !... Oh ! mais un sang.

« Mais, quoi, ça vous a la fressure si bien accrochée que ça rapporte sa peau de là où un autre laisserait jusqu'à ses os.

« C'est égal, vous êtes un rude homme. Vous n'êtes pas de chez nous, mais on vous « estime » tout de même.

— Et, pense-t-on à me poursuivre? demanda comme à regret Robin, gêné de prendre des renseignements à pareille source.

— Personne autre que Benoît... Vous êtes sa bête noire, soit dit sans vous offenser. Il jure du matin au soir, au point que les pauvres sœurs de l'hôpital en sont toutes sens dessus dessous. C'est après vous qu'il en a, naturellement.

« Pour moi, je suis sûr que quand il sera sur ses pattes, il essaiera de vous pincer. Mais, va-t-en voir s'ils viennent.

« Vous n'êtes pas un enfant, et je suis bien sûr

que vous serez loin alors. D'ailleurs, on vous cro'ra
mort. »

Le chercheur de bois, loquace comme les forçats
quand ils trouvent une occasion de parler avec
d'autres que leurs compagnons habituels, ne taris-
sait pas.

— Savez-vous que vous avez eu une rude chance
de rencontrer ce vieux « négro » qui est avec vous !
Il est laid à faire peur au diable lui-même. Mais il a
dû vous être fièrement utile.

« Eh bien ! je n'aurais jamais pensé en trouvant
ce matin le bemba par terre que c'était vous qui
l'aviez abattu. Ça fera une crâne pirogue. Tiens,
une idée. Ah ! elle est bien bonne. Je suis ici pour
le compte de l'administration. J'ai une bonne
hache, si je vous donnais un solide coup de main ?

— Non, dit presque brutalement le proscrit qui
ne voulait pas d'un semblable auxiliaire.

Le forçat comprit sans doute le motif de ce refus
et dut en sentir toute la portée. Il tressaillit, et son
visage blême, aux traits hardis jusqu'à l'impu-
dence, se contracta douloureusement.

— Ah ! c'est vrai, dit-il d'une voix triste. Nous
ne pouvons rien donner aux honnêtes gens... nous
autres.

« C'est dur, allez, d'avoir «fauté ». Il n'y a pas
de régénération possible. Je le sais bien. Tenez, je

suis d'une bonne famille. J'ai reçu une certaine éducation, mon père était un des premiers ébénistes de Lyon. Malheureusement je le perdis à dix-sept ans. Je fis de mauvaises connaissances. Le plaisir m'attira.

« Je me rappelle encore ma pauvre mère me disant : « Mon enfant, j'ai appris hier que des « jeunes gens de la ville ont fait du tapage. Ils ont « passé la nuit au poste. Si pareille chose t'arrivait, « j'en mourrais de chagrin. »

« Deux ans après, je fis un faux. Et l'on me condamna à cinq ans de travaux forcés !

« Ma mère resta deux mois entre la vie et la mort. Elle a été folle deux ans. Ses cheveux ont blanchi. Elle n'a pas quarante-cinq ans, elle en paraissait soixante lors de mon départ.

« Je n'ai jamais volé depuis que je suis au bagne. Je ne suis ni pire ni meilleur que les autres, mais je suis un damné. Voyez, je ne puis même pas pleurer en parlant de ça....

« Vous, monsieur, le bagne vous a ennobli, moi, il m'a ravalé !... »

Robin, ému malgré lui, s'approcha et, pour faire diversion à cette scène pénible, offrit à l'homme la moitié de son repas.

— Je devrais vous refuser aussi, dit-il, mais je n'ai pas le droit de faire le fier, j'accepte. Vous êtes

bien toujours le même... et ce n'est pas la première
fois que je reçois de bons offices de vous.

— Comment cela ? demanda Robin surpris.

— Oh ! parbleu, c'est bien simple. Vous m'avez
retiré du Maroni, un jour que, emporté par le courant, j'allais bel et bien me noyer. Vous n'avez
pas hésité à sacrifier votre vie pour conserver ma
misérable existence de forçat.

« Voyez-vous, je ne puis que faire des vœux
pour le résultat de votre entreprise, mais c'est de
bon cœur, allez.

— Je me rappelle en effet, reprit le proscrit, et
croyez que je vous suis obligé des sentiments que
vous me témoignez.

— Ah ! bon Dieu, et moi qui oubliais l'essentiel.
« La lettre !

— Quelle lettre ?

— Voici : moins de quinze jours après votre
fuite une lettre est venue pour vous de France.
Naturellement, l'administration en a pris connaissance. Les chefs en ont parlé entre eux. Leurs
propos nous ont été rapportés par le garçon qui les
sert, un transporté. On disait comme ça que vous
aviez là-bas des amis qui faisaient des démarches
pour vous faire gracier. Que les affaires n'allaient
pas vite, mais que si vous vouliez vous-même

signer votre demande en grâce, vous pourriez l'obtenir.

— Jamais! interrompit Robin, dont les pommettes s'empourprèrent. Et pourtant, ai-je bien le droit de priver ma famille du bras et de l'affection de son chef ? Faut-il donc me déshonorer pour assurer au mieux leur subsistance ?

« Et d'ailleurs, il est trop tard !

— C'est ce que disaient comme ça les chefs : « Il est trop tard. » D'autant plus que si vous n'obteniez pas votre grâce, il était question de vous faire concessionnaire, avec la faculté d'amener votre famille.

— Hein ! que dites-vous ?... Concessionnaire. Ma femme, mes enfants ici ! Dans cet enfer ?

— Dame, c'eût été peut-être le plus sûr moyen de les revoir. Puis, vous savez, tout ça, c'est des on-dit. C'est le contenu de la lettre qu'il faudrait connaître.

— Oh ! cette lettre !... Maudite soit ma folle précipitation. Que ne puis-je retourner là-bas, et payer de tous les supplices un trop court moment de bonheur.

— Tenez, laissez-moi vous dire deux mots, ça ne sera pas long. J'ai une idée, une vraie. Je suis à peu près libre ici. On ne se défie pas de moi, étant à la veille de ma libération, et l'on a raison. Je vais rentrer au chantier. Je me colle une fièvre de cheval. C'est mon affaire, nous avons des trucs pour ça. On me débarque de Sparwine à Saint-Laurent, j'entre à l'hôpital, et je me débrouille pour savoir le fin mot de l'affaire.

« Quand je suis au courant de tout, je guéris comme par enchantement, je reviens au chantier, j'accours ici et je vous conte la chose.

« Cela vous va-t-il? C'est que, voyez-vous, j'ai contracté une rude dette vis-à-vis de vous et je serais bien aise de vous rendre service. »

Robin se taisait. Un terrible combat se livrait en lui. Il ne pouvait vaincre la répugnance qu'il éprouvait à employer un tel messager pour une chose aussi sacrée.

Le forçat le regardait d'un air suppliant.

— Je vous en prie. Laissez-moi faire une bonne action. Au nom de ma pauvre mère, la bonne et sainte femme qui me pardonnera peut-être... Au nom de vos petits enfants... sans père... là-bas, dans une grande ville...

— Partez ! Oh ! oui, partez.

— Merci, monsieur, merci...

« Un mot encore : j'ai là un petit carnet, sur lequel je marque ma route et j'inscris mes arbres. Il m'appartient... loyalement. Je l'ai payé. Il y a encore quelques pages blanches. Si j'osais, je vous prierais d'y écrire quelques mots pour envoyer en France.

« Un navire hollandais chargé de bois se trouve en face l'habitation Kœppler. Il part incessamment en Europe. Je me charge de faire parvenir votre billet à bord. Il y aura un bon cœur qui ne refusera pas de l'envoyer à votre famille, surtout quand on saura que vous êtes un politique.

« Vous acceptez, n'est-ce pas ?

— Oui, donnez, murmura Robin.

Et, séance tenante, il couvrit d'une écriture fine et serrée deux feuillets détachés, y mit l'adresse, et rendit le tout au forçat.

— Maintenant, dit celui-ci, je pars. Ce soir j'aurai la fièvre. Surtout, cachez-vous bien. A bientôt !

— A bientôt, et puissiez-vous réussir !

Le transporté disparut aussitôt derrière les lianes épaisses.

Le vieux Casimir avait gardé le silence pendant toute cette scène, en partie inintelligible pour lui. Il fut stupéfait, à la vue de la transfiguration qui venait de s'opérer sur les traits de son ami.

Robin n'était plus reconnaissable. Ses yeux brillaient d'un feu inaccoutumé, sa figure pâle s'empourprait. A son habituelle taciturnité avait tout à coup succédé une incroyable loquacité. Il parlait... Il parlait avec volubilité, racontait à son compagnon ravi ses travaux, ses luttes, ses espérances, ses déceptions.

Il lui expliqua la différence existant entre un criminel de droit commun et un condamné politique, et put faire apprécier à son interlocuteur la profondeur de l'abîme qui les séparait.

Le pauvre homme avait peine à comprendre l'implacable rigueur du châtiment, eu égard à la nature du délit.

— Maintenant, termina-t-il, que je suis presque rassuré sur le sort de mes chers absents, le manche de la hache brûle mes mains.

« A l'ouvrage ! Casimir, à l'ouvrage. Creusons, fouillons ce bois, sans trêve, sans relâche. Parachevons l'œuvre de la liberté, et que ce canot nous emporte au plus vite loin de ces rivages maudits.

— Ça même, dit doucement le noir.

Et ils se mirent à la besogne avec acharnement.

Quarante jours à peine avant l'évasion de Robin, une scène bien touchante, et que nous retracerons brièvement, se passait à Paris, rue Saint-Jacques. On était au 1ᵉʳ janvier. Il faisait un de ces froids durs, encore aiguisés par le vent du Nord, dont

l'haleine glacée transformait la grande ville en
un véritable coin de Sibérie.

Une femme en deuil, pâle, les yeux rougis par le
froid, par les larmes peut-être, montait lentement
l'escalier malpropre d'une de ces énormes maisons
que l'on retrouve encore dans certaines parties
du vieux Paris. Véritables casernes aux innombrables recoins, accessibles aux plus petites bourses,
et où s'abritent tant bien que mal des légions de
déshérités.

Cette femme avait grand air, sous ses pauvres
vêtements de veuve dont la méticuleuse et touchante pauvreté attestait et des soins constants, et
une misère vaillamment supportée.

Arrivée au sixième étage, elle s'arrêta un moment
essoufflée, tira une clef de sa poche, et l'enfonça
doucement dans la serrure. Au faible glissement de
fer, répondit un concert de voix enfantines.

— C'est maman ! Voilà maman !...

La porte s'ouvrit et quatre enfants, quatre gamins dont l'aîné avait dix ans, et le plus jeune à
peine trois, s'élancèrent vers la nouvelle venue
qu'ils couvrirent de caresses.

Elle les embrassa tous, nerveusement, avec ces
mouvements de tendresse fébrile et passionnée,
tenant à la fois de la joie et de la douleur.

— Eh bien! mes chéris, vous avez été bien sages, n'est-ce pas?

— Je crois bien, répondit l'aîné, déjà sérieux comme un petit homme, la preuve, maman, c'est que Charles a eu la croix de sagesse.

— La troix!... tite mère, dit en s'avançant avec la gravité de ses trois ans, le plus jeune, un adorable bébé, qui montrait de son tout petit doigt à fossette la croix accrochée par un ruban rouge à son vêtement de lainage gris.

— Bien! mes chers petits, très bien, reprit-elle en les embrassant encore.

A ce moment, elle aperçut dans le fond de la pièce un grand garçon de vingt à vingt-deux ans, vêtu d'une vareuse de molleton noir, qui tortillait dans ses grosses mains, d'un air embarrassé, son petit chapeau de feutre.

— C'est vous, mon brave Nicolas, bonsoir, mon ami, lui dit-elle affectueusement.

— Oui, madame, j'ai quitté l'atelier de bonne heure, afin de venir vous « la souhaiter bonne et heureuse », ainsi qu'aux enfants... ainsi qu'à... au patron... à monsieur... Robin, quoi!

Elle tressaillit. Son beau visage, amaigri par la souffrance, pâlit, ses yeux se tournèrent vers un grand portrait, dont le cadre d'or contrastait singulièrement avec les murailles nues de la man-

sarde et quelques meubles épars, derniers débris
d'une ancienne aisance.

Un petit bouquet de pensées, une rareté à pareil
moment, s'épanouissait dans un verre plein d'eau,
devant cette toile, représentant un homme dans
la force de l'âge, aux fines moustaches brunes,
aux yeux luisants, aux traits pleins d'énergie et
de distinction.

A la vue de cette touchante offrande faite par
l'ouvrier parisien, à celui qui fut son bienfaiteur,
de ce témoignage d'exquise délicatesse sorti du
cœur d'un humble artisan, ses yeux se remplirent
de larmes et un sanglot mal contenu déchira sa
gorge.

Les enfants, debout devant le portrait de leur
père, pleuraient silencieusement en voyant pleurer
leur mère. La douleur du jeune âge est ordinairement bruyante. Les larmes silencieuses de ces
quatre petits avaient quelque chose de poignant.

On sentait qu'ils avaient l'habitude du chagrin,
comme ceux de leur âge ont l'habitude du rire.

C'était le jour de l'an pourtant. Les opulents
magasins aussi bien que les humbles boutiques
des marchands de joujoux avaient été mis au pil-
lage. Paris en fête, flamboyait, des fusées de rire
s'échappaient des hôtels et des mansardes. Les fils
du proscrit sanglottaient.

Oh! ils ne demandaient pas de joujoux. Ils étaient depuis longtemps privés de ce bonheur du premier âge, et savaient déjà s'en passer. Et d'ailleurs peut-il y avoir des joies pour des enfants d'exilé? Que leur importait cette année qui venait de s'écouler morne et désespérée, que leur importait aussi celle qui commençait peut-être sans espoir?

La mère essuya ses larmes, tendit simplement la main à l'ouvrier et lui dit:

— Merci! merci pour lui et pour moi!

— Eh bien! madame, demanda-t-il, est-ce qu'il y a quelque chose de nouveau?

— Rien encore. Et nos ressources s'épuisent. Mon travail devient insuffisant. Cette jeune Anglaise à laquelle je donnais des leçons de français est malade. Elle s'en va dans le Midi. Bientôt nous n'aurons plus que mes broderies, et mes yeux se fatiguent.

— Ah! madame, vous oubliez mon travail. Je ferai es heures supplémentaires. Puis, l'hiver ne durera pas toujours.

— Non, mon cher Nicolas, je n'oublie rien, ni votre bonté ni votre abnégation, ni l'amour que vous témoignez à mes chers enfants, mais je ne veux rien accepter.

— Oh! ça serait la moindre des choses. Est-ce

que le patron ne m'a pas élevé, quand mon père a
été tué par l'explosion de la machine. Qui donc a
donné du pain à ma mère infirme ? Et si la pauvre
vieille a pu mourir tranquille, n'est-ce pas à vous et
à lui que j'en dois la reconnaissance ?

« Voyez-vous, madame, je suis de la famille.

— Et c'est pour cela que vous voudriez vous tuer
de travail, quand vous avez à peine pour vivre ?

— On a toujours de quoi vivre quand on a bon
pied, bon œil et bon cœur à l'ouvrage. Pensez
donc, mécanicien-ajusteur, et des heures de sup-
plément, je me fais de vraies journées de contre-
maître.

— Que vous voudriez nous donner en vous privant du nécessaire !...

— Mais, puisque je suis de la famille.

— Oui, mon enfant, vous en êtes... et pourtant je refuse. Je verrai plus tard... si la misère
devenait trop grande, si la maladie s'abattait
sur les enfants, si la faim... Oh ! ce serait affreux.
Non, nous n'en viendrons pas là. Croyez bien que
je suis aussi touchée de votre offre que si je l'avais
acceptée.

— Et... alors, on ne veut pas le ramener de là-
bas ? Il y en a pourtant un certain nombre qui
sont arrivés de Belle-Isle et de Lambessa.

— Ils ont demandé leur grâce... Mon mari

n'implorera jamais ceux qui l'ont condamné. Jamais il ne désavouera sa conduite, qui fut toujours celle d'un homme d'honneur.

L'ouvrier baissa la tête et ne répondit pas.

— Du reste, continua Mme Robin d'une voix étouffée, je vais lui écrire, ou plutôt nous allons lui écrire sa troisième lettre du jour de l'an...

« N'est-ce pas, mes enfants ?

— Oh! oui, maman, dirent les aînés, pendant que le petit Charles, accroupi gravement dans un coin, s'escrimait sur un carré de papier qu'il tendit d'un air satisfait en disant:

— Tiens, ma lettre... pour papa!

La femme du proscrit, sachant en quelles mains devait passer sa lettre avant de parvenir à son mari, sachant aussi quelles mutilations on faisait subir à celles qui étaient spécialement destinées aux condamnés politiques, écrivit brièvement, de façon à tranquilliser Robin sur l'état de la famille, et en évitant rigoureusement tout commentaire de nature à soulever les rigueurs de la chiourme.

Ah! qu'il dut lui en coûter à cette noble mère, à cette vaillante épouse, d'atténuer les expressions de tendresse qui se pressaient sous sa plume! Mais elle avait la pudeur de son affection et de sa douleur.

« Mon cher Charles — écrivit-elle,

« C'est aujourd'hui le premier janvier. L'année
« qui vient de finir a été bien triste pour nous,
« terrible pour toi. Celle qui commence apportera·
« t-elle un allègement à tes souffrances, une conso-
« lation à nos peines ? Nous l'espérons comme toi,
« cher et noble martyr, et cette espérance fait notre
« force.

« Je suis vaillante, va! Et nos braves enfants,
« de petits hommes, tes dignes fils. Henri grandit.
« Il étudie. Il est sérieux déjà. C'est tout toi.
« Edmond et Eugène deviennent de grands garçons.
« Ils sont plus rieurs, un peu étourdis, comme
« moi.....avant notre malheur. Quant à notre Char·
« les, impossible de rêver pareil amour d'enfant.
« Un adorable bébé rose, joufflu, joli et intelli-
« gent!... Croirais-tu que tout à l'heure, quand il
« a entendu dire que je t'écrivais, il m'a tendu un
« petit papier tout barbouillé qu'il a bien précieu-
« sement plié en disant : « Tiens, ma lettre pour
« papa! »

« Je travaille. Et je réussis toujours à subvenir à
« nos besoins. Tranquillise-toi de ce côté, mon
« bon Charles, et pense bien que si notre vie est
« affreuse sans toi, les exigences matérielles en
« sont à peu près remplies. Tes amis ont conti-

« nué les démarches entreprises à ton intention.
« Aboutiront-elles ? On exige comme condition es-
« sentielle que tu signes un recours en grâce...

   « A ce prix peut-être obtiendrais-tu ta liberté ?
« Sinon, on nous affirme que tu pourrais devenir
« concessionnaire d'un terrain en Guyane. J'ignore
« en quoi cela consiste. Tout ce que je vois, c'est
« que je pourrais venir te rejoindre, *avec les*
« *enfants*. Rien ne m'effraye. Et la misère avec
« toi, là-bas, serait le bonheur !

   « Dis-moi ce que je dois faire. Les moments
« sont précieux. Chaque minute qui s'écoule loin
« de toi, mon cher proscrit, est une minute d'an-
« goisse, et nous pourrions encore être heureux
« dans ce pays du soleil.

   « Courage, cher bien-aimé, nous t'envoyons nos
« souhaits les plus ardents, avec tous les baisers de
« notre cœur, et tout notre amour. »

Au-dessous, se lisaient avec le nom de la mère,
la signature déjà virile de l'aîné, les noms d'Edmond et d'Eugène un peu tremblottés et très ap-
pliqués, puis un gros pâté commis par le petit
Charles qui avait voulu que sa mère conduisît sa
main.

   Cette lettre était partie trois jours après par un
voilier de Nantes qui faisait directement route pour

la Guyane. Les communications, pour être moins
régulières qu'aujourd'hui, grâce aux lignes transa-
tlantiques, n'en étaient pas moins fréquentes, et
Mme Robin avait toutes les cinq ou six semaines un mot de son mari.

Janvier et février s'étaient écoulés tout entiers
sans nouvelles ; mars commençait, rien encore !
L'inquiétude de la pauvre femme se compliquait
d'angoisses quand elle reçut un matin une lettre
timbrée de Paris, dans laquelle on la priait de
passer, pour une communication très-importante,
chez un homme d'affaires qui lui était complètement inconnu.

Elle se rendit aussitôt à l'adresse indiquée, et
trouva un homme jeune encore, mis avec une certaine recherche, de figure et de manières assez vul-
gaires, mais en somme parfaitement convenable.

Il se tenait dans un de ces bureaux à l'ameu-
blement banal d'acajou, aux casiers multiples,
dont l'aspect est bien connu. Il était seul.

Mme Robin se fit connaître. L'inconnu salua froidement.

— Vous avez, madame, l'invitation que j'ai eu
l'honneur de vous expédier hier.

— La voici.

— Bien. J'ai reçu avant-hier de mon correspondant de Paramaribo des nouvelles de votre mari...

8.

La pauvre femme se sentit le cœur tordu par une mortelle angoisse.

— Paramaribo... mon mari... Je... ne comprends pas.

— Paramaribo, ou **Surinam**, capitale de la Guyane hollandaise.

— Mais, mon mari ! Dites vite... Oh ! dites-moi ce que vous savez.

— Votre mari, madame, dit simplement l'homme, comme si c'était la chose la plus naturelle, vient de s'évader du pénitencier de Saint-Laurent.

La foudre tombant aux pieds de Mme Robin l'eût moins stupéfiée que cette nouvelle imprévue.

— Évadé... bégayait-elle... Évadé !...

— Comme je viens, madame, d'avoir l'honneur de vous le dire. Et vous m'en voyez sincèrement réjoui.

« J'ai d'ailleurs le plaisir de vous remettre un mot venant de lui, et que renfermait la lettre de mon correspondant.

« Le voici. »

Surprise, atterrée presque par ce coup inattendu, Mme Robin sentait comme un brouillard devant ses yeux. Mais sa vaillante nature, réagissant aussitôt, elle put déchiffrer le billet au crayon, écrit par le proscrit sur la feuille détachée du carnet du forçat, près de la crique Sparwine.

C'était bien là l'écriture de son mari, sa signature, tout, jusqu'à quelques lignes en caractères cryptographiques dont elle avait seule la clef.

— Mais alors, il est libre !... Je puis le revoir !...

— Oui, madame. Je tiens à votre disposition des fonds, envoyés en une traite par mon correspondant. Mais vous concevez qu'il doit se cacher. Il n'a pas quitté les Guyanes, où il est plus en sûreté que partout ailleurs. J'estime qu'il serait préférable que vous allassiez le rejoindre.

« Vous partirez d'Amsterdam sur un navire hollandais, afin d'éviter les formalités de passeport. Vous débarquerez à Surinam, et mon correspondant vous mettra à même de retrouver votre mari, sans donner l'éveil à la police française.

— Mais, monsieur, expliquez-moi... cet argent ce correspondant ?

— Mon Dieu, madame, je ne sais pas un mot de plus. Votre mari libre, son désir de vous revoir, des fonds envoyés à votre destination par mon entremise, et l'invitation pour moi de pourvoir à votre sécurité jusqu'à ce que vous soyez sur le navire hollandais.

— Eh bien ! soit. J'accepte. Je partirai. Avec mes enfants ?

— Oui, madame.

— Quand?

— Le plus tôt sera le mieux.

Le mystérieux homme d'affaires employa si bien son temps que vingt-quatre heures après, Mme Robin quittait Paris avec les enfants et le brave Nicolas, qui n'avait pas voulu quitter sa bienfaitrice.

Ils débarquèrent tous les six à Surinam au bout de trente-cinq jours d'une heureuse traversée.

CHAPITRE V

Robin et le vieux nègre firent tant et si bien,
s'escrimèrent d'une telle façon contre le tronc du
bemba, qu'après avoir taillé, coupé, brûlé, rogné,
creusé, poli, la pirogue se trouva prête.

Le gréement ne fut ni long ni difficile. Deux petits
bancs, en bois de « génipa » très léger, très résistant,

et facile à travailler, furent posés en travers de
la coque, et encastrés, « à queue d'aronde », dans
les deux plats-bords. Tous deux furent percés à jour
d'un trou ayant environ cinq centimètres de diamètre, et pouvant au besoin permettre l'adaptation
d'un petit mât de bambou.

Bien que les riverains du Maroni, nègres et
Peaux-Rouges, aient l'habitude d'aller presque
exclusivement à la pagaye, il n'est pas rare, quand
ils naviguent sur les grands cours d'eau, de les
voir hisser en guise de voile une natte de paille
quand ils ont vent arrière. C'est leur unique façon
de profiter de la brise, car ils ignorent absolument
la manœuvre de la voile.

Quand ils n'ont pas de natte, et que le vent souffle,
ils sautent à terre, coupent des branches de waïe,
de macoupi, de bache ou de barlourou, et les
dressent devant la brise. Voilure économique, très
peu encombrante, et nécessitant une science nau-
tique fort élémentaire.

Ces cas où le vent arrière peut servir d'adjuvant
à la pagaye sont limités aux grands fleuves. Ils
sont peu fréquents, car les Indiens et les Noirs ha-
bitent de préférence les lieux baignés par les
petites criques, et encaissés entre deux murailles
de verdure interceptant le moindre souffle de
l'air.

Nos deux amis comptaient bien, le cas échéant, établir une voile avec le grand hamac de Casimir tissé par les Bonis en excellente toile de coton.

Restait la question des pagayes. Grave question. Il n'appartient pas au premier venu de fabriquer *secundum artem* cet indispensable engin de navigation. Elles sont de trois sortes. Les Indiens en emploient deux modèles. L'un figurant assez bien une bassinoire emmanchée, dont le récipient, aplati, ne serait pas plus épais que la main ; l'autre, semblable à une pelle de boulanger à manche très court.

Elles sont bien inférieures l'une et l'autre à la grande pagaye des Bonis et des Bosh, canotiers incomparables, qui peuvent, n'en déplaise aux lauréats du « Rowing-Club », nager pendant trente et quarante jours. Haute de deux mètres à deux mètres trente, cette pagaye a une belle forme lancéolée. Le manche, long d'un mètre, légèrement aplati à la base, se renfle au milieu, acquiert la grosseur d'un goulot de carafe, s'aplatit de nouveau, s'élargit doucement en une courbe gracieuse donnant naissance à la palette, qui n'a pas plus de douze centimètres de large sur un demi seulement d'épaisseur et se termine enfin en une pointe analogue à celle des feuilles d'iris.

Rien d'élégant, de gracieux, de fin, et pourtant

de solide comme cet insturment **que** l'on est tout
étonné de voir fabriquer avec un simple sabre
d'abatis.

C'est à cette dernière forme que Casimir donna
la préférence, tout en manifestant son profond
mépris pour les pagayes indiennes, plus lourdes,
moins maniables et moins jolies, en dépit de leurs
curieux dessins au suc de génipa.

Le bois employé par excellence est le « *yaruri* »,
appelé pour cette raison, « bois à rames ». Le
bonhomme voyait juste et loin, quoiqu'il n'eût
qu'un œil. Il eut bientôt découvert un « yaruri »
superbe, qui fut abattu par le procédé employé
jadis pour jeter à terre le bemba.

Chose curieuse, et qui montre combien sont obser-
vateurs ceux que nous appelons des sauvages, ce
bois se fend presque sans efforts, ou plutôt se dé-
colle en planches d'une longueur indéfinie et seulement épaisses comme la main.

Il se travaille avec une incroyable facilité quand
il vient d'être abattu, et acquiert en peu de jours
par le séchage une dureté sans pareille, tout en
conservant une grande élasticité.

Les doigts crochus du vieillard, insuffisants
pour un travail de force, maniaient le sabre d'a-
batis avec une surprenante habileté. Il procédait
par petits coups secs, bien mesurés, détachait de

minces copeaux, tapotait toujours, n'enlevant jamais trop et finissant par donner à sa planche la forme gracieuse de la pagaye bonie.

Il mit quatre jours à en confectionner quatre, voulant en avoir au moins deux de réserve en cas d'accident.

Ces préparatifs achevés à la grande joie des deux solitaires, Robin aurait volontiers approvisionné séance tenante l'embarcation et serait parti sans désemparer, mais il attendait avec impatience le retour du forçat.

Gondet était bien longtemps à revenir. Plus de trois semaines s'étaient écoulées depuis son départ, et le proscrit, que ne distrayait plus l'écrasant labeur de chaque jour, trouvait aux heures une longueur interminable.

C'est en vain que le bon Casimir s'ingéniait de toutes façons, lui racontait toutes les belles histoires logées dans les impérissables casiers de son étonnante mémoire, qu'il l'emmenait à la chasse, lui apprenait le maniement de l'arc et l'initiait à toutes les subtilités de la vie sauvage. Un morne ennui rongeait le malheureux.

Qui sait ce que pouvait être devenu le chercheur de bois, au milieu de ces solitudes sans fin, peuplées de fauves, hérissées d'obstacles, parsemées d'invisibles abîmes, hantées par les maladies.

9

— Allons, disait-il en poussant un profond soupir, c'en est fait ! Nous partirons demain.

— Non, compé, répliquait invariablement le noir, ou qu'a pas gain patience... Tendez pitit morceau... Li pas gain oun sô, temps allé vini. (Vous n'avez pas de patience, attendez un peu. Il n'a pas eu seulement le temps d'aller et de revenir.)

Le lendemain arrivait sans rien changer à la situation.

On avait essayé la pirogue. Sa stabilité, en dépit de son faible tirant d'eau, était parfaite. Elle évoluait admirablement sous l'impulsion de Robin, qui avait rapidement acquis le tour de main particulier nécessité par la difficile manœuvre de la pagaye.

Casimir se tenait à l'arrière. Il barrait et pagayait. Ce poste demande une moindre dépense de force et exige une grande habileté. En effet, les canots indigènes, de simples coques, sans quilles, rondes en dessous, chavirent avec une extrême facilité, et obéissent à la moindre pression.

Disons tout d'abord que la pagaye est moins rapide que la rame, mais que l'emploi de cette dernière est impossible dans les criques, eu égard à leur peu de largeur. Comment, en effet, « nager » avec des avirons d'au moins deux mètres, ce qui

donne un développement de près de six mètres,
dans les cours d'eau souvent larges de quatre ou
cinq, et dont les berges disparaissent sous un
inextricable enchevêtrement de lianes et de plantes
aquatiques !

Avec la pagaye, au contraire, on peut circuler à
l'aise dans une crique de moins de deux mètres.
L'homme prend son point d'appui sur les bras, et
non pas sur le bord de l'embarcation. Il saisit à
cet effet le manche de son instrument des deux
mains, la gauche en haut quand il nage à tribord,
la droite en haut quand il nage à bâbord, en laissant entre ses poings un espace d'environ cinquante
centimètres.

Il enfonce alors verticalement dans l'eau, le long
de la coque et en évitant de la toucher, la pagaye
jusqu'à ce que la palette disparaisse; il appuie la
main placée en haut en opérant une poussée sur le
sommet du manche, pendant que la main placée en
bas, au ras de la palette, opère un mouvement de
traction et sert de point d'appui. C'est un simple
levier.

Le canot, sollicité en avant, glisse sur l'eau et
avance assez rapidement. Les pagayeurs opèrent
tous la même manœuvre, y compris le barreur,
qui doit, de plus, pour imprimer la direction, donner de temps à autre à la pagaye des mouvements

de godille. Un autre avantage, c'est qu'à l'inverse des bâtiments à rames, l'équipage d'une pirogue a le visage tourné à l'avant.

Casimir, pour faire patienter son compé, l'avait minutieusement rompu à toutes ces manœuvres. L'élève était maintenant passé maître, et sa vigueur herculéenne ainsi que son énergie devaient lui permettre de tenir presque indéfiniment.

Cinq semaines s'étaient écoulées depuis le départ de Gondet.

Robin, complètement désespéré, allait quitter la paisible demeure du lépreux, quand la veille même du jour irrévocablement fixé pour le départ, le transporté, pâle, maigre, se soutenant à peine, fit son apparition dans l'abatis.

Deux exclamations de joie accueillirent son arrivée.

— Enfin ! Ah mon pauvre garçon, que vous est-il donc arrivé ? demanda le proscrit en le voyant dans un pareil état.

— Ne m'en veuillez pas d'avoir autant tardé, dit-il d'une voix éteinte. Mais j'ai cru mourir. Je n'ai pas été reconnu malade par le docteur, et Benoît, qui peut à peine se traîner, m'a roué de coups...

« On m'a mis alors à l'hôpital... et pour tout de bon, allez ; mais Benoît me le paiera.

— La lettre... demanda anxieusement Robin...
La lettre ?...

— Bonnes nouvelles. J'ai eu mieux que je n'es-
pérais.

— Parlez !... Dites... Oh ! dites-moi vite ce que
vous savez.

Le transporté se laissa tomber, plutôt qu'il ne
s'assit, sur un tronc renversé, tira de sa poche son
petit carnet et en sortit un morceau de papier
qu'il tendit à Robin.

C'était la lettre écrite par sa femme le 1ᵉʳ janvier dans la mansarde de la rue Saint-Jacques. Ou
plutôt, c'était la copie de cette lettre.

Il lut avidement, d'un trait, d'un regard, puis
recommença. Un tremblement convulsif agitait ses
mains, puis ses yeux s'obscurcirent, un rauque sanglot déchira sa gorge...

Cet homme de fer pleura comme un enfant.
Larmes de bonheur, rosée bénie, seule manifestation de la joie chez ceux qui ont trop souffert.

Le noir, inquiet, n'osait interroger. Robin ne
voyait plus, n'entendait plus. Il relisait à haute
voix, maintenant ; répétant à satiété les noms
chéris de ses enfants, se retraçant par la pensée
la scène qui avait précédé la rédaction de la lettre,
vivant un moment au milieu des bien-aimés absents.

Casimir écoutait, les mains jointes, pleurant aussi.

— Ça bon... murmurait-il... bonne madame... gentils pitits mouns... mo content...

Robin s'arracha enfin à son extase, et se tournant vers le forçat, lui dit doucement :

— Vous avez fait là une bonne action, Gondet. Je vous remercie... de tout mon cœur.

Le malheureux, secoué par la fièvre, balbutiait :

— Oh! ça n'est vraiment pas la peine. Vous m'avez bien sauvé la vie, vous. Puis, vous m'avez parlé comme à un homme... à moi tombé si bas. Vous m'avez montré comment on supporte héroï-quement une infortune imméritée.

« Quel exemple pour un coupable !... J'ai appris le repentir...

— Bien, cela, continuez... Et surtout, pas de vengeance contre celui qui vous a frappé. Vous serez d'autant plus fort dans vos résolutions.

Le transporté baissa la tête et ne répondit pas.

— Mais cette lettre, comment avez-vous pu vous la procurer ?

— Ça a été tout simple. Ces gens de police sont bien les plus naïfs qu'on puisse voir. On l'avait tout bêtement mise avec votre dossier. Le garçon de bureau n'a eu qu'à l'enlever pour un moment, il

me l'a apportée, j'en ai pris copie, puis il l'a remise
en place. Et c'est tout.

« J'aurais bien gardé l'original, mais vous n'auriez peut-être pas voulu d'une chose volée, bien
qu'elle vous appartînt. Et d'ailleurs, la soustrac-
tion de ce papier eût attiré l'attention sur vous.
Vous seul y aviez intérêt.

« Car, il faut bien vous le dire, votre évasion a
mis tout le pénitencier sens dessus dessous. On a
parlé du renvoi de Benoît. Il y a eu enquête sur enquête... Heureusement que l'on commence à vous
croire mort... sauf peut-être ce surveillant de malheur.

« Aussi, cachez-vous bien !

— Me cacher ! J'ai mieux que cela à faire maintenant. Rien ne m'attache plus à ce sol maudit. Je
veux fuir bien loin, dire adieu pour jamais à cet
enfer. Dès demain nous partons !... **Tu entends,
Casimir.**

— Ça même, fit le noir.

— Mais, reprit vivement le forçat, vous ne le
pouvez pas en ce moment, du moins dans votre
canot. L'embouchure de la crique est encombrée
de travailleurs, et les surveillants redoublent de
vigilance.

« Attendez au moins que je trouve d'autres

essences de bois à exploiter, que le chantier se déplace un peu.

— Nous partons quand même, vous dis-je.

— C'est impossible. Ecoutez-moi. Patientez une
semaine.

— Vous ne voyez donc pas que je meurs ici minute par minute. Qu'il faut à tout prix sortir, fût-
ce par la force...

— Mais vous êtes sans armes... sans argent pour
faire face à vos dépenses en pays civilisé.

— Ah ! faut-il être si près du but, sans pouvoir
briser les dernières entraves.

« Eh bien ! soit, nous attendrons.

— A la bonne heure, dit avec empressement le
forçat, qui se préparait à rentrer au chantier.

— Non, ou qu'a pas aller caba, ou mangé.

— Oh ! je n'ai pas besoin de grand'chose, avec
la fièvre qui me ronge, surtout...

— Ou qu'à prend oun so tit morceau batoto.
(Prenez seulement un peu de batoto.) Ça bon bon
pour couper fièvre passé coup de sabre. (Ça vous
coupe la fièvre comme d'un coup de sabre.)

Robin vit que les refus du pauvre diable pro-
venaient de l'insurmontable dégoût que lui causait
l'idée du contact, même indirect, du lépreux avec
les ustensiles du ménage.

— Allons, venez, il ne serait pas prudent de

vous mettre en route pendant l'accès. Je vous pré-
parerai l'infusion.

Il accepta alors de grand cœur, avala avec force
grimaces l'horrible et salutaire breuvage; puis, il
partit en emportant une bonne provision de feuilles,
et non sans renouveler aux deux solitaires, avec
une insistance toute particulière, sa recommandation de retarder leur départ.

Il fallait, d'ailleurs, une semaine au moins pour
préparer l'approvisionnement. Nous l'avons dit
déjà, les voyageurs ne doivent pas compter sur ce
qu'ils pourront rencontrer en route, mais uniquement sur ce qu'ils emportent. Robin en avait fait
la cruelle expérience. Heureusement que l'abatis
du vieux nègre était là. Ses produits constituaient
une incomparable ressource.

Il était urgent de fabriquer tout d'abord le
« couac » ou farine de manioc, qui devait être
l'élément essentiel de cet approvisionnement. On ver-
rait ensuite à prendre le poisson et à le boucaner.

Le proscrit n'avait sur la plante et sur son emploi que des notions vagues d'homme civilisé.
Autant dire nulles. L'alimentation des forçats se
composant de farine et de légumes secs arrivés
d'Europe, il n'avait mangé le couac et la cassave
que depuis sa cohabitation avec le lépreux, et
comme la manipulation de ce produit ne s'opère

que de loin en loin, il en ignorait le procédé, et surtout les lenteurs qu'il comporte.

Il connaissait les noms latins de cette plante, aussi utile aux habitants de l'Amérique équatoriale que le blé à ceux des nations civilisées. Mais savoir que le *jatropa manihot euphorbiacœa* de Linné, le même que le *manihot utilissima* de Pohl, est « monoïque » et « monadelphe » ne suffisait pas à la confection de la précieuse farine.

Heureusement que l'homme de la nature était là, avec son matériel.

— Eh ben! compé, nous qu'a *gragé* manioc, caba. (Nous allons d'abord *grager* le manioc.)

Grager!... qu'est-ce que cela pouvait bien être?

On avait arraché la veille et l'avant-veille une ample provision de racines de manioc, et les grosses masses tuberculeuses, dont quelques-unes atteignaient le volume du mollet, formaient sous le hangar un monceau respectable.

Le vieillard prit dans un coin un morceau de bois de fer, long de cinquante centimètres, large de dix, et pourvu sur une de ses faces de dents écailleuses, sculptées au couteau et figurant une râpe.

— Ça, grage. (Voici le grage [1].)

---

[1] On donne en Guyane le nom de *serpent grage* au trigonocéphale, à cause de la ressemblance de ses écailles avec

— Très bien, et que me faut-il faire ?

— Grager racines, pour gain farine.

— Mais, reprit Robin en saisissant d'une main l'instrument et de l'autre une racine, si c'est le seul procédé, j'en aurai bien pour un mois.

— Pa'ce que ou pas savez.

Et le bonhomme, ravi de pratiquer *ex professo*, arc-bouta le grage sur la poitrine de son élève et sur un des montants de la case, lui mit, après l'avoir pelée, une racine entre les deux mains, et lui dit :

— Allons, ou qu'a gragé.

Et Robin fit énergiquement glisser sur sa râpe le tubercule farineux, qui s'émietta facilement, et tomba sur le sol recouvert de larges feuilles comme de la sciure de bois mouillée.

— Ça même... reprit Casimir en lui en passant encore une, dont il enleva la peau avec son couteau.

L'apprenti, qui possédait indépendamment d'une grande vigueur une égale bonne volonté, fit en quelques minutes des progrès surprenants. Il râpait à tour de bras, et la pulpe humide forma bientôt à ses pieds un amas considérable.

Casimir devait de temps en temps modérer son

_____

celles de l'instrument à râper le manioc. Sa morsure est extrêmement dangereuse.

ardeur, dans la crainte qu'un faux mouvement ne
fît porter ses mains sur les dents du grage. Une
écorchure en fût aussitôt résultée, et le contact du
suc laiteux s'écoulant de la pulpe, eût produit de
graves accidents.

— Ou mouri, compé, si li touché bobo la main.

— Sois tranquille, mon brave... Puis il ajouta
n a parté :

« Si je suis novice en pratique, je suis ferré sur la
théorie. Je n'ignore pas que le manioc frais contient
un suc volatil très vénéneux. Des chimistes l'ont
distillé, et en ont tiré un liquide dont quelques
gouttes appliquées sur la langue d'un chien ont
amené en trois minutes la mort de l'animal.

« Boutron et Henry, si je ne me trompe, prétendent que c'est l'acide cyanhydrique.

« C'est égal, je serais curieux de savoir quel procédé tu vas employer pour débarrasser notre farine de cet hôte incommode. »

Ce ne fut ni long ni difficile. Un long instrument
d'apparence bizarre, ouvert en haut, fermé en bas
et rappelant assez bien un gros serpent, ou plutôt
la peau d'un serpent, était accroché à une des solives
de la case.

Cet engin, finement tressé en fibres corticales
d'arouma (*maranta arundinacœa*), d'une solidité à

toute épreuve, avait au moins deux mètres, et sa
perméabilité aux liquides était parfaite.

Robin avait plusieurs fois demandé à son hôte ce
que c'était, et Casimir avait invariablement ré
pondu :

— Ça bête-là, *couleuvre à manioc* [1].

Les explications qui avaient suivi furent tellement embrouillées, que Robin n'y avait rien compris. Il allait donc apprendre l'usage à « ça bête-
là ».

— Ou prend' farine, mettre li dans bagage-là.
(Prenez la farine et mettez-la dans cette machine-
là.)

Il obéit, et entonna la pulpe humide jusqu'à ce
qu'elle affleurât à l'orifice supérieur. La couleuvre,
gonflée à éclater, avait des attitudes de boa repu,
qui serait resté suspendu par les crocs pendant le
laborieux travail de la digestion.

A la partie inférieure, on voyait une anse également en arouma, dont le proscrit comprit bien vite
la destination.

Sans même demander avis au noir, il passa dans
cette anse un long et dur morceau de bois, appuya
l'un des bouts sous un des montants de la case,

---

[1] *Couleuvre à manioc* est, en effet, le nom que l'on donne
en Guyane à cet indispensable instrument.

pesa sur l'autre bout en formant un levier puissant et l'amarra solidement.

Sous cette énergique pression, le liquide vénéneux perla de tous côtés à travers les tresses et coula bientôt en un filet continu. Casimir était positivement ravi.

— Oh! compé... compé... ça bon bon. Ou fika neg' oui! (C'est très bien, vous voilà passé nègre.)

Robin, sensible à cet éloge renfermant le *summum* de considération qu'un blanc puisse acquérir, reprit son grage et recommença de plus belle.

Le liquide cessa bientôt de couler de la couleuvre, et le bonhomme, qui ne restait pas non plus inactif, retira la farine qui formait comme un bloc tant la pression avait été énergique.

Il étala en plein soleil sur des feuilles cette belle farine, aussi blanche que celle qui est produite par le froment, mais aussi grosse que de la sciure de bois.

Elle était, après deux heures d'exposition, sèche comme de l'amadou. Pendant que son compagnon grageait toujours avec ardeur, le noir prit un tamis de moyenne grandeur, appelé « *manaret* », également en arouma, et passa sa provision tout entière, afin d'extraire les débris de pulpe qui s'y trouvaient mêlés.

Le travail ainsi commencé, les rôles ainsi distribués, la besogne continua les jours suivants, mais avec variantes, la préparation de cette manne équatoriale exigeant encore d'autres manœuvres.

Robin grageait toujours, et mettait la couleuvre en pression, pendant que Casimir, après avoir séché et tamisé la farine, étendait celle-ci sur une large plaque de tôle, chauffée en dessous par un feu doux, et l'agitait sans cesse avec une palette de bois. De cette façon, non seulement les dernières molécules du suc vénéneux étaient volatilisées, mais encore l'eau interposée se vaporisait. La substance alimentaire, parfaitement pure, restait à l'état de granules irréguliers, durs, secs et absolument inaltérables quand on les conserve en vase bien clos.

C'est ce que l'on nomme le « couac », qui forme avec la cassave la base de la nourriture de toutes les peuplades de la zone torride américaine. Il se mange en guise de pain. Il suffit de le délayer avec un peu d'eau dans un coui, et l'on a une bouillie jaunâtre, épaisse, savoureuse, très nourrissante, à laquelle les Européens s'habituent bien vite.

La cassave diffère du couac tant par l'aspect que par le dernier tour de main. Au lieu de remuer la farine avec une palette, on entoure la plaque nommée platine d'un rebord circulaire de trois centimètres de hauteur, on le remplit de farine qu'on laisse prendre comme une crêpe. On retire alors le moule, et l'on déplace sans cesse la galette pour l'empêcher de brûler ou de s'attacher. Quand elle est cuite des deux côtés, on l'expose au soleil. On en empile l'une sur l'autre jusqu'à cinq ou six douzaines.

Ce travail, on le voit, est le plus essentiel de tous, le seul peut-être auquel les bons sauvages, paresseux avec délices, ne peuvent se soustraire. Aussi, dans leurs inexplicables et fréquentes migrations, le bagage par excellence est-il le grage, la couleuvre et surtout la platine de tôle, importée de temps immémoriaux par les Européens, qui constitue un objet d'échange très recherché, et qu'ils se lèguent de génération en génération.

La possession d'une platine est une fortune; sa perte équivaut à une calamité. Certains villages, renfermant trente à quarante individus, n'en possèdent souvent qu'une seule, rappelant assez bien le four banal du Moyen-Age.

Les deux compagnons mettaient à la préparation de leurs aliments un acharnement analogue à celui qu'ils avaient déployé lors de la fabrication du canot. C'est qu'ils en sentaient l'importance. Rien, en effet, ne saurait remplacer le couac. On sait que le froment ne pousse pas sous l'équateur, ou plutôt sa croissance est tellement activée par le soleil, que le grain ne peut se former. Le blé n'est qu'une sorte de chiendent stérile.

La ration d'un homme valide étant calculée par jour à sept cent cinquante grammes, c'était un kilo et demi que les deux solitaires devaient emmagasiner. Leur voyage durerait au moins trois mois. Il leur fallait donc un minimum de cent trente-cinq kilos. La prudence leur conseillait d'en préparer cent soixante pour les besoins imprévus.

C'était, on le voit, une rude besogne qui leur prit, en dépit de la fiévreuse activité de Robin, près de quinze jours. L'abatis du lépreux était presque entièrement moissonné. Une catastrophe imprévue eût fatalement amené la famine.

Cependant le couac, bien enfermé dans de vastes jarres de terre, échangées jadis par le vieillard avec les Indiens, n'attendit bientôt plus que l'arrimage dans le canot. Les galettes de cassave, parfaitement séchées, étaient enveloppées dans des feuilles imperméables, qui en garantissaient la parfaite conservation.

Restait la question de l'approvisionnement du poisson boucané. Elle allait être sous peu résolue.

Depuis que ces travaux étaient commencés, Gondet n'avait pas reparu. Son absence inquiétait Robin. Le pauvre diable était-il malade? Mort peut-être. En Guyane, il faut s'attendre à tout.

Avait-il réussi à déplacer le chantier et à dégager l'embouchure de la crique ?

Le lendemain du jour où la préparation du manioc fut terminée, le proscrit eut envie de revoir la pirogue, qui avait été habilement dissimulée dans une petite anse, sous des lianes et des feüilles.

Ce lieu se trouvait à peine à trois heures de marche : une promenade. Il emporta quelques provisions, prit son sabre, s'arma d'un solide bâton, et partit au petit jour, avec son inséparable Casimir, ravi comme un écolier en vacances.

Ils s'avançaient en devisant presque gaîment, parlant de l'avenir, faisant des projets dont la réalisation était prochaine. C'est ainsi qu'ils atteignirent l'endroit détourné où ils avaient caché la barque, afin de la soustraire aux yeux indiscrets.

Casimir proposa une petite course sur la crique, et Robin ne crut pas devoir priver le vieillard de cette légère satisfaction.

Ils atteignent l'épais entrelacement de lianes et de plantes, au milieu desquelles la pirogue est maintenue par une forte liane.

Le proscrit met la main sur l'amarre fixée à une racine et hâle dessus pour faire aborder l'avant. Il ne sent aucune résistance, la liane obéit doucement. Une sueur froide l'envahit soudain, en voyant l'extrémité tranchée comme d'un coup de couteau.

Appréhendant une irréparable catastrophe, il s'élance à corps perdu au milieu des végétaux et les sabre furieusement.

Un large périmètre est bientôt déblayé. Rien encore. Qui sait, les pluies ont sans doute empli l'embarcation, elle aura coulé et doit reposer sur le fond de la crique. Il est même préférable qu'il en soit ainsi, les alternatives de pluie et de soleil n'auront pu la gercer.

Robin plonge, cherche, tâtonne, regarde, remonte et plonge de nouveau. Rien! Quelques caïmans s'enfuient effrayés. Le noir fait retentir l'air de cris désespérés; il s'agite sur la berge, va, vient, écarte les lianes, se glisse sous les basses branches et ne trouve aucune trace.

Plus de doute, et le proscrit désolé, mais non abattu, acquiert la triste certitude que la pirogue a été volée.

— Courage, ami, dit-il au vieillard... courage! Nous en ferons une autre. Ce sera trois semaines de retard... Heureusement que nos provisions sont prêtes et en sûreté.

Le retour fut triste. Il s'effectua rapidement. Sans savoir pourquoi, les deux hommes éprouvaient un impérieux besoin d'être chez eux. Dans quelques minutes, ils seront à l'habitation.

Mais quelle nouvelle et terrible surprise leur ménage la fatalité? Quelle irréparable catastrophe va fondre sur eux ?

Une âcre fumée flotte lourdement sur l'abatis, une insupportable odeur de roussi les prend à la gorge...

Robin, d'un bond, se précipite vers la case, enfouie sous les bananiers.

Elle n'existe plus!... Un monceau de cendres encore fumantes en marque seul la place. Les instruments, les outils, les provisions patiemment emmagasinées, tout a disparu... L'incendie a tout consumé.

. . . .

Robin avait dit quelques heures auparavant, lorsqu'il constata la disparition du canot :

— Heureusement que nos provisions sont prêtes et en sûreté !

Quel ironique et cruel démenti lui donnait tout à coup la fatalité ! Jamais il n'avait été si rapproché du but, jamais, depuis le jour de son évasion, il n'avait touché de si près le moment de la liberté sans entraves...

Et maintenant tout était perdu, disparu, anéanti ! Il avait suffi à une étincelle envolée sans doute du foyer mal éteint pour dévorer en quelques moments le fruit de tant de peines. Non seulement il ne fallait pas penser à quitter de longtemps la colonie, mais encore le premier résultat de cette catastrophe était, à courte échéance, l'évocation du spectre de la famine.

Le pauvre vieux noir était tombé du coup dans une prostration profonde. Sa douleur était navrante. Il regardait, hébété, ce monceau de cendres, seul reste de ce qui avait été l'abri de sa triste vieillesse, ces tronçons charbonnés qui étaient les poteaux élevés par ses mains mutilées, ces débris de poteries noircies, renfermant les provisions, ses outils, fidèles auxiliaires de son travail de solitaire...

Il regardait... et ne trouvait ni une plainte, ni une larme.

Toute autre était l'attitude du blanc. Sa vaillante nature était bien celle d'un homme bâti pour toutes les luttes.

Il tressaillit à la vue du désastre, pâlit légèrement, et ce fut tout.

Chose étrange et pourtant naturelle, l'embrasement du carbet ne lui produisit pas, à beaucoup près, autant d'impression que l'enlèvement de la pirogue. C'est que l'incendie pouvait, devait même n'être que l'effet d'un hasard malheureux, tandis qu'il fallait attribuer à une main ennemie l'absence de l'embarcation.

Toute la série des suppositions les plus alarmantes s'offrait à son esprit, et quelque peu pessimiste qu'il fût, Robin se trouvait en face de ce double point d'interrogation : Qui a commis le vol? Dans quel but?

Le surveillant était encore au pénitencier et d'ailleurs, s'il eût été averti de la présence du fugitif dans le bassin de la crique, il fût arrivé avec une escouade et eût arrêté l'homme sans autres formalités.

Le transporté Gondet, qui n'avait pas donné signe de vie depuis l'épisode de la lettre... Mais non. Cette supposition était absurde. Il était sincère, ses preuves de repentir ne pouvaient être mensongères, non plus que l'expression de sa reconnaissance.

Mais son insistance à empêcher les deux hommes de quitter leur habitation... N'était-elle pas, sinon compromettante, du moins un peu exagérée ?

Robin se disait qu'il était trop défiant. En somme, le forçat devait être de bonne foi. Les preuves abondaient.

Ah! l'Indien!

Le misérable Peau-Rouge pouvait être seul coupable de ce double attentat. Son ignoble passion pour l'alcool, déçue tout d'abord, voulait être assouvie.

Son plan était tout simple : immobiliser le proscrit dans la vallée, puis l'affamer. Alors quand le *Tigre-Blanc*, au bras terrible, serait affaibli par les privations, quand la case du vieux nègre, cette forteresse défendue par les serpents, serait en cendres, le bon Atoucka s'en viendrait avec les « mouché di Bonapaté » (les hommes de la pointe Bonaparte), *Tigre-Blanc* serait de bonne prise, et le « Kalina » s'offrirait une ces lampées de tafia comme jamais estomac équatorial n'en a ingurgité.

Ces suppositions devaient être vraies comme les choses simples.

Il fallait agir. Les regrets étaient superflus, les plaintes stériles. Robin était homme d'énergie et d'action, on a pu s'en convaincre. Ces réflexions, longues à écrire, avaient traversé son cerveau comme un trait de lumière.

Son plan fut bientôt tracé.

— Casimir, dit-il doucement au lépreux, pâle à la façon des nègres, c'est-à-dire gris de cendre..., Casimir...

Le son d'une voix humaine arracha le pauvre homme à sa torpeur. Il gémit plaintivement comme un enfant qui souffre.

— Ah... ah ! mo malade !... la... massa bon Gué. La... mo mouri !...

— Du courage, encore une fois du courage, mon ami...

— Mo... pas pouvé..., blanc, cher blanc, mo... Casimir..., mouri là..., côté so la case... (Je ne peux pas, mon cher blanc ; Casimir va mourir là où était sa case.)

— Viens..., je vais emporter nos outils. Les manches sont brûlés, j'en mettrai de neufs... Je te construirai un carbet. Tu seras à l'abri de la pluie qui recommence à tomber. Je te donnerai à manger... Viens, mon pauvre vieil enfant.

— Mo pas pouvé..., répétait-il plaintivement..., mo pas pouvé..., mi dédé caba..., mi maman, oh !... (Je suis mort déjà... oh ! maman.)

— Allons, reprit-il avec une douceur qui n'était pas exempte de fermeté, tes plaintes ne sont, hélas ! que trop légitimes ; mais ne restons pas ici, il y a un danger réel.

— Ou qu'à oulé allé, caba... Pauv' kokobé, li pas pouvé soti... (Où voulez vous aller déjà ? Le pauvre lépreux ne peut pas sortir.)

— Je te porterai s'il le faut, mais encore une fois, partons.

— Oui, mo qué allé..., reprit-il en trébuchant.

— Pauvre bonne créature. Il y a vraiment de
la cruauté de ma part à le pousser ainsi.

« Ecoute, je vais te faire pour cette nuit un carbet
de feuilles, et demain nous irons nous établir dans
la forêt, un peu plus loin, mais à proximité de l'a-
batis. Nous vivrons tant bien que mal avec les
ignames, les patates, les bananes et le peu de manioc que nous avons sur pied... Je viendrai aux
provisions.

— Ça même..., ou bon comme bon Gué !...

— A la bonne heure... ; va, mon brave, je tra-
vaillerai comme deux, j'ai bon courage et je suis
fort, rien n'est perdu.

— Non, rien n'est perdu, dit une voix derrière
eux, mais il faut convenir qu'il y a de fières canailles
sur la terre.

Robin se retourna brusquement et reconnut
Gondet.

— Je vois le malheur qui vous frappe. Votre
canot disparu. Je me suis aperçu de ça en lon-
geant la crique. Votre abatis ruiné, votre case
brûlée. C'est d'autant plus malheureux que la voie
est libre.

— Vous avez réussi !

— Comme je n'aurais jamais osé l'espérer. J'ai
trouvé une vraie forêt de bois de rose mâles et
femelles, avec des angéliques.

10

— Quel malheur !

— Oh ! tranquillisez-vous, ils en ont pour plus de trois mois, et dans trois mois... vous serez loin.

— Puissiez-vous dire vrai !

— J'en suis sûr. Eh ! bien mieux que ça, j'ai idée que toutes ces calamités vous seront plus utiles que nuisibles.

— Qu'entendez-vous par là ?

— Que la saison des pluies va finir pour six semaines à deux mois, que le petit été de mars va commencer, que les Bosh et les Bonis vont descendre, que vous trouverez des canotiers, et que pour une pirogue perdue vous en aurez dix.

— Quelle confiance puis-je avoir en ces hommes, quand je vois l'indien Atoucka, mon hôte d'une heure, qui veut me vendre pour une bouteille de tafia.

— Les Bonis et les Bosh sont des noirs. Ils ne sont pas traîtres, comme ces vermines de Peaux-Rouges. De plus, ils ne sont pas ivrognes comme eux. A peine s'ils boivent l'alcool des blancs ; de plus, quand vous serez à bord d'un de leurs canots, vous serez en sûreté. Ce sont de braves gens, très fidèles, ne livrant jamais celui auquel ils donnent l'hospitalité.

— Ça même, dit Casimir. Li parlé bon bon.

— Alors votre avis est d'attendre encore quelques semaines ici?

— Non pas ici même, mais à quelques centaines ou milliers de mètres. Vous n'avez qu'à construire un carbet en plein bois, à ne pas laisser de traces de votre passage... Pas le moindre coup de sabre surtout. Ces Indiens sont malins comme de vrais singes. Je vous garantis qu'à moins de tomber de la lune, ou d'être le diable, ils ne vous trouveront pas.

— Mais le prix de notre passage dans un canot boni?

— Vous avez encore en terre et sur les arbres de quoi nourrir vingt personnes pendant un mois. Après la saison des pluies, les nègres du Maroni ont épuisé toutes leurs provisions. Ils sont maigres comme des clous. Vous en ferez tout ce que vous voudrez en leur donnant des vivres.

— C'est bien, d'autant plus que je ne vois pas pour le moment d'autre parti à prendre.

— Si je puis vous être bon à quelque chose, disposez de moi. Vous savez bien que je vous suis tout dévoué.

— Oui, je le sais, Gondet, et je me fie tout à vous.

— Et vous faites bien, allez... Voyez-vous, nous autres, c'est ou tout bon ou tout mauvais. Une fois la route tracée, on va jusqu'au bout. Grâce à vous, j'ai pris la bonne. Vaut mieux tard que jamais.

« A propos, il y a là-bas, non loin de l'endroit où vous aviez caché votre canot, sur la rive droite de la crique, un taillis immense. C'est fourré à n'y pas laisser tomber une épingle. Impossible d'y tracer un chemin. C'est entouré de milliers d'aouaras, dont les épines se dressent comme des millions de cheveux de frise.

« On n'y peut arriver qu'en suivant le lit d'un petit affluent de la crique ; un mètre de profondeur et autant de largeur. Ce ruisseau se perd dans une savane tremblante; derrière la savane on trouve l'endroit dont je vous parle.

— Mais cette savane, comment la traverser ?

— Ah ! voilà : j'ai fini par trouver sous les herbes et sous la vase un petit chenal solide. Ça doit être de la roche, c'est large comme une lame de couteau. Mais avec un peu de volonté et un solide bâton, on peut s'y tenir.

« Une fois chez vous, c'est-à-dire au milieu de ce fouillis d'herbes, de lianes et d'arbres, c'est bien le diable si l'on vient vous y dénicher.

— C'est parfait. D'autant plus que nos courses dans le lit du ruisseau ne laisseront aucune trace. C'est entendu, nous partons demain.

— Oui, demain, reprit comme un docile écho Ca-

simir, que la confiance et le sang-froid de son compagnon avaient déjà rasséréné.

— Je vous conduirai, dit le forçat en hésitant un
peu. Vous m'autorisez à rester avec vous, n'est-ce-
pas ? termina-t-il avec un accent de prière.

— Restez.

Le lendemain, les trois hommes quittaient la vallée sans nom.

— Bon Gué pas oulé oun so mo mouri côté là, dit
en soupirant le vieux nègre. (Le bon Dieu n'a pas
voulu que je meure là.)

. . . .

— Pour être un drôle de pays, vrai de vrai, c'est
tout de même un drôle de pays. Des négros en
veux-tu, en voilà, des arbres sans branches, avec
des feuilles en zinc comme la cheminée des bains de
la *Samaritaine*, des maisons bâties avec des per-
siennes, des petites bêtes qui vous lardent du matin
au soir, un soleil qui ne donne pas d'ombre, une
température de four à plâtre, des fruits... oh ! des
fruits qu'on dirait des conserves à l'essence de thé-
rébentine...

« J'avais des engelures il y a un mois, aujourd'hui
mes oreilles pèlent et je vais quitter la peau de
mon nez.

« Drôle de pays ! »

Une femme en grand deuil, au teint pâle, aux

traits fatigués, écoutait en souriant tristement, cette boutade, envoyée tout d'une haleine, par un grand garçon d'une vingtaine d'années, dont l'inimitable accent trahissait un vrai Parisien du faubourg.

— Et avec ça, continua le jeune homme, des singes et des perroquets dans toutes les maisons, ça braille et ça dépèce tout. Quant à la langue des indigènes du cru... on croirait entendre un paquet d'Auvergnats parlant du pays, fouchtra. « Taki » « lougou » « lougou » « taki », on n'entend que ça. Mais pour comprendre, c'est autre chose. Et la nourriture, du poisson sec comme des semelles de bottes, avec de la bouillie, une espèce de purée, qu'on frémit en la voyant.

« Pourtant, tout ça c'est du vrai nanan, en comparaison du bonheur que nous a procuré le voyage.

« Que d'eau ! bon Dieu ! Que d'eau ! Moi qui n'avais jamais passé le parc de Saint-Maur dans la belle saison, et qui ne connaissais que la Seine à Saint-Ouen !...

« On dit que les voyages forment la jeunesse. J'espère que voilà de quoi former la mienne, de jeunesse.

« Mais, je bavarde comme ce grand perroquet avec lequel j'ai voulu jouer ce matin à « pigeon vole » et qui m'a croqué le bout du doigt. Tout ça, ça n'avance à rien, et je vais réveiller les enfants qui

ont l'air de dormir pour tout de bon dans ces drôles
de machines qu'ils appellent des hamacs.

— Mais, je ne dors pas, Nicolas, dit une voix
d'enfant sortant d'un hamac enveloppé d'une mous-
tiquaire.

— Tu ne dors pas, mon petit Henri, reprit Nicolas...

— Moi non plus, dit une autre voix.

— Faut dormir, Edmond. Tu sais bien qu'on dit
qu'il faut rester au lit dans le jour, parce que sans
ça on a des coups de soleil.

— Moi, je voudrais m'en aller voir papa. Je
m'ennuie d'être toujours couché.

— Soyez sages, mes enfants, dit à son tour l'in-
connue. Nous partons demain.

— Oh! bien vrai, petite mère, que je suis donc
content!

— Est-ce qu'on ira encore sur l'eau, dis?

— Hélas! oui, mon cher petit.

— Alors, j'aurai encore mal au cœur... Mais,
après, je verrai papa.

— Comme ça c'est décidé, pas vrai, madame
Robin? Nous quittons demain ce pays de négros
qu'on appelle chez nous Surinam, parce que les
gens du pays le nomment Paramaribo.

« Eh bien, ils ne s'amusent guère en route, nos
postillons d'eau salée. Nous partions de Hollande il

y a un peu plus d'un mois. A peine sommes-nous ici depuis quatre jours, que crac... appareillage pour... voir le patron.

« Ça me va assez de quitter ce pays-ci. Celui où nous allons ne vaut peut-être pas mieux, mais, au moins, nous serons en famille.

« Alors, madame, vous ne savez toujours rien.

— Rien, mon enfant. Vraiment il me semble rêver, tant cette rapide succession d'événements a été inattendue. Voyez d'ailleurs comme ces mystérieux amis ont rempli toutes leurs promesses.

« Nous étions attendus ici, comme à Amsterdam. Combien eussions-nous été éperdus dans ce pays dont nous ignorons même la langue, sans leur intervention.

« Le correspondant, qui nous a reçus à l'arrivée du navire du Hollandais, a pourvu à tous nos besoins, et demain nous partons.

« Je ne sais rien autre chose. Ces inconnus, polis sans empressement, froids comme des hommes d'affaire, sont ponctuels comme une consigne. On dirait qu'ils obéissent à un mot d'ordre.

— Ah! oui, ceci est à l'adresse du correspondant qui a des lunettes et une tête de bélier, M. van des... des... ma foi je ne sais plus.

« Il ne s'emporte pas, celui-là, mais il est débrouillard comme un vrai juif qu'il est.

« Enfin, jusqu'à présent, nous n'avons pas eu à nous plaindre d'eux. Nous avons voyagé comme des ambassadeurs. La fin fera le reste.

« C'est égal, remonter encore sur un bateau, jouer à la balançoire russe sans pouvoir s'arrêter, sentir sa pauvre personne secouée comme un panier à salade... ça va encore être gai.

— Allons, courage, dit en souriant malgré elle Mme Robin, que ces boutades amusaient. Dans trois jours nous serons arrivés.

— Oh! ce que j'en dis c'est manière de parler. D'autant plus que vous et les enfants vous supportez assez bien tout ce traintrain, et c'est l'essentiel.

Le lendemain, en effet, les six passagers s'embarquaient à bord du *Tropic-Bird*, un joli cotre de quatre-vingts tonneaux qui, deux fois par mois, fait le service de la côte hollandaise, communique avec les habitations de la rivière de Surinam, ravitaille les hommes stationnant sur le *Light-Ship*, littéralement *Bateau-Feu*, servant de phare et ancré à l'embouchure de la rivière.

Le correspondant, nous savons seulement qu'il est un des plus riches négociants israélites de la colonie, a présidé à l'embarquement. Les enfants, vêtus de flanelles légères, sont coiffés de petits salaccos destinés à préserver leurs têtes des implacables ardeurs du soleil équatorial. Nicolas lui-

même a inauguré cette coiffure exotique, sous
laquelle il ressemble à un mandarin de la foire aux
pains d'épices.

Le capitaine reçoit en personne ses passagers, le
correspondant échange avec lui quelques mots en
hollandais, puis il salue respectueusement Mme Robin et descend dans le canot. L'ancre est dérapée,
la marée est étale, dans quelques minutes, le « per-
dant » commencera. *L'Oiseau-du-Tropique* s'incline
gracieusement sur sa hanche de tribord, les voiles
frémissent, on part...

Il est six heures du matin. Le soleil rougeoie
tout à coup comme une pièce d'artifice qui s'allume
au-dessus des rideaux de palétuviers bordant les
rives.

La ville qui s'éloigne, l'eau qui bouillonne sous
l'étrave, les mangliers immobiles sur leur piédestal
de racines enchevêtrées, semblent flamboyer.

Les oiseaux, surpris pour ainsi dire par cette incandescence, s'envolent à tire-d'ailes. Aigrettes à
panaches, sawacous solitaires, perroquets jaseurs,
flamants rouges au plumage sanglant, mouëttes
criardes, frégates rapides, tourbillonnent au-dessus
du navire et semblent lui faire une conduite accompagnée de souhaits de bon voyage, formulés sur
tous les tons et dans toutes les gammes.

Le fort d'Amsterdam, avec ses talus gazonnés et

ses canons sombres, allongés dans les herbes comme
de gros reptiles, disparaît. Les habitations se suc-
cèdent avec leurs longues cheminées d'usine qu'em-
panache un nuage d'opaque fumée. Les champs de
canne à sucre, unis comme un tapis de billard, s'étalent à l'entour avec des tons vert-tendre d'une douceur infinie. Des nègres, que l'éloignement fait
paraître tout petits, regardent passer le *Tropic-Bird*
et semblent de grands points d'exclamation.

Voici la Résolution, une admirable plantation sur
laquelle travaillent plus de cinq cents esclaves. Voici
le *Light-Ship*, avec son équipage noir et son mât
surmonté d'un puissant réflecteur. Le pilote descend, reprend sa place sur le bateau-feu jusqu'à
ce qu'un autre navire soit en vue. Voici enfin l'O-
céan, avec ses eaux jaunâtres, sales, vaseuses, aux
lames courtes et dures, sur lesquelles le côtre se
met aussitôt à danser.

Le voyage de la Guyane française à la Guyane
hollandaise s'opère avec une grande facilité, grâce
au courant d'Est-Nord-Ouest, qui éloigne tout naturellement les bâtiments de la région équatoriale.
La traversée du Maroni à la rivière de Surinam
s'accomplit souvent au retour en vingt-quatre heures. On comprend sans peine que ce courant contrarie
singulièrement la marche à l'aller. On a vu des na-
vires n'ayant pas le vent favorable rester huit ou

dix jours et plus en mer sans pouvoir presque avancer.

Tel est l'inconvénient dont sont menacés nos passagers. Le courant a un nœud et demi de vitesse, soit deux mille sept cent soixante-dix-huit mètres à l'heure, le nœud étant de mille huit cent cinquante-deux mètres.

Heureusement qu'une brise s'élève bientôt, une brise de l'arrière — cas tout à fait exceptionnel — qui permet au cotre de prendre le courant debout, et de faire, sous cette allure, environ quatre nœuds.

La femme du proscrit, assise avec ses enfants sous la tente de l'arrière, regardait d'un œil distrait le sillage du navire, insensible au tangage, au soleil même, comptant les minutes, franchissant par la pensée le court espace qui lui restait à parcourir. Les quatre petits supportaient assez bien la mer.

Il n'en était pas de même du pauvre Nicolas, qui, pâle, livide, exsangue, les narines pincées, allongé sur un paquet de cordages, livrait à la nausée un inutile combat.

Le léger bâtiment, bien appuyé par sa voilure, ne roulait pas, mais il tanguait rudement sur les lames courtes, et le Parisien, que ce mouvement abrutissait littéralement, se croyait à chaque instant sur le point de rendre l'âme.

Une voix arracha Mme Robin à sa méditation.

C'était celle du capitaine. Il se tenait debout près d'elle, son chapeau à coiffe blanche à la main, dans l'attitude du plus profond respect.

— Vous portez bonheur au *Tropic-Bird*, madame ; car jamais traversée ne s'est aussi heureusement annoncée.

— Mais vous êtes Français, dit-elle, non moins stupéfaite de la correction de cette phrase que de l'accent de celui qui la prononçait.

— Je suis capitaine d'un navire hollandais, reprit l'officier en évitant de répondre à la question. Dans notre métier, il faut savoir plusieurs langues. D'ailleurs, je n'ai aucun mérite à parler l'idiome de votre pays : mes parents sont Français.

— Oh ! monsieur, puisque je trouve en vous un compatriote, puisque je parcours depuis de longs jours en aveugle cette route si mystérieusement tracée, dites-moi quelque chose... dites-moi comment je dois retrouver celui que je pleure et quels sont ceux à qui je devrai ce bonheur ? Que me reste-t-il à faire ? Où me conduisez-vous ?

— Madame, j'ignore d'où viennent les ordres auxquels je suis heureux d'obéir. Je m'en doute bien un peu, mais ce secret n'est pas le mien.

« Tout ce que je puis vous dire, à vous, la vaillante épouse d'un proscrit, c'est que ce n'est pas sans motif que je commande ici, et que votre mari n'est

pas le premier condamné politique qui se soit
évadé.

« Malheureusement, le gouvernement hollandais
qui, jadis, fermait les yeux sur les évasions, affecte
aujourd'hui, dans la crainte sans doute de complica-
tions diplomatiques, de confondre avec les criminels de droit commun les condamnés politiques.
Il les rend à l'administration française.

« Nous sommes, en conséquence, tenus à la plus
excessive réserve et à d'incroyables précautions.
Votre mari, madame, devrait être depuis longtemps
à Paramaribo, tandis qu'il vous faut remonter le
cours du Maroni, bien au delà des établissements
civilisés, attendre patiemment son arrivée, et cela
dans de bien difficiles conditions.

— Oh! la misère m'importe peu. Je suis forte.
Mes enfants n'ont plus de patrie, ils vivront là où
est leur père. Mieux vaut ce pays déshérité que la
France qui nous chasse et que j'ai quittée pourtant
les larmes aux yeux.

— Entre autres précautions indispensables, ajouta
le capitaine, ému malgré sa froideur, et d'un ton
un peu embarrassé, je vous prierai, madame, d'user
d'un subterfuge destiné à tromper vos compatriotes,
au cas où nous serions obligés d'aborder à la côte
française.

— Dites, que faut-il faire? Je suis prête.

— On s'étonnerait, et à bon droit, de vous voir
en pareil lieu avec vos enfants... Il serait urgent, le
cas échéant, que je passasse un moment... pour
leur père...

« Parlez-vous anglais?

— Comme ma langue maternelle.

— C'est parfait. Vous ne direz pas un mot de français. Si l'on vous parle, si par hasard l'on vous
interroge, répondez invariablement en anglais.
Quant aux enfants... votre fils aîné parle-t-il également anglais?

— Oui.

— Nous tâcherons que l'on ne voie pas les autres.
Mon navire s'arrête à Albina, devant la factorerie
fondée par un négociant hollandais. Sous prétexte
d'emmener ma famille en partie de plaisir, voir,
par exemple, le Saut-Hermina, je vous confierai
à deux hommes de mon équipage, deux noirs dont
je suis absolument sûr.

« Ils vous débarqueront sur un îlot situé à trois
quarts d'heure des rapides et pourvoiront à vos
besoins. Je ne quitterai mon poste qu'après leur
retour, et après une affirmation écrite que vous
avez retrouvé votre mari.

— Bien, monsieur. J'ai compris ; je souscris à
tout de grand cœur. Quoi qu'il advienne, je ne fai-
blirai pas. J'ai depuis longtemps dit adieu à la vie

civilisée. Elle m'a ravi le bonheur. Puisse la vie sauvage que nous allons mener apporter un soulagement à nos maux, un dédommagement à nos peines !

« Dans tous les cas, croyez-bien, monsieur, vous
la personnification de nos bienfaiteurs inconnus,
que ma reconnaissance est profonde, inaltérable.
Où que vous soyez, quel que soit le sort que l'avenir nous réserve à tous, celui qui souffre et qui
attend vous bénira, et ces pauvres petits exilés s'u-
niront toujours à lui dans cette pensée de grati-
tude. »

Les proscrits avaient, comme le disait le mystérieux capitaine, porté bonheur au *Tropic-Bird*.
Jamais peut-être, de mémoire de matelot guyanais,
traversée ne fut plus rapide. Le côtre fila d'une telle
allure, que trente-six heures après avoir quitté la
rivière de Surinam, on signalait l'île Clotilde située
à l'extrémité de la pointe Galibi, qui forme un côté
de l'embouchure du Maroni.

Telle est la largeur du fleuve, que l'on apercevait
à peine la rive française. Le bâtiment, son pavillon
à l'arrière, s'engagea dans la passe, franchit la
barre, longea au plus près la rive hollandaise, et
jeta l'ancre en face le poste d'Albina sans avoir
atterri au pénitencier français.

Cet ennui une fois évité, le capitaine se mit aussitôt en quête d'une embarcation indigène. Il la fit

recouvrir à la partie médiane d'une sorte de dais en feuilles de palmier qui devait protéger les passagers contre l'insolation, et l'approvisionna largement. Par bonheur, un nègre boni qui se trouvait à l'habitation allait remonter dans son village situé à quinze jours de canotage dans le haut du fleuve. Il consentit, moyennant quelques bibelots d'exportation, à s'adjoindre aux deux matelots. Cet appoint d'un homme rompu à la navigation fluviale était une bonne fortune inespérée.

Au lieu de vingt heures, on n'en mettrait que douze pour arriver au saut Hermina.

Pour plus de sûreté, le voyage s'effectua la nuit. Il s'accomplit avec non moins de bonheur que le précédent.

Mme Robin et ses enfants, encore tout étourdis de cette fantastique succession d'événements, habitaient depuis quelques heures un minuscule continent à peu près circulaire, de cent mètres à peine de diamètre. Un véritable bouquet feuillu, ayant sa petite plage de sable fin et sa roche granitique.

Les petits Robinsons, ravis, emplissaient l'air de cris joyeux. Nicolas, soustrait au mal de mer, trouvait que la vie est une excellente chose. Le campement était installé. Le Boni avait déjà pêché un aïmara superbe, qui grésillait sur un brasier. On allait prendre le premier repas, quand là-bas, bien loin sur la rive française éloignée de près de deux kilomètres, surgit un léger flocon de fumée, suivi à un long intervalle d'une faible détonation. Un point noir, qui ne pouvait être qu'un canot, se détacha du rivage et gagna rapidement le milieu du fleuve. Une autre détonation se fit entendre, et une seconde embarcation s'élança à la poursuite de la première, dont elle n'était séparée que de trois à quatre cents mètres.

En pareil lieu, le moindre incident possède une signification. Celui-là prenait aussitôt les proportions d'un événement. Il y avait des fugitifs qu'il importait de reprendre à tout prix, puisque les poursuivants n'hésitaient pas à se servir de leurs armes.

Le premier canot grandissait. Il gagnait sur l'autre, mais si peu. Il allait en diagonale vers la rive hollandaise. On vit bientôt qu'il était monté par deux hommes pagayant furieusement. L'autre portait quatre passagers, dont deux armés de fusils.

Les fugitifs allaient tenter d'interposer l'îlot entre eux et leurs ennemis. C'était la seule manœuvre possible.

Mme Robin sentit son cœur se serrer. A quel drame allait-elle assister, sur cette terre maudite de la transportation qu'elle foulait depuis quelques heures à peine ?

Les enfants se taisaiént effrayés. Nicolas tour-
mentait, assez maladroitement d'ailleurs, les batteries d'un fusil à deux coups, présent de l'officier
hollandais.

Les poursuivants, devinant le dessein des fugitifs,
tentèrent de leur couper la route. Ils tiraillaient
toujours. Leurs armes devaient avoir une portée
exceptionnelle, car, à plusieurs reprises, les spec-
tateurs épouvantés de cette scène sauvage virent
l'eau jaillir près de la pirogue.

Elle n'était plus qu'à cent mètres à peine de l'île.
Une balle mieux dirigée cassa net le manche de la
pagaye du premier des canotiers. Il en saisit une
autre aussitôt et recommença de plus belle.

Si rapide qu'eût été son mouvement, on put voir
que c'était un blanc. A l'arrière se tenait un nègre
tête nue.

Mme Robin vit s'élever comme un brouillard
devant ses yeux. Il lui sembla que la voûte du ciel,
chauffée jusqu'à l'incandescence, l'écrasait sous
son poids.

Elle fit quelques pas en chancelant, les yeux
hagards, la bouche ouverte, les doigts crispés. Un
cri terrible, étranglé, affolé, lui échappa :

— Lui !... C'est lui... qu'on tue !...

Et elle tomba comme foudroyée sur le sable.

CHAPITRE VI

Littéralement enfouis sous un impénétrable monceau de verdure, le proscrit et le vieux nègre attendirent longtemps le moment de la délivrance.

Cette idée d'enfouissement, évoquant l'image de mineurs disparus dans les ténébreuses galeries d'une houillère, pourrait tout d'abord paraître bizarre, appliquée à un séjour en forêt. Le mot et l'idée n'ont pourtant rien de bien exagéré.

C'est que les expressions les plus hyperboliques entassées comme à loisir, les métaphores les plus audacieuses, les qualificatifs les plus énergiques, sont à peine suffisants pour exprimer l'impression d'écrasante stupeur, d'implacable isolement produit par certains coins de ces solitudes.

Imaginez-vous des zones feuillues se stratifiant à l'infini, au point de former des montagnes, des plans de troncs énormes se doublant, se décuplant, se centuplant et devenant des murailles, des lianes accrochées à tout cela comme la trame d'une draperie sans fin, et vous ne pourrez rêver d'abîme insondable, de galerie de mine sans lumière, de souterrain humide qui puisse rivaliser avec ce décor élaboré par la nature équatoriale, féconde jusqu'à la monstruosité, et qui s'appelle la *Forêt-Vierge !*

Connaissez-vous ces ruelles sombres du vieux Paris, aux maisons lépreuses, au pavé gluant, à l'atmosphère fade, qui s'appellent la rue Maubuée, la rue de Venise, ou la rue de Brantôme ? Jamais le soleil ne sèche leurs ruisseaux fangeux, jamais le roulement d'une voiture ne s'y fait entendre ; la nuit, les réverbères semblent y agoniser.

Votre œil a-t-il plongé, du haut d'une maison dans ces cours étroites, noires comme des puits, au fond desquelles s'agitent confusément des êtres

11.

dont on ne peut que deviner la forme, sans la distinguer ?

Et pourtant à quelques pas de ces cloaques circulent à flots l'air et la lumière, et les splendeurs de la grande ville s'étalent dans un perpétuel flamboiement.

Tels les bois de la Guyane, qui recèlent au milieu d'incomparables merveilles végétales des coins perdus, non moins obscurs, non moins désolés, plus lugubres encore.

C'est que deux forces créatrices d'une incommensurable intensité se trouvent en présence. D'un côté, le soleil de l'équateur dont les implacables rayons surchauffent cette zone torride, la bien nommée; de l'autre, un terrain gras, humide, formé de séculaires débris organiques et saturé jusqu'à la plétore de principes nutritifs.

La graine, humble embryon de colosse, germe en un moment dans cet humus productif jusqu'à la prodigalité. Elle se développe à vue d'œil dans cette immense serre-chaude et devient arbre en quelques mois. Sa cime s'allonge, son tronc grêle et rigide monte comme un tuyau d'appel, par lequel le soleil semble aspirer les sucs de la terre.

Le jeune arbre veut de l'air. Il lui faut de la lumière. Ses feuilles pâles, anémiques comme celles qui végètent dans les souterrains, ont besoin de cette « chlorophylle » qui est leur matière colorante, comme « l'hématosine » est celle du sang. Le soleil peut seul la leur fournir. Aussi, leur unique fonction est-elle de monter toujours afin d'aller chercher ses ardents baisers. Nulle force ne saurait arrêter cet élan. Elles trouent l'opaque voûte de feuillages et ajoutent une nouvelle goutte à cet océan.

Ces phénomènes de végétation sont étranges, stupéfiants. Il faut, pour s'en faire une idée, avoir erré sous ces vastes rameaux qui font corps ensemble, la haut, près des nuages, et avoir escaladé ou contourné ces monstrueuses racines où s'élabore sans cesse le mystérieux enfantement de la vie.

Ah ! combien est petit l'homme qui se meut péniblement dans ce formidable fouillis ! Comme sa marche est lente à travers ces colosses ! Et pourtant, il s'avance, la boussole d'une main, le sabre d'abatis de l'autre, évoquant, par son travail de sape, la pensée d'une fourmi qui réussirait à percer de son aiguillon le flanc d'une montagne.

C'est dans ces catacombes végétales que vécurent, presque sans avoir la notion du temps, nos deux héros, après le double malheur dont ils furent frappés. L'air et la lumière leur manquaient aussi. Nul chant d'oiseau ne troublait ce silence de tombeau. Les hôtes ailés de la forêt ne s'aventurent

pas dans de semblables cavernes, redoutées des
fauves eux-mêmes. Pas d'herbes, encore moins de
fleurs sur ces racines qui suintent comme la base
des piliers de cathédrales gothiques; mais des
mousses glissantes, verdâtres, gonflées ainsi que
des éponges, et sous lesquelles grouille tout un
monde de serpents, de lézards, de crapauds, de
scolopendres, d'araignées-crabes et de scorpions.

Ils demeurèrent près d'un mois dans cet antre
de la fièvre où la vie semblait impossible, car c'est
à peine si la flamme de leur foyer trouvait assez
d'oxygène dans cette atmosphère appauvrie.

Ils existèrent à la façon d'un brasier qui se con-
sume à l'étouffée.

De deux en deux jours, Robin allait aux provisions et rapportait de l'abatis des ignames, des patates, du maïs et des bananes. Triste restauration,
en vérité, suffisante à peine pour empêcher la douloureuse torsion de leurs viscères, pour entraver
l'œuvre mortelle de la faim. Heureusement que
l'existence humaine possède parfois d'étonnantes
ressources.

Les deux reclus attendaient vainement d'heure
en heure un signal, quand un beau matin, Robin,
qui pour la quinzième fois suivait le cours vaseux
du ruisselet, sursauta comme à la vue d'un reptile.
Un léger canot, armé de quatre pagayes, flottait

devant lui, amarré à une grosse racine. Plus de
doute. C'était bien cette pirogue, construite par
lui et Casimir, qu'il avait nommée l'*Espérance*, et
qui avait si singulièrement disparu.

Par quel mystérieux concours de circonstances
se trouvait-elle si bien à point et toute parée à
partir ? Un gros régime de bananes bien mûres
l'emplissait au centre. Quelques ignames et des patates cuites sous la cendre, et, chose plus étonnante encore, une douzaine de biscuits, avec un
flacon de genièvre complétaient cet approvisionnement. L'embarcation devait avoir été submergée
depuis le jour de sa disparition, car ses parois
humides et encore vaseuses se couvraient par places
d'une légère couche de végétaux aquatiques.

Sans s'arrêter à ce que ce fait avait d'insolite, le
proscrit, préparé à tout, ne songea qu'à sortir de
son humide réduit, quitte à chercher plus tard le
mot de l'énigme.

Il revint en courant.

— Casimir !... Nous partons !

— Qué côté ça, compé, nous qu'allé ? (De quel
côté allons-nous, compère ?)

— La pirogue est retrouvée. Elle est là, tout
près. Cela veut dire, à n'en pas douter, que la
crique est libre, que nous pouvons quitter cette

terre maudite, que nous pouvons enfin nous élancer sur le Maroni.

— Ça bon. Mo qué allé côté ou. (C'est bon, je vais avec vous.)

Raconter la série d'interjections, de formules d'étonnement patoisée par le bonhomme serait superflu. Mais s'il parlait beaucoup, il agissait de même. Sa jambe éléphantiasique semblait ne pas peser plus que l'autre. Il trottinait, le pauvre « Kokobé » ; il fit tant et si bien qu'il réussit à embarquer en même temps que son compère.

Une joie d'enfant se peignit sur son visage atrocement fouillé, quand il put assurer dans ses doigts ergotés le manche d'une pagaye. L'esquif, sollicité par les deux hommes, glissa lentement entre les herbes qu'il frôla légèrement, et descendit jusqu'à la grande crique.

Rien de suspect n'entravait leur manœuvre silencieuse. Ils revoyaient aussi la lumière. Les yeux bien ouverts, les muscles tendus, l'oreille au guet, ils avançaient en enfonçant doucement leurs pagayes, évitant de heurter la coque et de faire clapoter l'eau.

Ils passèrent près d'un chantier en exploitation, mais que les travailleurs semblaient avoir momentanément déserté. La pirogue cotoya d'énormes pièces de bois, flottant amarrées à des futailles vides, et s'en allant, seules, au gré des flots, vers le Maroni. Tout était pour le mieux. Dans quelques minutes la passe dangereuse serait franchie; la Sparwine s'élargissait en estuaire. On apercevait le fleuve.

Les fugitifs stoppèrent un moment, regardèrent de tous côtés, inventorièrent minutieusement les moindres anfractuosités formées par les terres, les racines et les troncs. Rien de suspect ne leur apparut.

— En avant donc, et à toute vitesse ! dit à voix basse Robin.

Le batelet fila comme une flèche sur les eaux du Maroni, dont l'autre rive apparut aussitôt, éloignée de près de trois kilomètres.

Les deux compagnons commençaient à se croire enfin en sûreté. Quatre cents mètres environ les séparaient déjà de cette terre inhospitalière, quand des cris de rage mêlés à des imprécations retentirent derrière eux.

Puis, un coup de feu. La balle, mal dirigée, fit jaillir l'eau à plus de vingt mètres.

— En avant !... Casimir ! en avant! siffla Robin en se courbant sur la pagaye, qui plia.

Les cris répercutés sur la surface liquide arrivaient distinctement aux oreilles des canotiers :

— Arrête !... Arrête !... Aux armes !... Aux armes !...

Un second coup de feu, puis un troisième ponctuèrent cette brutale injonction.

Le proscrit tourna la tête, et vit un canot armé de quatre avirons se détacher de la rive et prendre la chasse.

— Courage !... ami !... courage !... Nous gagnons sur eux. Oh ! les bandits ! Ils ne nous tiennent pas encore. D'ailleurs ils ne m'auront pas vivant.

— Ça même !... Mo qu'allé ; ça michant mouns, qu'a pas tini nous, non. (C'est ça. Je vais aussi ; ces méchants hommes là ne nous tiennent pas, non.)

— Gouverne sur l'îlot, là, en face... comme si nous voulions aborder.

— Oui compé. Ou qu'a parlé bon bon.

— Quand nous le toucherons, nous obliquerons, puis nous passerons derrière. Nous serons au moins pour un moment à l'abri des balles.

La distance entre l'*Espérance* et l'îlot diminuait rapidement, en raison d'ailleurs de l'intensité de la poursuite, qui continuait toujours acharnée, implacable. Les détonations d'armes à feu se succédaient sans grand succès jusqu'au moment où la pagaye de Robin fut fracassée par une balle.

Il étouffa un cri de rage, saisit une pagaye de rechange et leva la tête. A son exclamation répondit l'appel désespéré qui jaillit de la gorge de sa femme quand elle le reconnut.

Il vit une forme noire s'abattre sur le sable, des enfants s'agiter éperdus, des nègres gesticuler... Un homme vêtu à l'européenne s'élança...

Ceux-là n'étaient pas des ennemis. Cette plainte déchirante n'était pas une menace.

Mais cette femme... ces enfants, en pareil lieu!... Grands dieux!...

L'*Espérance* n'était plus qu'à quatre-vingts mètres. Le fugitif, rigide comme une barre d'acier, les muscles contractés jusqu'à la catalepsie, produisit un de ces terribles efforts sous lesquels un organisme humain se brise quand l'obstacle résiste.

La pirogue vola sur la vague. Sa coque érailla le sable dans lequel son avant s'enfonça profondément. D'un élan de tigre, Robin bondit sur le sol, souleva sa femme inanimée, contempla, de ses yeux dilatés par l'épouvante, les enfants muets et terrifiés!...

L'ennemi avançait rapidement. Le proscrit aperçut du même coup Nicolas qu'il reconnut, le nègre boni appuyé sur son fusil, et le grand canot recouvert de son abri de feuilles.

— Monsieur Robin!... hurla le Parisien.

— Nicolas!... à moi!... au canot!... Tiens bon,

vous autres, et restez-là !... cria-t-il aux matelots hollandais.

Il dit, et tenant sous son bras gauche sa femme inerte, saisit à pleine main son plus jeune fils par ses vêtements, s'élance vers l'autre pirogue, les y couche, pendant que Nicolas accourt avec les trois autres, suivi du vieux Casimir.

— Embarque !... dit-il d'une voix brève.

Le Boni obéit également, sans mot dire.

— Les pagayes...

Un matelot hollandais les lui tend. Casimir prend place à l'avant, Robin s'installe sur le second banc, le Boni s'arc-boute à l'arrière.

— Pousse !...

Le canot démarre pendant que les deux nègres de Surinam, stupéfiés par cette scène étrange, restent sur l'îlot avec l'*Espérance* échouée.

Le Boni comprend la manœuvre. Il vire aussitôt, et contourne l'île. Les assaillants disparaissent. Robin a heureusement reconquis son avance au moment où les garde-chiourmes s'aperçoivent que les deux hommes du *Tropic-Bird* sont seuls.

La poursuite recommença bientôt, mais sans grande chance de succès. La pirogue, il est vrai, était plus pesamment chargée que jadis l'embarcation des fugitifs, mais la présence du nègre boni était un rude appoint. Il valait à lui seul un équipage.

Malheureusement, ils n'étaient pas hors de la portée des carabines, et Robin, l'homme intrépide que le péril ne pouvait émouvoir, tremblait à la pensée des êtres chéris qu'il venait de retrouver si miraculeusement. Courbé sur sa pagaye, concentrant toutes ses facultés dans la manœuvre qui devait assurer le salut commun, le pauvre père pouvait à peine jeter à la dérobée un regard de tendresse sur les petits tout frissonnants de peur.

Leur mère reprenait lentement ses sens, grâce aux affusions d'eau froide que Nicolas, plus zélé qu'habile, faisait sans interruption.

— Sauvé !... Il est sauvé !... balbutia-t-elle enfin.

— Père !... père !... cria l'aîné des fils, Henri, ils vont tirer encore.

L'enfant n'avait pas achevé, qu'une balle frôlait la coque et faisait jaillir en pluie l'eau du fleuve.

Alors, Robin, qui n'avait pu encore serrer dans ses bras cette femme héroïque qui avait tout bravé, ni ces petits êtres que son cœur appelait depuis si longtemps, se senti envahit par une colère terrible contre ceux que le plus élémentaire sentiment d'humanité ne pouvait apaiser. Il avait pardonné à Benoit son bourreau. Il l'avait sauvé. Lui seul était

en cause. Mais aujourd'hui, l'on menaçait les siens.
Une balle pouvait les frapper là... devant lui !

Un nuage de sang s'étendit sur ses yeux. Une
fièvre de meurtre lui monta au visage. Au risque
d'entraver la fuite, il saisit le long fusil du Boni.
L'arme était chargée à plomb. Le noir, devinant
sa pensée, sortit de sa bouche deux balles qu'il
mâchonnait, et les fit glisser dans les canons.

— Bandits sans cœur et sans entrailles ! cria le
proscrit. N'avancez pas, ou je vous tue !

Les argousins, dominés par son attitude, et crai-
gnant tout du désespoir d'un tel homme, abaissè-
rent leurs armes. Ils allaient d'ailleurs bon gré
mal gré être forcés d'interrompre leur chasse, car
les bouillonnements de l'eau annonçaient la présence d'un rapide.

La pirogue était en vue du saut Hermina.

Le Boni Angosso était seul capable de remonter
cette barre de récifs sur lesquels le flot se brise et
roule en cascades écumantes. En deux coups de
pagaye, il vira sur place et se trouva à l'avant.

Casimir et Robin se retournèrent sur leurs bancs
pour nager de l'avant, et l'heureux père put enfin
voir ses chers enfants et leur vaillante mère.

Le petit Charles, inconscient du danger, battait
des mains et paraissait ravi.

Laissons-les un moment au bonheur du **premier**

épanchement, et expliquons en quelques mots comment Robin et le lépreux se trouvaient au saut Hermina, quand en réalité ils eussent dû l'atteindre seulement quatre heures au moins après leur sortie de la crique.

C'était grâce à une confusion de nom que l'ignorance du proscrit, relativement à la région géographique, rendait suffisamment admissible. Le transporté Gondet avait été de bonne foi quand il lui avait dit que le cours d'eau était bien la crique Sparwine, mais il se trompait. Le chantier où il travaillait en qualité de chercheur de bois était détaché du pénitencier et situé à quinze kilomètres plus haut. Comme les hommes chargés de ces deux exploitations n'avaient entre eux que de rares communications, Gondet ignorait jusqu'alors l'existence de la première. Le petit chantier portant également le nom de Sparwine, le transporté en avait conclu qu'il tirait son nom de la rivière qui le traverse et qui s'appelle en réalité la crique de Sakoura.

De là son erreur quant à la proximité du rapide. L'îlot qui porte le nom de Sointi-Kazaba se trouve à quinze kilomètres de la Sparwine et émerge en regard d'un autre cours d'eau situé sur la rive hollandaise. Ce cours d'eau était encore inconnu à cette époque, il a été dénommé seulement en 1879

crique Ruyter, par MM. Cazals et Labourdette, deux
Français qui exploitent les terrains aurifères de la
rive gauche du Maroni.

La marée, qui se fait sentir jusqu'à ce point éloigné de quatre-vingt-quinze kilomètres du littoral,
poussait les fugitifs vers le saut Hermina. Les surveillants ne pouvaient raisonnablement espérer le
remonter avec leur embarcation à quille et à gouvernail. Ils se fussent fatalement échoués dès le
début. Ils durent se contenter de suivre d'un œil
d'envie et non sans pousser d'inutiles imprécations,
la légère pirogue qui s'avançait avec la vélocité
d'un poisson.

Le saut Hermina est de tous les rapides du Maroni le moins difficile à franchir. En effet, la barre
rocheuse qui forme une sorte d'écluse naturelle
a environ huit à neuf cents mètres de largeur, et
la différence de niveau n'est que de cinq mètres.
La pente est donc insignifiante. Il n'en faut pas
moins une extrême habileté, et un canot spécial,
sans quille, sans gouvernail, relevé a l'avant et à
l'arrière, pour opérer sans encombre la traversée.

Le Boni Angosso, familiarisé depuis l'enfance
avec cette difficile manœuvre, contournait les
pointes aiguës de roches sombres, choisissait tel ou
tel chenal, et n'engageait jamais la pirogue sans
s'être assuré du passage. De temps en temps, le

remous secouait comme un fétu la frêle embarcation qui menaçait de s'en aller à la dérive au grand
effroi des enfants, mais un coup de pagaye la re·
mettait en bonne route.

Angosso, qui patoisait un peu le créole, expliquait à Robin, qui l'écoutait distraitement, que
là-haut il y avait des rapides bien autrement redoutables, le haut *Singa-Tetey* entre autres, situé un
peu au-dessous du point où la réunion de l'Awa et
du Tapanahoni forme le Maroni. La descente surtout est terrible. Les eaux, resserrées entre les roches, s'élancent en mugissant des chenaux trop
étroits, se tordent en écumant, roulent en cascades
bruyantes, et s'engouffrent dans d'autres défilés
pour en sortir en épais tourbillons et en produisant
un tapage infernal.

Cette descente du *Singa-Tetey*, dont le nom signifie en boni : « L'homme-est-mort », est donc particulièrement périlleuse. Les canotiers abandonnent
leurs pagayes. Deux seulement manœuvrent, l'un
à l'avant, l'autre à l'arrière. Ils saisissent chacun
une longue et solide perche, nommée *tacari*, dont
ils appuient une extrémité sur leur poitrine.

Le canot, emporté comme une plume, vole sur la
crête d'une lame. Des torrents de poussières dia-
mantées, produites par l'eau qui se pulvérise sur
les brisants, aveuglent les passagers couchés et

cramponnés des deux mains aux bordages. La frêle embarcation projetée sur une pointe de récif par l'irrésistible courant va se briser. L'homme de l'avant s'arc-boute, pose l'extrémité antérieure de son « tacari » sur le roc, et reçoit sans broncher le choc sur sa poitrine qui sonne comme un tam-tam. Le péril est conjuré pour une minute. La manœuvre recommence, exécutée tantôt par l'un ou par l'autre des deux compagnons, et généralement avec un égal succès. Enfin, après cinq ou six minutes de véritables angoisses, le voyageur, trempé, assourdi, crispé, respire à l'aise sur une eau tranquille, et conserve pour la vie un ineffaçable souvenir de cette course vertigineuse, ponctuée à chaque instant des coups sourds du tacari contre la poitrine de ses guides.

Mais le moment n'était pas encore venu pour Angosso d'utiliser ses talents de canotier-gymnaste. La pagaye suffisait. Tout en fouillant de son œil d'enfant de la nature le fond des eaux tourmentées, le brave garçon apercevait de temps à autre quelque superbe koumarou qui se jouait dans le courant, et il se disait que cet admirable poisson, à la chair exquise et fondante, à la graisse parfumée, serait de bonne prise. Il jetait un regard d'envie sur son grand arc en « bois de lettre » long de plus de deux mètres, avec lequel il décochait si bien une immense flèche à trois pointes, qui ne manquait jamais son but.

— Hélas ! mouché blanc, madame li, pitits mouns blancs, contents parti caba. Li pressés trop beaucoup, et Angosso pas pouvé flécher Koumarou !

La chaleur était accablante. Pour comble de malchance, la marmite avait été renversée lors de la brusque apparition de Robin sur l'îlot, et telle fut la précipitation avec laquelle s'opéra l'embarquement, qu'il n'y avait pas à bord un gramme de substance alimentaire.

La loquacité de Nicolas était bientôt tombée. Son estomac criait famine. Les enfants, engourdis au fond du canot, à demi suffoqués, poussaient de plaintifs gémissements. Les pauvres petits n'avaient pas mangé depuis longtemps. Et rien !... rien qu'un peu d'eau tiède puisée dans le fleuve, et dont l'absorption excitait leur soif plutôt que de la calmer.

Leurs souffrances devenaient intolérables. Il fallait aborder, d'autant plus que le rapide était bien loin, et que les argousins avaient depuis longtemps disparu.

Les Robinsons de la Guyane n'avaient plus rien à craindre des hommes ; en revanche, ils se trouvaient déjà exposés à toutes les horreurs de la disette.

Enfin, n'y tenant plus, brisés de fatigue, sans

souffle, haletants dans cette fournaise, les entrailles tordues, ils se prirent à pleurer, et le plus jeune laissa sortir de ses petites lèvres desséchées, ce cri lugubre :

— Père !... père !... j'ai faim !...

Ce cri douloureux articulé par le plus faible fit frémir Robin. La mère, épuisée elle aussi par les secousses morales et le besoin, regarda son mari d'un air anxieux.

Il fallait en finir au plus vite, sous peine d'un danger immédiat et mortel.

— Casimir, dit brusquement le proscrit, nous allons rallier la côte. Il nous est interdit d'aller plus loin. Ces enfants demandent à manger. Dis, que faut-il faire ? Je suis prêt à tout. La fatigue importe peu. Je réaliserai l'impossible.

— Nous qu'allé caba, répondit le vieillard après un rapide colloque avec Angosso.

La pirogue obliqua en formant avec la rive droite un angle aigu, et aborda au bout d'une demi-heure à une petite anse perdue au milieu des grands arbres, et à laquelle donnait accès un imperceptible chenal d'un mètre à peine de large.

— Oh ! compé, mo content. Mo baïe pitits mouns morceau di lait ké jaune d'œuf ! (Je vais donner aux enfants du lait et des jaunes d'œufs.)

Robin regarda son compagnon avec inquiétude.

Il crut qu'il perdait la tête. Quant à Nicolas, qui n'entendait rien au patois créole, il avait saisi deux mots : « lait, jaune d'œuf. »

— Le pauvre vieux déménage, je ne vois ni oiseaux, ni chèvres, ni vaches, et à moins que ces arbres ne soient des poules pondeuses, ou des vaches laitières, je me demande comment il va se tirer d'affaire.

En quelques coups de sabre, envoyés avec la dextérité d'un maître de contre-pointe, le Boni avait jeté sur le sol une épaisse jonchée de feuilles de maripa et de waïe. Planter en terre deux pieux, les joindre par une traverse, appuyer sur celle-ci, en auvent, les plus longues et les plus épaisses, fut pour lui l'affaire d'un moment. En trois minutes, un *ajoupa* était construit pour la mère et les enfants, qui s'étendirent sur un bon matelas de fraîches frondaisons.

Robin piétinait d'impatience, malgré la rapidité des évolutions du noir. Ce dernier tira de sa pirogue deux couis bien imperméabilisés avec une couche de goudron végétal, nommé « *mani* » et tiré du *moronobœa coccinea*. Puis, avisant deux arbres magnifiques, au tronc lisse, roussâtre, hauts de plus de trente mètres, il entailla en biais l'écorce, à quelques centimètres du sol.

O merveille, qui stupéfie positivement le brave

Nicolas, les plaies se couvrent instantanément de gouttes larges, épaisses, blanches, qui se réunissent et s'écoulent en deux filets jusque dans les vases, où les conduit la déclivité de la coupure.

— Mais, c'est du lait!... Du vrai lait. Oh! par exemple, qui se serait douté d'une chose pareille! dit-il en s'emparant d'un coui.

« Tiens, mon petit Charles, bois du bon lait, tout frais tiré. »

L'enfant porta avidement le vase à sa bouche, et but à longs traits la bienfaisante liqueur.

— C'est bien bon, n'est-ce pas, mon chéri?

— Oh! oui, dit le bébé d'un air convaincu, donne aussi à maman, puis à Eugène, puis à Edmond, aussi à Henri.

L'autre récipient débordait déjà. La distribution continua, et quand tous furent bien désaltérés et un peu restaurés, Nicolas but à son tour avec une expression si comiquement heureuse, que chacun, y compris Robin, se mit à rire, mais à rire de tout cœur.

C'était la première fois depuis bien longtemps!

— Savez-vous bien, patron, que je n'ai jamais rien goûté de pareil! Du lait d'arbre! On n'a pas idée de ça à Paris, où l'on fabrique du lait avec de la cervelle, de l'amidon, de blanc de Meudon, et de l'eau, pas toujours très propre.

« Ma foi, je vous avouerai, entre nous, que je
commence à croire qu'ils vont nous trouver des
œufs. Eh bien! voici un arbre que je reconnaîtrai.
Je voudrais bien savoir son nom, par exemple. On
ne m'a pas appris beaucoup de botanique, à l'école
primaire.

— Ça, balata, dit Casimir.

— Comment, interrompit Robin, c'est le balata,
l'arbre à lait, le *mimosops balata*. Je serais passé
bien souvent près de lui sans le reconnaître. Vois-
tu, Nicolas, il ne suffit pas d'étudier uniquement
dans les livres.

— Ça, c'est vrai. Il faut la pratique. La pratique,
voyez-vous...

Il s'interrompit brusquement, et pour cause. Un
objet rond, de la grosseur d'une prune de reine-
claude, s'était détaché de l'arbre sous lequel il se
trouvait et était tombé juste sur son salacco.

Il leva la tête, et vit Angosso, qui, perché sur
une des maîtresses branches, riait jusqu'aux oreilles
de la bonne farce qu'il venait de faire.

— Le jaune d'œuf! s'écria-t-il joyeux, en ramas-
sant l'objet en question, rond comme une boule,
ferme et d'une belle couleur orange.

— Ou qu'a mangé, dit Casimir. Li bon bon.

— Ça ne sera pas de refus. D'autant plus qu'il y

12.

en aura largement pour tout le monde. On peut au moins être sûr qu'il n'est pas couvé, celui-là.

Et le brave garçon mordit à pleine bouche dans la pulpe, qu'il croyait pouvoir avaler d'une bouchée.

— Aïe!... fit-il avec une grimace, il y a le poulet dedans.

— Comment, le poulet !

— Manière de parler. Le petit de cette poule couveuse de cent pieds de haut, est un noyau, et un dur, je vous assure. J'ai cru que mes dents allaient y rester.

« Tiens, c'est drôle; ce noyau n'est pas pareil des deux côtés. Une de ses faces est lisse comme l'ivoire et toute miroitante, tandis que l'autre est pleine de petites aspérités très curieuses. On dirait que c'est travaillé à la main.

— Est-ce mangeable, au moins ?

— Ça n'est pas plus mauvais qu'autre chose ; c'est un peu sec, friable, mais savoureux. Ma foi, si ça ne vaut peut-être pas un véritable jaune d'œuf, mon estomac s'en accomode fort bien. Et d'ailleurs, vous allez pouvoir vous en assurer vous-même, termina-t-il en se sauvant pour éviter l'averse que le Boni faisait dégringoler.

Le *jaune d'œuf* (c'est le nom sous lequel on le désigne en Guyane) fut déclaré excellent par tous les membres de la petite colonie, qui s'endormirent bientôt — nous parlons des enfants — d'un profond sommeil.

Robin, à peu près restauré par l'ingestion de ce bizarre repas, envisageait le lendemain avec inquiétude. Il savait que cette nourriture, bonne pour apaiser un moment la faim, serait bientôt insuffisante. Les enfants et leur mère avaient besoin d'aliments toniques, surtout sous cette latitude où l'anémie règne en souveraine maîtresse.

Angosso, la providence du jour, le tira de sa préoccupation.

— Mô qué enivré crique, dit-il sans préambule.

— Comment dis-tu? interrogea le proscrit, qui crut avoir mal entendu.

— Mo qué enivré crique, pour gain poisson. Enivré avec nikou; nikou là, trop beaucoup. (Je vais enivrer la crique, pour avoir du poisson, avec du nikou. Il y en a beaucoup ici.)

— Ça même, renchérit Casimir. Posson content nikou. Li boire, et puis li saoul passé Indien. (C'est ça. Le poisson aime le nikou, il boit, puis il est plus ivre qu'un Indien.)

— Et après?

— Nous prend' li, boucaner li, tout mouns mangé li.

— Je ne sais ce que tu veux dire, enivre donc ta

crique, mon cher, et fais pourle mieux. Puis-je être bon à quelque chose?

— Ou fika côté madame, côté pitits mouns, Boni chercher nikou, caba. (Restez avec madame et les enfants, le Boni va chercher le nikou.

L'absence du noir dura une heure au moins, et Robin commençait à trouver le temps bien long, quand Angosso apparut, chargé comme un mulet de contrebandier.

Mais, à l'encontre de ce solipède aimable auquel on fait une injuste réputation d'entêtement et qui porte son fardeau sur l'échine, le bimane équatorial tenait sur sa tête un énorme monceau de lianes fraîchement coupées.

Il y avait bien quarante kilos de tiges sarmenteuses, à l'écorce brune, sectionnées en tronçons de cinquante centimètres, et réunies en bottelettes analogues à celles que confectionnent nos vignerons avec le plant de vigne. Il tenait en outre à la main un petit bouquet de feuilles et de fleurs jaunes que Robin, botaniste de la veille, reconnut aussitôt.

— Ça bois-enivré, dit-il en laissant tomber sa charge et en poussant un profond soupir de soulagement.

— Nikou, renchérit Casimir joyeux.

L'aîné des enfants s'éveillait à ce moment, et avançait curieusement la tête. Son père l'appela.

— Tiens, mon petit Henri, voici une occasion doublement favorable pour étudier la botanique. Nous allons sans doute passer ici bien des jours, peut être de longues années, demandant à la nature seule notre subsistance. Il nous faudra bientôt la connaître à fond, afin d'en pouvoir utiliser fructueusement les ressources.

« Le besoin de vivre activera encore le désir de nous instruire. Tu me comprends bien, n'est-ce pas, mon enfant?

— Oui père, répondit-il en fixant sur ceux du proscrit ses yeux intelligents et doux.

— A l'aide de cette plante, dont je reconnais l'espèce et la famille, mais dont j'ignorais jusqu'à présent les propriétés, nos compagnons prétendent nous procurer une grande quantité de poissons. C'est là une précieuse ressource dont nous devons apprendre à tirer parti pour l'avenir.

« Ces fleurs et ces feuilles, tu les reconnaîtras bien... »

L'enfant prit le bouquet des mains d'Angosso, regarda attentivement, fit comme un effort pour fixer dans sa mémoire les formes et les nuances. Robin continua :

— C'est une légumineuse, dont l'accacia est l'un des types. Par un bien singulier hasard, cette plante qui va assurer notre vie, porte notre nom.

C'est le *robinia nikou*, ainsi appelée par mon homo-
nyme Robin, jardinier de Henri IV, qui donna son
nom à la famille des robiniers. Le mot indigène de
nikou a été ajouté, par Aublet, je crois, pour désigner la variété que nous avons devant les yeux.

« Tu as bien compris, et tu te souviendras ?

— Oui père, je reconnaîtrai toujours le « robinia
nikou ».

— Mouché, ou qu'a vini, interrompit Angosso
qui, pendant ce colloque, avait coupé le courant
d'un léger barrage formé de branches feuillues.

Le Boni avait déposé dans le canot ses paquets de
lianes. Il fit embarquer le père, la mère et les quatre
enfants avec Casimir et Nicolas ; il saisit la pagaye
et traversa rapidement l'anse formée par l'embouchure de la crique et que celle-ci traversait comme
le Rhône le lac de Genève. Puis, il vint aborder de
l'autre côté dans le lit du ruisseau qui remontait en
pleine forêt.

Un nouveau carbet de feuilles fut aussitôt construit en quelques minutes, puis, cet indispensable
préliminaire de toute halte en forêt étant terminé,
Angosso se mit en devoir d'enivrer la crique. Quelques roches rougeâtres, criblées comme des éponges,
appelées ici *roches à ravets*, émergeaient sur une
des rives. Il s'accroupit sur l'une d'elles, saisit une
botte de nikou, la trempa dans l'eau, l'assujettit

sur une autre roche, et de sa main droite, armée
d'un court et solide gourdin, frappa comme un
sourd sur les sarments qui furent bientôt réduits en
bouillie.

La sève se répandit de tous côtés, et teignit les
eaux en une belle couleur d'opale.

— C'est tout? fit Robin.

— Oui, mouché, reprit l'homme en continuant
rapidement sa besogne.

— Alors je puis t'aider, si ce n'est pas plus difficile que cela.

Et, joignant l'acte à la parole, le proscrit s'em-
pressa d'imiter son sauvage précepteur. Toute la
provision y passa. Les eaux de la crique, devenues
laiteuses, se mêlèrent bientôt en tournoyant lentement à celles du petit lac. Elles devinrent nacrées
à leur tour.

— Ah! ça bon bon. Nous qu'attendé morceau,
caba. (C'est très bien, attendons un peu maintenant.)

Le Boni, avec la sagacité particulière aux hommes
de sa race, avait admirablement choisi son endroit.
Telle était la configuration de son quartier de pêche,
qu'il devait infailliblement trouver dans le lac, non
seulement les poissons des eaux courantes, vivant
dans la crique, mais encore ceux des savanes noyées,
ceux du Maroni et même quelques espèces habitant la

mer, et que la marée amène jusqu'à ce point éloigné
de près de vingt-cinq lieues de l'Océan ; c'est-à-dire
presque toutes les variétés de la Guyane.

L'attente fut courte. Angosso, de son œil émeril-
lonné, aperçut bientôt quelques points indécis, flottant au centre du lac, agité de légers remous.

— Ça même... ou qu'à vini côté barrage.

Robin voulait y aller seul et laisser sa femme et
ses enfants à la garde de Casimir et de Nicolas, mais
ils insistèrent avec tant de chaleur qu'il les emmena
tous. Comme la forêt était impraticable, ils montè-
rent dans la pirogue.

Quel singulier spectacle s'offre tout à coup à leurs
regards. De tous côtés, le lac bouillonne. A l'avant,
à l'arrière, à droite, à gauche du canot, des poissons
de toute couleur, de toute nuance, de toute grosseur, montent du fond à la surface, s'éclipsent un
moment pour remonter le ventre en l'air et flotter
comme s'ils étaient morts. Ils ne sont qu'étourdis,
enivrés par le nikou, incapables de fuir, de se cacher, de se défendre.

Ils sont là, par milliers, ouvrant la gueule, dila-
tant leurs ouïes, battant l'eau de leurs nageoires
paralysées, avec des gestes incohérents d'ivrognes.
Les uns ont dix centimètres, les autres jusqu'à un
mètre cinquante.

L'embarcation se dirige vers le barrage où tous

arriveront infailliblement poussés par le courant.
Angosso, pour ne pas perdre de temps, assomme au
passage d'un coup de sabre quelque aïmara récal-
citrant, ou quelque requin-marteau, méchant animal auquel il en veut particuliè:ement.

Plus on approche du barrage, plus le fourmille-
ment devient épais.

Les enfants, ravis, battent des mains. Les cris de
joie retentissent. Le canot peut à peine passer, son
étrave vient buter sur ce banc qu'Angosso entr'ouvre à grands coups de pagaye. C'est une fièvre, un
délire, une véritable pêche miraculeuse.

On aborde enfin, après une formelle recommandation de Robin, qui enjoint à ses fils de ne toucher
aucun poisson, car un grand nombre sont dangereux, la piqûre de quelques-uns est mortelle.

Il y a devant le barrage, plus de cinq cents kilos
de poissons ivres morts. Comment s'en emparer ?
Telle est la question adressée au Boni par Robin,
car il ne faut pas penser à descendre dans la crique,
au risque de mettre le pied sur une raie épineuse,
ou d'être happé par un piraïe.

Angosso sourit d'un air entendu, et déroule sans
mot dire son grand hamac, tressé en coton par les
Indiens Roucouyennes, aux larges mailles, aux rabans solides, dans lesquels sont passées deux longues amarres également en coton.

Il le leste avec une pierre, le fait descendre au
fond de la crique, tient une des amarres dans sa
main, confie l'autre à Robin qui comprend du coup ;
puis tous deux, réunissant leurs forces, tirent jusque
sur la rive le hamac transformé en filet et plein à
éclater de tous les échantillons de la faune aquatique de la Guyane.

Les plus gros sont régulièrement assommés à
coups de sabre au moment où ils quittent leur élément, et passent de vie à trépas comme les sectaires
du Vieux de la Montagne après une copieuse absorption de haschisch. Le hamac-filet à peine vidé re-
vient bientôt plein, et un véritable monceau s'élève,
en dépit des protestations de Robin, qui dit que
c'est assez.

Poissons plats, poissons ronds, avec ou sans écailles, à la gueule hérissée ou aux mâchoires lisses,
aux dards empoisonnés, aux anneaux de serpent,
aux formes étranges, glissent, roulent, soubresau-
tent. Parassis (*mugil alba*), vieilles, louvines, mu-
lets, turbots même qui ont remonté le fleuve, ainsi
que le superbe machoiran-jaune (*silurus mystus*)
aux reflets d'or, pesant dix kilos, aïmaras à la tête
énorme, exquis en pimentade, koumarous à la
graisse savoureuse, piraïes voraces, raies d'eau
douce, aux trois ou quatre paires d'yeux couleur de
brique, aux piquants redoutables, counamis, mas-

sorons, carpes blanches, coulimatas, lunes, occa-
rons, barbes-à-roches, véritables ventouses qui s'accrochent aux rochers, monstreux, bizarres, mais
exquis, s'entassent mêlés à je ne sais combien
d'espèces dont le nom ne figure dans aucun traité
d'icthyologie, et qu'il faut désigner sous les noms
que leur ont donnés les natifs.

Tels, le koulan, le poisson-agouti, à la tête évi-
dée, ramassé à l'arrière, presque sans nageoire
caudale, jaune roux comme l'agouti dont il rappelle
la forme, le poisson-madame, petit, tacheté comme
la truite, le poisson-crapaud, à la tête monstrueuse
de batracien, à la peau brunâtre verruqueuse,
délicieux, en dépit de l'horreur qu'inspire sa vue,
la langue-morte, le patagaïc, le gorret, le papou, le
prapra, l'ayaya, habitant les vases, le koulan particulier aux eaux douces, le kroupia, le zappat,
ainsi nommé par les noirs, parce qu'il sert d'appat,
analogue à l'éperlan, etc.

Parmi les espèces connues et souvent décrites,
le gros-yeux (*cattus galbio*), vivipare long de douze
à vingt centimètres, sans écailles, aux yeux énormes et saillants, d'une agilité prodigieuse; il s'é-
lance hors de l'eau et parcourt en une dizaine de
bonds successifs jusqu'à trente et quarante mètres.
Il affectionne les rives plates et il est tellement abondant sur certains points, qu'on en tue souvent deux

ou trois douzaines d'un coup de fusil chargé à plomb. C'est un manger sans pareil, ainsi que l'atipa et le gorret, qui sont pourvus d'une cuirasse analogue à celle du tatou, et d'où ils ne peuvent être retirés qu'après la cuisson. Enfin, pour clore cette longue et pourtant bien incomplète nomenclature, mentionnons un poisson bizarre entre tous, de la famille des silures et nommé le pémécrou.

Le Boni venait de fendre la tête à l'un d'eux, d'une taille colossale. Au grand étonnement de Robin, tout un clan de petits pémécrous, longs et gros comme une cigarette, s'échappèrent de ses branchies aux feuillets hypertrophiés, au point de former un gros bourrelet sous les ouïes.

Comme il manifestait toute sa surprise, Casimir lui fit une courte description des mœurs de ce curieux poisson. Le pémécrou, au moment de la ponte, recueille les œufs de la femelle et les loge dans les interstices semblables aux dents d'un peigne, dont la réunion constitue les branchies. Les petits éclosent et ne quittent pas, pendant les premiers jours, cet asile protecteur. Peu à peu, ils grossissent, et sortent sans s'éloigner de leur père, avec lequel ils marchent toujours de conserve. Au moindre danger, ce dernier ouvre ses ouïes comme une poule ses ailes, et tous les petits effarés viennent s'y blottir.

— Ça, bon papa, mouché, termina le noir, li
quitter pitits, quand pitits fika forts. (Il quitte ses
petits quand ils sont devenus forts.)

Et comme Robin avançait la main pour saisir
l'un d'eux et l'examiner de plus près :

— Non, pas touché ça bête-là, compé. Li méchant, li piqué passé raie. (Ne touchez pas, compère ; il est méchant et sa piqûre est plus dangereuse que celle de la raie.)

Angosso continuait toujours sa manœuvre, bien
qu'il y eût là du poisson en quantité suffisante pour
rassasier cent cinquante personnes. Mais le brave
garçon ayant enivré une crique, voulait que tous
les habitants lui passassent par les mains. La seule
concession qu'il put faire, fut de rejeter les plus
petits. Ce monceau de victuailles l'affriandait. Il
allait manger pendant trois ou quatre jours, gas-
piller, gâcher sans besoin, pour endurer la faim
peut-être la semaine suivante.

Qu'importe. Les Noirs comme les Peaux-Rouges
ignorent l'économie. Quand on tue un maïpouri
(tapir), la tribu tout entière, nombreuse ou non,
s'attable devant deux à trois cents kilos de chair, et
tous, grands et petits, jeunes ou vieux, se bourrent
jusqu'à l'indigestion inclusivement.

Il s'arrêta pourtant un moment à la vue d'une
grosse anguille, longue d'un mètre cinquante, et

qui, moins ivre que les autres habitants de la rivière, ou peut-être déjà soustraite à l'influence du nikou, frétillait entre les herbes. Robin leva son sabre.

— Pas coupé li, mouché, s'écria-t-il brusquement.

Trop tard, la lame s'abattit sur la tête du malacoptérigien ; mais, phénomène étrange, le sabre échappa soudain à la main du proscrit, et celui-ci ne put retenir un cri de surprise, presque de douleur.

— Ça, anguille-tremblante, dit Casimir. Michant bête-là.

— Oh ! papa, s'écrièrent les enfants. Cela t'a fait mal, dis ?

— Non, mes chers petits, répondit-il en souriant, non, ce n'est rien.

— Qu'est-ce que c'est, alors, qui t'a fait mal ?

— Une anguille électrique.

— Oh ! dit étourdiment Eugène, une anguille électrique, comme un télégraphe.

— Mais non, rectifia doucement Henri. Je vais te dire ce que c'est. Je le sais bien, je l'ai lu. C'est un poisson qui produit de l'électricité comme quand on tourne très vite la roue de verre d'une machine électrique entre les deux coussins. Alors, quand on y met un doigt, cela donne une grande secousse.

Eh bien ! l'anguille donne aussi une secousse, comme si elle avait une machine électrique dans la tête.

« N'est-ce pas, papa, que c'est vrai ?

— A peu près, mon enfant, et ta petite définition ne manque ni de justesse ni d'à-propos. Elle est bien incomplète, mais suffisante pour le moment. Nous aurons l'occasion d'étudier plus tard à loisir ce singulier animal. Sachez seulement que son contact est très dangereux, et que sa décharge électrique constitue pour lui un moyen d'attaque et de défense presque aussi terrible que la dent empoisonnée des reptiles.

« Soyez donc bien prudents, et ne touchez jamais à un animal ou à un insecte quel qu'il soit, sans que je sois près de vous.

— Anguille-tremblante, li bon, quand li boucanée, dit à son tour Casimir.

— Tiens, c'est vrai. J'avais oublié le boucanage. Mais je vois que si Angosso ne dit rien, il n'en travaille pas moins.

— Il nous prépare à manger, dit à son tour Mme Robin, et nous ne pouvons même pas l'aider. Comme notre civilisation est maladroite, comparée à leur prétendue sauvagerie !

— Nous sommes réunis depuis si peu de temps ! Et d'ailleurs, nous savons déjà enivrer une crique ; dans peu d'instants, nous aurons appris à boucaner non seulement le poisson, mais encore toutes les variétés d'animaux comestibles.

« L'adresse de ce Boni est vraiement surprenante. Quel incomparable bûcheron! »

Angosso se démenait comme quatre. C'est que le brave garçon savait bien que tous les blancs avaient grand faim, que les tiraillements de leur estomac, un instant apaisés par les jaunes d'œuf et le suc du balata, allaient recommencer plus douloureux que jamais.

Il enfonça d'abord dans le sol quatre pieux fourchus, qu'il réunit l'un à l'autre par quatre perches, de façon à posséder un carré parfait de quatre mètres, s'élevant de cinquante centimètres au-dessus de la surface de la terre. Vingt à vingt-cinq gaules, d'égale longueur, furent simplement posées sur cette légère charpente qui devint aussitôt un gril — conservons-lui son nom de *boucané* — de dimensions respectables.

Les feuilles et les menues branches furent déposées sous ces barreaux parallèles. Puis, le Boni saisit un à un les poissons morts et les aligna dessus. Les enfants et leur mère voulaient l'aider dans cette facile besogne. Il s'y refusa énergiquement, et pour cause. On ne manipule pas impunément de pareilles bêtes. Tantôt, c'était la large mâchoire d'un aïmara agonisant qui se refermait

brusquement, et dont Angosso évitait adroitement
l'atteinte, tantôt c'était une raie qu'il saisissait dé-
licatement et dont il enlevait les épines d'un coup
de revers, tantôt enfin une anguille-tremblante
qu'il décapitait.

Le boucané était garni. Le noir alluma le monceau de feuilles et de branchages verts d'où se
dégagea une épaisse fumée. Moins d'une demi-
heure après, deux autres grils de mêmes dimensions fumaient comme des fourneaux de charbon-
nage, pendant que l'air s'emplissait d'effluves très
appétissantes, ma foi, s'échappant de ces primitifs
et commodes appareils.

Ce n'est pas tout. Le boucanage, on le comprend
facilement, est institué dans le but de conserver
les aliments en les desséchant et en les impré-
gnant de fumée. Les viandes ne doivent pas être
cuites, ni même grillées, mais simplement séchées.
Aussi, cette opération est-elle fort longue et assez
difficile. Elle exige près de douze heures de soins
assidus. Si le feu ne doit pas être trop vif, il faut
éviter de le laisser tomber. Le brasier ne doit être
ni trop près, ni trop loin de la viande. On peut
dire du boucanier ce que je ne sais plus quel Gri-
mod de la Reynière disait du bon rôtisseur :

On devient cuisinier, mais on naît rôtisseur.

13.

Il faut naître boucanier, sous peine de rôtir sans retour tout une fournée.

Aussi Angosso, tout en surveillant attentivement ses trois boucans, avait-il installé un petit brasier sur lequel crépitait en grésillant un superbe aïmara, en compagnie de deux douzaines d'atipas et d'une magnifique raie épineuse.

Le premier dîner de famille des Robinsons allait être un repas d'icthyophages, auquel manquerait et le pain et le sel. Il n'en fut pas moins gai en dépit, ou plutôt à cause des protestations de Nicolas, qui, pendant toute cette succession d'incidents bizarres et imprévus, avait gardé un silence complètement inusité.

Nicolas voulait du pain. Il ne lui semblait pas plus difficile de trouver sur les arbres un pain de munition ou même un simple biscuit, puisque les uns fournissaient du lait et les autres des œufs durs. Et d'ailleurs, si le petit Henri avait lu dans les livres la description des anguilles électriques, lui, Nicolas, se rappelait parfaitement qu'on parlait d'arbres à pain. Tous les naufragés en avaient mangé. C'était imprimé. Tous les Robinsons possibles s'étaient nourris du fruit de l'arbre à pain. Il voulait, en sa qualité de Robinson de la Guyane, adopter le genre de nourriture habituel à ses collègues et devanciers. Il ne sortait pas de là, à la grande joie de ses amis, petits et grands, qui trouvaient que le poisson, quand on a bien faim, est une excellente chose.

— Mais, mon pauvre Nicolas, je vois que vos idées relativement aux produits de la zone torride américaine ont été déplorablement faussées. Vous vous imaginez que le *jacquier*, appelé par les naturalistes *artocarpus incisa*, ce qui vous laisse pour le moment bien indifférent, croît ici à l'état sauvage.

« Détrompez-vous, mon ami. Il est originaire de l'Océanie. On l'a introduit aux Antilles et à la Guyane, mais il faut le cultiver, ou tout au moins le planter. Si l'on en trouve par place dans les forêts, c'est sur d'anciens abatis abandonnés.

— Alors il faudra nous passer de pain, jusqu'à... je ne sais plus quand.

— Calmez vos inquiétudes, nous aurons avant peu du manioc, et vous ferez alors connaissance avec la cassave et le tapioca.

— Oh! ce que j'en dis, c'est plutôt pour les enfants et pour leur mère que pour moi.

— Je n'en doute pas, mon ami, et je connais bien votre excellent cœur. Nous vivrons préalablement de poissons. D'autres l'ont fait souvent. Avant que nos provisions soient épuisées, nous aurons, je pense, assuré notre subsistance pour l'avenir.

Brusquement le soleil s'éteignit. La clairière où campaient les Robinsons ne fut plus éclairée que par les feux rougeâtres des boucans, sur lesquels crépitaient toujours les poissons; points lumineux perdus dans l'immensité, semblables à des lucioles immobiles.

Jusqu'à présent, les proscrits, pressés d'échapper aux dangers de toute sorte et à la faim, avaient à peine trouvé le moment d'échanger quelques pensées. Quand il est à ce point malheureux qu'il a perdu tout espoir, quand un péril immédiat et mortel le menace, quand il dispute à chaque seconde un lambeau d'existence à la mort, l'homme n'est plus surpris de rien. Les événements les plus imprévus, heureux ou malheureux, le trouvent impassible, et les faits les plus invraisemblables rentrent pour lui dans le domaine de la vie réelle.

Tel Robin. Il avait si souvent rêvé la liberté, il avait depuis si longtemps escompté par la pensée la joie d'être réuni aux siens, que tout en goûtant un bonheur surhumain, dont nulle expression ne saurait donner une idée, il n'éprouvait qu'une surprise relative. Son rêve le plus ardent avait pris une forme palpable, son vœu le plus cher était exaucé, il ignorait pourquoi et comment, et il éprouvait à peine le besoin de le savoir, tant son âme était remplie.

Les enfants dormaient déjà, Henri et Edmond reposaient dans le hamac du Boni. Dix minutes d'exposition au soleil avaient suffi pour sécher cette couche transformée en engin de pêche. Mme Robin, assise près de son mari, tenait son jeune fils Charles endormi sur ses genoux, Robin regardait avec attendrissement le petit Eugène, que le sommeil avait surpris les deux bras noués au col de son père.

Le mari racontait son évasion à sa femme qui frissonnait, malgré sa vaillance, au récit des périls courus, des fatigues endurées. Elle détaillait à son tour les horreurs de la vie de misère subie à Paris, rappelait l'épisode de la lettre mystérieuse, les soins empressés et discrets tout à la fois dont elle avait été l'objet de la part d'inconnus, le voyage en Hollande, la traversée de l'Atlantique, l'arrivée à Surinam, les attentions respectueuses du capitaine hollandais qui parlait si bien le français.

Robin écoutait ému non moins qu'intrigué. Quels pouvaient bien être ces bienfaiteurs ? Pourquoi ces précautions ? Pourquoi dissimulaient-ils comme une mauvaise action cet immense service ? Mme Robin ne trouvait pas davantage d'explication plausible. Elle avait encore en sa possession la lettre de l'homme d'affaires de Paris ; l'écriture ne leur révéla rien.

L'ingénieur pensait, et non sans quelque raison sans doute, que des exilés, échappés aux commissions mixtes, avaient consacré leur temps et leur fortune au soulagement de leurs frères qui pliaient sous la chaîne du bagne. Un proscrit, célèbre entre tous, A... B..., avait pu se réfugier à la Haye; peut-être y avait-il lieu de reconnaître son intervention dans l'évasion de Robin. Quant au capitaine du cotre, sa stature d'athlète, son urbanité, sa bonté, tout semblait le désigner au fugitif comme étant C..., un officier de la marine française, qui avait réussi à quitter Paris dans des circonstances dramatiques. C... avait pris du service dans la marine marchande de la Hollande. Il croisait, à n'en pas douter, en vue des côtes de la Guyane, épiant une occasion favorable de venir en aide à ses coreligionnaires politiques.

Cette hypothèse était raisonnable entre toutes. Les deux époux l'admirent sans peine, tout en bénissant les auteurs de leur bonheur quels qu'ils fussent. Ce doux épanchement continuait, sans qu'ils eussent la moindre notion des heures écoulées. Les enfants dormaient, le Boni, attentif au boucanage, tronçonnait des branches et les jetait sur ses foyers quand ils pâlissaient.

Cet homme semblait charpenté en bois de fer. Ni les fatigues de la journée, ni les recherches du

bois-enivré, ni la manœuvre de la pagaye, ni la
construction des carbets et des boucanés, rien enfin
ne paraissait avoir de prise sur son organisme. Tout
en continuant sa besogne, il jetait de rapides regards sous les sombres voûtes qu'ensanglantaient
les brasiers; il semblait inquiet, tourmenté.

Un grondement sourd, accompagné d'un souffle
puissant, lui fit dresser la tête. Ce bruit rappelait
le ronron d'un chat, mais cent fois plus fort. Puis
deux points surgirent des herbes bordant la clairière, et fixèrent les boucans.

Robin l'interrogea à voix basse et apprit que
ces deux lumières étaient produites par le rayon-
nement des yeux d'un tigre, à jeun sans doute,
et qu'attirait l'odeur du poisson grillé. L'animal
ne semblait pas d'ailleurs autrement pressé d'attaquer. A en juger par son ronron de matou en
belle humeur, il était permis de penser qu'il avait
le caractère assez débonnaire. Pourtant, ce voisinage inquiétait visiblement Robin; il saisit le
fusil du Boni, et se prépara à envoyer un lingot de
plomb à l'indiscret visiteur.

— Oh! mouché, pas besoin fusil, dit doucement
Angosso, coup fusil réveiller z'enfants. Mo fika
(faire) bonne malice à tig' là.

Le noir avait une bonne provision de piment,
de ce fameux poivre de Cayenne avec lequel on

assaisonne, faute de sel, les ragoûts équatoriaux.
Une parcelle suffit pour donner à la ration d'un
homme une saveur âcre, mordante, à laquelle on
s'habitue peu à peu.

Angosso, riant à la perspective de la bonne
charge qu'il allait faire, prit un gros poisson à peu
près desséché, pratiqua plusieurs trous dans la
chair, et y introduisit une demi-douzaine de baies
de piment, puis il jeta à toute volée le poisson
dans la direction où se tenait, comme un gros
chat poltron, le tigre famélique.

— Tiens, michant bête, gourmand, dit-il en
riant de plus belle.

Robin opinait toujours pour le coup de fusil,
mais si l'animal était seulement blessé, que devien-
draient les enfants exposés à sa fureur? Du reste,
à peine le poisson farci de piment avait-il touché
la terre, que le félin l'enleva d'un coup de griffe,
s'enfuit et disparut. Il dut l'avaler comme une
fraise, bien qu'il pesât plus de deux kilos.

Moins d'un quart d'heure après, on l'entendit
rugir près de la crique. Le Boni se tordait littéralement, sans que le proscrit, qui ignorait l'as-
saisonnement du souper, pût soupçonner la cause
de cette joie.

Robin s'enquit du motif de cette hilarité, et son

compagnon ne fit aucune difficulté pour le lui exposer.

— Tig' là gourmand passé (plus que) Indien. Li mangé poisson avec piment, piment chauffé stomac; et stomac tig' fika sec passé fer-blanc. (Le piment ronge l'estomac du tigre, et le rend plus sec que du fer-blanc). Tig' bu morceau di l'eau la crique. (Le tigre a bu de l'eau de la crique.)

— Et alors, il va être enivré comme le poisson?

— Non, nikou enivré poisson oun sô (seulement). Li baïe colique trop beaucoup à tout moun, à tout bête. (Il donne de grandes coliques aux hommes et aux animaux.)

« Entendez; li pas content, non ! »

Le félin, en effet, semblait très mal à son aise ; il poussait des cris plaintifs, soufflait, geignait et grondait comme un chat malade. Puis, désespérant sans doute d'éteindre avec cette eau purgative le volcan qui flambait dans ses entrailles, il s'enfuit avec un grand bruit de branches froissées.

Le campement des Robinsons redevint calme et silencieux.

CHAPITRE VII

La subsistance des Robinsons était donc assurée pour plusieurs jours, à la condition toutefois de suivre un régime presque exclusivement icthyophagique, de faire le carême, disait plaisamment Nicolas en s'éveillant. Bien qu'ils eussent lieu de se

croire en sûreté, ils tinrent conseil dès l'aube,
pour ne pas perdre de temps.

Il ne fallait pas songer à remonter le Maroni
afin de pénétrer dans la haute Guyane. Non pas
qu'il y eût quoi que ce fut à redouter de la part
des Bonis ou des Indiens, mais l'arrivée des Européens ne manquerait pas de produire quelque sensation, la nouvelle ne tarderait pas à se propager
jusqu'au pénitencier, sans mauvaise intention ;
mais cette indiscrétion pourrait coûter à Robin
cette liberté si chèrement achetée. On continuerait
à s'enfoncer en plein bois. La crique semblait se diri-
ger à l'Ouest. On irait donc à l'Ouest, en suivant
le « chemin qui marche ». On s'arrêterait non loin
de la source, autant que possible sur un point un
peu élevé, découvert et éloigné des marais. Puis,
comme disent les marins, on se débrouillerait afin
de pourvoir à la subsistance de tous.

Malheureusement, ils étaient au moment de
perdre leur plus puissant auxiliaire. Angosso avait
rempli toutes ses promesses. Il parlait de retourner à son village et, comme il était le légitime
propriétaire de la pirogue, son départ constitue-
rait pour nos amis un véritable désastre. Il fallait
le décider à pousser en avant, et ce n'était pas
chose facile.

Nos pauvres Robinsons, vu leur dénûment complet, n'avaient rien à lui offrir pouvant exciter sa convoitise de sauvage. Pourvu d'un assortiment complet de couteaux à six sous, de colliers, de perles et de cotonnades, échangés à la factorerie d'Albina, Angosso était pour le moment un capitaliste désireux d'étaler ses trésors aux yeux de ses compatriotes.

Il résistait doucement, mais avec fermeté, à toutes les prières, et Robin constatait non sans angoisse qu'il ne pourrait peut-être pas le fléchir, quand, par le plus grand hasard, Nicolas sauva la situation. Il n'entendait pas un traître mot au patois nègre, il comprenait pourtant à la pantomime du proscrit que les affaires n'allaient pas.

— Est-il long à se décider, celui-là. Voyons, dit-il en interpellant le Boni, vous êtes un bon garçon, n'est-ce pas, moi aussi. Entre braves gens, il y a toujours moyen de s'entendre.

Angosso, impassible comme un manitou d'ébène, écoutait sans interrompre et sans comprendre.

— A Paris, on pourrait à la rigueur trouver du crédit en souscrivant des billets, mais c'est une monnaie qui n'a pas cours ici, car je crois que les endosseurs sont rares. Si pourtant vous vouliez accepter un paiement en argent... Ma foi, je paierais bien la course, et je donnerais un pourboire raisonnable.

— De l'argent !... interrompit Robin, vous avez de l'argent ?

— Ma foi, oui, quelques vieilles pièces de cent sous qui se promènent dans ma poche... Tenez, dit-il au Boni en lui montrant cinq francs, connaissez-vous ces médailles-là, monsieur le sauvage ?

— Oh ! s'écria Angosso radieux, les yeux ouverts jusqu'aux tempes, les narines aplaties sur es joues, la bouche béante, ça, rouleau !...

— Tiens ! il connaît notre métal blanc, le naïf enfant de la nature. Bonne affaire alors. Il appelle ça un rouleau dans son patois ; au fait, les philosophes de la langue-verte les nomment bien des « roues de derrière ».

« Oui, estimable canotier, un rouleau, deux rouleaux, trois et même quatre rouleaux... Une fortune, en échange de votre péniche et de vos bons soins. Cela vous va-t-il ?

— Mouché, disait Casimir... mouché, ou gain sous marqués. (Vous avez des sous marqués.) Ou baïe deux rouleaux à Boni, li vini caba. (Donnez deux rouleaux au Boni, il viendra aussitôt.)

— Voyons, patron, vous qui connaissez le langage de ces insulaires, ayez donc l'obligeance de m'expliquer un peu ce qu'ils entendent avec leurs rouleaux et leurs sous marqués.

— C'est bien simple. L'unité monétaire, en Guyane, est le décime, mais ce décime n'est pas la grosse pièce de dix centimes qui a cours en Europe, c'est l'ancien liard de France en cuivre auquel on a donné arbitrairement la valeur de deux sous. On appelle cela des sous marqués. On les empile en rouleaux de cinquante comme des louis, de là le nom de rouleau donné à votre pièce de cinq francs par Angosso.

— Ou qu'à baïe mo rouleaux, dit-il enfin... mo qu'à vini. (Donnez-moi vos rouleaux, et je viens.)

— Mais certainement, mon brave homme, que je vais vous les bailler, avec joie. Entendons-nous, pourtant. Deux comptant, les voici, et les deux autres quand nous serons à destination. Voilà comment j'entends les affaires. Ça vous va, tope là !

Robin traduisit la proposition de Nicolas. Le Boni aurait bien voulu les quatre rouleaux, mais le Parisien fut inflexible.

— Mon garçon, quand je prends un sapin, je paie l'heure ou la course après, jamais avant. Et voilà.

Angosso maquignonna quelques moments encore, discuta pour la forme, puis consentit. Il prit avec une joie d'enfant les deux pièces, les fit sonner, les tourna, les examina, et finalement les noua dans un des coins de son calimbé.

— Pas bête, le voisin, termina Nicolas en manière de péroraison. Il prend son caleçon de bain pour porte-monnaie.

Rendons à Angosso cette justice, qu'aussitôt son engagement pris il se mit en devoir de le remplir. Il se hâta d'empaqueter les poissons dans de larges feuilles et de les déposer au milieu du canot, recouvrit de branchages verts cette cambuse improvisée, enroula son hamac, prit sa pagaye et s'installa à l'arrière en tâtant le coin d'étoffe qui recélait son trésor.

— Nous parti caba? interrogea-t-il.

— Partons, répondit Robin après avoir installé sa femme et ses enfants aussi commodément que le permettait l'aménagement de l'embarcation.

Les ressources de cette intéressante famille étaient, hélas! fort précaires, et la nomenclature en sera bien courte. Ils ne possédaient pas, comme leurs confrères et devanciers, les Robinsons des légendes, un vaisseau à leur portée échoué sur des récifs et dans lequel se trouvent tous les objets indispensables à la vie. Un navire est un monde. Il recèle tout, et les richesses qu'il renferme constituent une fortune pour des naufragés.

Mais combien est terrible la situation de ceux

qui, dans un tel pays, manquent des choses les plus élémentaires, et se trouvent plus dénués encore que les hommes des époques préhistoriques, avec leurs armes et leurs engins primitifs. N'oubliez pas que sur ces huit fugitifs il y avait quatre enfants en bas âge et une femme, plus un invalide, le pauvre vieux noir. Comme objet de première nécessité, deux petites caisses contenant quelques effets et un peu de linge, deux sabres d'abatis, une hache et une pioche sans manche, derniers débris échappés à l'incendie de la case, plus un fusil à deux coups, présent du capitaine hollandais. Comme munition, deux kilogrammes de poudre, quatre cents charges environ, et un peu de plomb.

Il faudrait donc tout inventer, tout fabriquer. Robin était plein d'espoir. Quant à Nicolas, il ne doutait de rien. La situation n'en était pas moins fort critique.

L'embarcation glissait vivement sur les eaux tranquilles, entre deux murailles de verdure, au fond desquelles serpentait, comme encaissée, la petite crique. De temps à autre, un gros martin-pêcheur, de la taille d'un pigeon, s'enfuyait en poussant son cri bref et saccadé ; des oiseaux-mouches, en quête d'insectes, bourdonnaient et rutilaient comme des écrins au soleil, pendant que des oiseaux-diables, jaseurs et familiers ainsi

que des pies, mais aussi noirs que des merles,
voletaient en piaillant. Puis une grosse houppe
de plumes multicolores traversait lourdement la
brèche en poussant d'assourdissantes clameurs :
ara !... ara !... arrrra !... Le cri nous dispense de
nommer l'oiseau. L'honoré solitaire chantait ses
quatre notes : do, mi, sol, do, avec une incroyable
justesse d'intonation, le cassique jetait son joyeux
appel, le moqueur lançait son éclat de rire sarcas-
tique, des macaques et des sapajous grimaçaient
en se balançant par la queue, pendant que tout un
monde de cigales, de criquets, de grillons, de sauterelles, grattaient furieusement leurs élythres.

A droite et à gauche, s'étalaient les merveilles de
la flore tropicale. Il y avait de l'air et de la lumière, les fleurs surabondaient. Sur les longues et
larges feuilles du barlourou, dont les tiges couvraient la berge, se détachaient les admirables
fleurs de l'héliconia, aux pétales alternées, aux reflets de pourpre ; le cacaoyer sauvage, le splen-
dide *padura aquatica*, ainsi nommé à cause de la
ressemblance de son fruit avec celui du cacaoyer,
émergeait des eaux légèrement saumâtres encore.
Les voyageurs ne pouvaient se lasser de contem-
pler ces admirables fleurs, dont les étamines nombreuses, veloutées, soyeuses, fines, impalpable duvet, longues de plus de trente centimètres, se

14

dressent en aigrettes d'argent et de corail. Et ces
colosses, comme le wapa aux fleurs rouges disposées en panicules flamboyant ainsi que des panaches, l'ébène verte, couverte de pétales d'or, sous
lesquels disparaissaient les feuilles, comme la chevelure d'une bayadère sous les sequins étincelants,
le gayac, à la fève odorante, le mincouart au
tronc percé à jour, et semblable à un faisceau de
maillons de chaîne, l'iciquier, aux effluves bal-
samiques ; le couratari (*courataria guyanensis*), à
la cime gracieusement arrondie, aux grandes
fleurs argentées lavées de pourpre, disposées en
épis axillaires, aux fruits ligneux, pointus, à l'o-
percule évasé, formant une tête, longs de quinze
centimètres, dont la bizarre conformation rappelle un grand clou, — d'où le nom populaire de
clou de Jésus-Christ. Les panacocos, aux « arcabas »
gigantesques, les cèdres, les acajous, les sassafras,
les simaroubas, les grignons, les wacapous, les
bois de rose, les bois-violet, les carapas, les cou-
pis, les courbarils, les génipas, les mahots, les
boccos, les angéliques, les lettres-mouchetés, les
satinés, les bagots, les moutouchis, les maria-
congo, les canari-macaque, etc..., que sais-je encore !

Tous ces merveilleux végétaux, serrés à la
base, confondus à la cime, enlacés par les lianes,

couverts par les plantes parasitaires, semblaient
plier sous la végétation supplémentaire qui les
envahissait. Orchidées, broméliacées, aroïdées[1],
accrochées aux branches, étalées sur les troncs,
incrustées aux écorces, exposaient les fantastiques
nuances de leur inépuisable écrin. Coryanthes aux
touffes pendantes, gynopétalons aux fleurs vio-
lettes à reflets bleuâtres, méléagria qui entourent
les troncs de gracieuses collerettes feuillues, pendant que les fleurs portées sur de longs pédon-
cules, retombent jusque sur les racines, comme
d'interminables queues d'oiseau de paradis.

Et les gongora, les stanhopœa, les brassia, les
maxillaria, les brassavola, qui toutes rivalisent de
grâce, d'éclat et de fraîcheur. Et les bromélia ka-
ratas, aux feuilles de plus de deux mètres, aux
longues épines en crochets, véritables chevaux de
frise aériens, les barbacenia pouretia, aux fleurs
multicolores comme un bouquet d'artifice, les til-
landria aux épis garnis de belles bractées roses...

Le proscrit pouvait à peine les citer au passage
et jeter aux enfants ravis et curieux, les noms de
ces incomparables merveilles. A chaque instant il
eût fallu descendre et rapporter quelques échan-

[1] Seules dans le règne végétal, les aroïdées possèdent la
curieuse propriété de dégager pendant leur floraison une
chaleur appréciable au thermomètre.

tillons, mais Casimir et Angosso ne l'entendaient
pas ainsi. Courbés sur leurs pagayes, ils nageaient
avec énergie, comme s'ils avaient voulu fuir au
plus vite ce spectacle enchanteur. Questions,
prières, rien n'y faisait.

— Nous ké allé, grognait Angosso, dont la peau
fumait comme une chaudière.

— Nous ké allé caba, vite, passé kariakou, ren-
chérissait le lépreux. (Allons encore, plus vite
qu'un kariakou.)

— Mais pourquoi? Sommes-nous en danger? Qu'y
a-t-il? Parle, mon vieil ami.

— Ah! compé. Nous gain la fièvre, si nous pas
allé. Ça michant pays. Tout moun, mouri caba
côté nous fika. (Nous aurons la fièvre si nous ne
fuyons pas. Ce pays est malsain. Tout le monde
mourrait au lieu où nous sommes.)

Robin frémit. Il savait bien, qu'en certains
points, la malignité des effluves marécageuses est
telle, qu'il suffit d'y séjourner quelques heures
pour contracter l'accès pernicieux.

Il lui semblait en effet respirer je ne sais quelle
odeur fade, douceâtre et écœurante de végétaux en
dissolution. D'invisibles vapeurs de vases flottaient
dans l'atmosphère épaisse que la brise ne renou-
velle jamais, de ces vapeurs qui tuent les hommes
et vivifient les fleurs. Cette terre putride, qui dis-

tillait à la fois des miasmes et des parfums, transsudait la mort.

La pirogue volait sur les flots lourds, stagnants
comme ceux d'un lac asphaltite et saturés aussi
d'impalpables détritus.

Trop juste et trop légitime, dit éloquemment
l'admirable Michelet [1], l'hésitation du voyageur à
l'entrée des redoutables forêts où la nature tropicale, sous des formes souvent charmantes, fait son
plus âpre combat.

..... Le danger est plus grand peut-être dans
ces forêts vierges, où tout vous parle de vie, où
fermente éternellement le bouillonnant creuset de
la nature.

Ici et là, leurs vivantes ténèbres s'épaississent
d'une triple voûte, et par des arbres géants et par
des enlacements de lianes, et par des herbes de
trente pieds à larges et superbes feuilles. Par places, ces herbes plongent dans le vieux limon pri-
mitif tandis qu'à cent pieds plus haut, par-dessus
la grande nuit, des fleurs altières et puissantes se
mirent dans le brûlant soleil.

Aux clairières, aux étroits passages où pénètrent
ses rayons, c'est une scintillation, un bourdonnement éternel, des scarabées, papillons, oiseaux-

---

[1] *L'Oiseau*, par Michelet. Lib. Hachette.

mouches et colibris, pierres animées et mobiles
qui s'agitent sans repos. La nuit, scène plus étonnante, commence l'illumination féerique des mouches luisantes, et qui, par milliards de millions,
font des arabesques fantastiques, des fantaisies
effrayantes de lumière, des grimoires de feu.

Avec toute cette splendeur, aux parties basses
clapote un peuple obscur, un monde sale de caïmans, de serpents d'eau. Aux troncs des arbres
énormes, les fantastiques orchidées, filles aimées
de la fièvre, enfants de l'air corrompu, bizarres
papillons végétaux se suspendent et semblent
voler. Dans ces meurtrières solitudes, elles se dé-
lectent et se baignent dans les miasmes putrides,
boivent la mort qui fait leur vie, et traduisent par
le caprice de leurs couleurs inouïes, l'ivresse de la
nature.

N'y cédez pas, défendez-vous, ne vous laissez
point gagner au charme de votre tête appesantie.
Debout! debout! Sous cent formes le danger vous
environne. La fièvre jaune est sous ces fleurs et le
vomito negro; à vos pieds traînent les reptiles. Si
vous cédiez à la fatigue, une armée silencieuse
d'anatomistes implacables prendrait possession de
vous, et d'un million de lancettes, ferait de vos
tissus une admirable dentelle, une gaze, un souffle,
un néant...

Les voyageurs accéléraient encore leur course.
Il leur fallait à tout prix franchir cette zone maré-
cageuse avant la nuit. Il leur eût été à peu près
impossible d'atterrir et de se frayer un chemin à
travers les broussailles. Du terrain humide et
mou, susceptible d'engloutir un campement, s'élè-
verait aux heures sombres l'opaque brouillard dont
les mortelles émanations ont reçu le nom de
Linceul des Européens.

Après avoir évité les hommes, il était urgent
d'échapper aux miasmes. Qu'elles sont longues et
douloureuses, ces heures passées entre deux murailles végétales surchauffées, sur une rivière qui
semble bouillir, sous un ciel bleu pâle que calcine
le soleil de l'équateur. La bouche se parchemine,
la gorge devient brûlante, le poumon ne peut plus
aspirer cet air de haut-fourneau; une dyspnée douloureuse survient, les oreilles tintent, les yeux
s'obscurcissent. En dépit de l'immobilité la plus
complète, une sueur dont on ne peut concevoir
l'abondance, enveloppe le corps, coule en nappe
du front dans les yeux, dans la bouche, roule sur
le tronc, sur les membres, imprègne les vêtements,
et tombe en pluie, pour s'évaporer bientôt.

Ce n'est pas sans une sorte de terreur, que
l'homme le plus aguerri assiste impuissant à cette
annihilation, à cette vaporisation de son être. Il

sent ses forces diminuer. Il a conscience de cette
rapide usure de son organisme. Ses traits se creusent, sa peau devient livide, ses oreilles jaunissent,
l'anémie arrive foudroyante. Vienne la fièvre portée
sur son invisible nuage de mycodermes, quelle
proie facile pour elle !

Les Robinsons, grands et petits, supportèrent
vaillamment cette épreuve. Il n'est pas besoin de
dire que le Boni et Casimir, jouissant tous deux des
immunités particulières à la race noire, semblaient
ne pas s'apercevoir de la chaleur ; ils évoluaient
dans cette étuve comme deux salamandres humaines. En dépit de sa vigueur, Robin avait dû renoncer à la pagaye. Une pluie copieuse vint heureusement rafraîchir l'atmosphère. Les couches d'air
fouettées par le grain devinrent bientôt respira-
bles. Un long soupir de soulagement s'exhala de
toutes les poitrines.

La crique s'enfonçait toujours dans l'Ouest. La
nature des terrains se modifiait, et naturellement
les essences végétales changeaient. Aux berges
plates, molles, envahies par les plantes aquatiques,
succédaient des bandes d'argiles mêlées de grès
ferrugineux, de sables granitiques, et que déchi-
raient çà et là des roches dioritiques. Les eaux, qui
charriaient en abondance de l'oxyde de fer, étaient
vivement colorées en rouge. Des interstices des

roches, s'élançaient droites et rigides, les longues tiges quadrangulaires de l'*euphorbe cactiforme* héris-sées d'épines, l'immense panache de l'*agavé*, aux fleurs jaune-verdâtre, qui surgissent d'un monceau de feuilles larges, épaisses, charnues, longues de plus de deux mètres, et que terminent de vérita-bles javelots. Là s'étageaient bizarrement les « ar-ticles » ovales et aplatis des *cactus nopals*, connus vulgairement sous le nom de *raquettes*, et couverts de fruits pulpeux appelés figues de Barbarie. Quel-ques iguanes gigantesques aux flancs d'émeraude baillaient immobiles sur les rocs, regardaient pas-ser d'un œil morne l'équipage de l'*Espérance*.

Angosso lâcha sa pagaye, saisit son arc, un siffle-ment aigu retentit, et un de ces inoffensifs sauriens roula sur le dos, troué par le triple dard d'une longue flèche à hampe de *gynerium*.

Cette prouesse de l'adroit chasseur rompit le charme. Chacun sembla s'éveiller. Les enfants bat-tirent des mains. Nicolas cria : Bravo !

— Ça, c'est enlevé; et lestement. Oh! la vilaine bête.

— Vilaine, mais délicieuse à manger.

— Oh! papa, dit Henri, on mange donc les cro-codiles ?

— Ce n'est pas un crocodile, mon enfant. Mais un iguane, une espèce de gros lézard inoffensif, à la chair excellente, et dont nous nous régalerons ce soir. N'est-ce pas, Angosso?

— Oui, mouché, répondit le noir en sautant lestement sur le roc, ça bête là, li bon grillé.

— Si nous nous arrêtions ici pour camper, qu'en dis-tu ?

— Oh! mouché, ou qu'à vini morceau, dit-il, sans répondre à la question.

Robin prit pied à son tour sur le rocher, et regarda de tous côtés. La rivière faisait un brusque crochet et filait presque à angle droit vers le Nord. De ce point élevé de quelques mètres au-dessus du niveau de l'eau, le proscrit aperçut à travers une échancrure formée par un caprice du courant une colline bleuâtre éloignée de plusieurs lieues. En prêtant attentivement l'oreille, il lui sembla entendre un sourd murmure de cascade.

— Oh! ce serait trop de bonheur! Une montagne dont le sommet est inaccessible aux miasmes, que rafraîchit la brise, et un torrent qui coule le long de ses flancs! Mes enfants, nous sommes sauvés! Avant deux jours nous serons au terme de nos souffrances.

La crique s'élargissait pour la seconde fois, formant un lac encore plus étendu que celui où avait eu lieu la pêche miraculeuse. Une longue barre de rochers la coupait en biais. Les flots se

brisaient avec un sourd frémissement sur les pointes
aiguës, et roulaient sur les croupes noirâtres qu'elles
lavaient sans relâche. Çà et là émergeaient de
grosses masses sombres, aux flancs pommelés
d'écume, drapés de mousses, hérissés de plantes
grasses.

Cette barre se dressait comme une infranchissable muraille, d'au moins trois cents mètres de
largeur, sur quatre mètres de hauteur moyenne.
De chaque côté, s'étendaient à une distance incalculable des *pripris*, ou savanes noyées, à l'insondable fond de vase molle, aux herbes géantes,
aux eaux moirées, peuplées de serpents d'eau, de
caïmans et d'anguilles électriques.

Toute communication semblait interceptée entre
le haut et le bas de la crique. Muraille ou cascade,
l'obstacle était continu, sauf en un point, où il était
coupé par une brèche large d'un mètre, et où se
précipitaient les eaux avec une folle impétuosité.

— Si nous réussissons à franchir cette fortifica-
tion, nous serons préservés de toute visite intem-
pestive, dit après un moment de réflexion Robin,
qui examina attentivement cette curieuse disposition. Mais pouvons-nous passer?

— Nous passer bon bon (très bien), répondit
avec assurance le Boni. Angosso passer partout.

— Mais, comment feras-tu?

— Ça, mo z'affaire, mouché. Où qu'a passé, madame qu'a passé, ca mouché blanc là, — il désignait Nicolas, — pitits mouns, vié kokobé passé... Ou qu'a pas parlé caba...

Angosso, pour donner plus de solennité à son opération, demandait le silence; chacun se tut. Il y avait un réel péril à tenter une semblable aventure. Seul parmi les habitants du Maroni, le Boni était peut-être capable de la mener à bien. Le canot, rangea au plus près le rapide, puis Robin, avec Nicolas et Casimir, s'arc-boutèrent à des pointes de roc, et le maintinrent au bas de la muraille granitique.

Angosso, sans dire un mot, après avoir enroulé son hamac autour de ses reins, se hissa lentement, avec une vigueur et une adresse qui eussent fait l'envie d'un gymnaste. S'accrochant des pieds, des mains, des ongles aux racines, aux anfractuosités, il arriva sur la crête après un quart d'heure de travail surhumain.

Sans perdre un moment, sans même étancher le sang qui perlait en gouttes rouges de son torse et de ses membres déchirés, il déroula son hamac, aux rabans noircis avec le suc du *mani*, aux longues et solides amarres de coton. Il fixa ces amarres à une crête rocheuse et laissa pendre le hamac dans le vide.

— Ou qu'a monté, dit-il à Nicolas, en lui désignant le lourd et épais tissu de coton, qui ressem-
blait assez bien à une fronde immense.

— Ah ! c'est moi qui vais essayer l'appareil, fit
le Parisien. Ça me va. Une et deusse... en douceur,
et du nerf...

Il n'avait pas achevé sa phrase, qu'à la grande
stupéfaction du noir, il s'était en trois temps hissé,
avec la prestesse d'un quadrumane, et avait pris
place près de lui sur le roc.

— Voilà comment nous sommes, nous autres,
dit-il en se rengorgeant. Avec deux sous de ficelle
on grimperait aux tours Notre-Dame... A vous,
patron.

— Non, pas *tig' blanc*. Li qu'a metté madame
dans z'hamac. Là... ça même...

Mme Robin fut enlevée doucement par les deux
hommes, qui réunirent leurs efforts, et une demi-
minute après elle se trouvait aussi sur la barre de
récifs. Ce fut ensuite le tour de chacun des enfants.
Robin ne pouvait suivre la même voie. Ses forces,
combinées à celles de Casimir, suffisaient à peine à
maintenir l'embarcation chargée de provisions et
que le courant allait à chaque instant entraî-
ner. Angosso descendit, reprit sa place à l'avant
de la pirogue, pria Robin de monter rejoindre les
siens, et de hisser à son tour le vieillard.

Ils étaient enfin réunis sur cet étroit espace, environnés de tous côtés par le flot hurlant, attendant anxieux que le Boni terminât sa manœuvre. Ce dernier, cramponné d'une main à la barque, de l'autre à une racine, luttait énergiquement contre le courant.

— Baïe mo cord' là, z'hamac. (Jetez moi les cordes du hamac.)

Robin comprit, il fit glisser les deux amarres des rabans, les noua bout à bout, lança au noir une des extrémités et retint l'autre dans sa main.

— Tiens bon, Nicolas ; il y va de notre vie.

— As pas peur, patron. Faudrait m'arracher le bras plutôt que de me déraciner de là...

Angosso fixa en un tour de main la corde à l'embarcation, et tenta d'engager le frêle esquif dans l'étroit chenal. Les deux blancs, debout à l'extrême rebord de la coupure, hâlaient doucement, pendant que le noir, impassible, fouillait de son « tacari » les flots furieux qui menaçaient à chaque instant de l'engloutir. Un faux coup de son instrument, une demi-seconde d'hésitation, et c'en était fait. L'amarre, tendue à se rompre, craquait... Le Boni voit le péril. Dût sa poitrine être écrasée par le tacari sous la poussée du flot, il passera. Le brave garçon, concentrant son incomparable vigueur dans un dernier et formidable effort, se cambre en arrière, se jette à corps perdu sur ce morceau de bois qui plie comme un arc sous la main du chasseur.

Au risque de briser l'amarre, les deux blancs impriment une brusque secousse. Le tacari se détend sans que le torse de l'athlète noir fléchisse. La barque, lancée en avant par cette irrésistible poussée, vole sur le flot en fureur, disparaît un moment dans un tourbillon d'écume, pour reparaître bientôt, après avoir en quelque sorte troué la cascade.

Cinq secondes après, le brave Angosso abordait près de nos amis en poussant un long cri de triomphe. Il venait d'accomplir un de ces tours de force dont les seuls noirs de la haute Guyane sont susceptibles. Pour bien comprendre la difficulté presque insurmontable d'une telle entreprise, qu'il suffise au lecteur de savoir que la barre n'avait pas plus de cinq mètres de largeur, et que sa hauteur dépassait trois mètres !

Le soleil déclinait. Il fut décidé que l'on passerait la nuit sur les rochers. On fit choix d'une place bien nette, sur laquelle furent étalées les feuilles formant la toiture recouvrant l'*Espérance*, et chacun s'endormit après avoir absorbé un bon morceau de poisson boucané.

Le lendemain, dès l'aube, on mit le cap sur la montagne aperçue la veille dans les brumes du

lointain, le lac fut franchi, et la côte se rapprocha
bientôt, tant la proximité du but donnait d'ardeur
aux pagayeurs.

Phénomène singulier, la végétation subissait encore une deuxième transformation. Au fond d'une
petite anse s'élevaient de grands palmiers qui semblaient être des cocotiers. Quelques bananiers montraient également leur panache de feuilles immenses, puis d'autres arbres bien distincts comme
forme de ceux que l'on trouve habituellement dans
les forêts, étalaient presque jusqu'à terre leurs
branches portées sur des troncs bas et trapus. On
eût dit des manguiers.

Une folle profusion de végétaux parasitaires,
herbes géantes, lianes inextricables, plantes vertes,
épaisses comme une muraille, drues et serrées
comme des tiges de blé, couvrait le sol, et ne laissait apercevoir que la partie supérieure des arbres
entrevus par les voyageurs.

Enfin, une brèche, affectant la forme d'un
triangle isocèle dont le sommet s'appuyait au
sommet de la colline et la base sur la petite
anse où flottait l'*Espérance*, semblait pratiquée à
travers les géants séculaires de la forêt vierge. Des
plantes, dont il était impossible, vu l'éloignement,
de déterminer l'espèce, s'étendaient sur ce versant
en un tapis offrant à l'œil tous les tons de verdure,

depuis le vert pâle de la canne à sucre jusqu'au vert épais et foncé du manioc.

— Mon Dieu, dit Robin, je crains de me tromper... Pourtant, ces arbres que l'on trouve seulement dans les grands bois quand ils ont été apportés par l'homme, cet envahissement par les parasites d'un terrain jadis déblayé, ce pan de forêt abattu... Tout semble indiquer que ce lieu n'a pas toujours été désert.

« Casimir!... Ne sommes-nous pas en face d'un ancien abatis?

— Oui, compé; ça même, vié z'abatis.

— Chère femme, chers petits, je ne m'étais pas trompé hier, avant de franchir le rapide. Ce coin perdu a été habité jadis, il y a bien longtemps sans doute, par des hommes comprenant merveilleusement la culture. Il est maintenant abandonné; à nous de tirer parti des richesses qu'il contient.

La pirogue aborda bientôt sur une petite plage ombragée de splendides cocotiers, et dont par bonheur le sol avait été respecté par les plantes vivaces.

Angosso, aidé de Robin et de Nicolas, se hâta de fabriquer deux carbets dont l'un devait servir d'abri provisoire à la famille, et l'autre de magasin à provisions. On y déposa le poisson séché, puis on tint conseil sur l'urgence des travaux à exécuter.

Ce conseil débuta par une interpellation d'Henri.

— Père, dit l'enfant, qu'est-ce donc qu'un abatis?

— Depuis que tu es **un** gentil Robinson et un vaillant coureur des bois, tu as remarqué, n'est-ce pas, mon cher fils, que tous ces grands et beaux arbres de la forêt vierge ne produisent pas de fruits alimentaires et qu'il est impossible de planter ou de semer quoi que ce soit dans le sol qui les porte.

— Oui, père, puisque les plantes n'auraient pas de soleil.

— C'est parfait. Que fait l'homme poursuivi toujours par l'impérieux besoin de manger? Il s'arme d'une hache, renverse tous ces géants, fait place nette, en un mot. Au bout de trois mois, ce bois est sec, il y met le feu, et le sol à peine refroidi est propre à recevoir l'arbre fruitier ou la graine alimentaire.

— Ah! bon, je comprends. On appelle ces champs-là des *abatis*, parce qu'il a fallu d'abord abattre les arbres qui s'y trouvaient.

— Tout simplement; l'action désignée par le verbe a subsisté et a servi d'appellation non seulement au sol débarrassé, mais encore au champ ensemencé et planté.

— Mais, savez-vous-bien, patron, que la culture ne me paraît ni bien difficile, ni bien pénible ici, dit à son tour Nicolas. On n'a nullement besoin,

à ce que je vois, de charrues, de herses, d'engrais,
ni même de pioche. Il suffit d'un morceau de bois
pointu, d'un trou dans le sol; la pluie et le soleil se
chargent du reste.

— Vous oubliez les difficultés résultant de l'abat-
tage des arbres.

— Peuh! avec une bonne hache, on joue sa partie de quilles là-dedans, et ça doit dégringoler à
plaisir.

— Vous m'en direz des nouvelles dans quelques
jours. Et notez bien que nous n'aurons qu'une
besogne relativement minime qui consistera à re-
conquérir sur les plantes sauvages cet abatis abandonné depuis dix ans au moins.

« Savez-vous, mes chers amis, que notre nouvelle
propriété est admirablement située, et fort judi-
cieusement plantée, continua le proscrit en inven-
toriant d'un rapide regard les végétaux épars de
tous côtés.

— Y a-t-il des arbres à pain? demanda Nicolas
qui, on s'en souvient, avait une prédilection toute
particulière pour les fruits bizarres constituant
à eux seuls un mets tout entier.

— Il y a des arbres à pain, reprit en souriant
Robin, j'aperçois aussi des goyaviers, des passi-
flores quadrangulaires ou barbadiniers, des cou-
miers ou poiriers de la Guyane, des sapotilliers,

des poivriers, des muscadiers, des pommiers-cythère, des orangers,... des citronniers.....

— Mais, c'est un paradis... Un paradis terrestre, s'écria le brave garçon enthousiasmé.

— Tu oublies le cotonnier, dit à son mari Mme Robin, qui effilait entre ses doigts une houppe soyeuse enlevée à un arbrisseau de sept à huit pieds, portant en même temps des fleurs jaune pâle, à taches pourpres près de l'onglet.

— Du coton !... Ta découverte, ma chère femme, est un trésor. Nous sommes assurés d'avoir des vêtements. Cet échantillon est admirable. C'est le *gossypium herbacœum*, une des espèces les plus robustes et dont la croissance est le plus rapide.

« Voyons, il s'agit de ne pas perdre de temps et profiter de la présence d'Angosso. Nous allons partir en exploration avec Casimir. Vous, Nicolas, vous resterez avec les enfants et leur mère. Bien qu'il n'y ait aucun danger, ne les quittez pas d'une minute. Vous avez d'ailleurs un fusil. Et maintenant, mes chéris, ne vous écartez pas. Il y a peut-être non loin d'ici quelque vilain serpent dont la rencontre serait terrible.

— Patron, comptez sur moi. Je garde la faction jusqu'à ce que vous m'en ayez relevé.

Les trois hommes s'armèrent chacun de leur sabre. Le Boni prit en outre sa hache. Le proscrit embrassa sa femme et ses enfants, serra la main du Parisien, puis ils pénétrèrent rapidement dans l'épais taillis en s'ouvrant un chemin à coups de sabre.

La journée se passa sans encombre, et le soleil allait disparaître quand ils revinrent harassés, la face et les mains lacérées, mais radieux. Vous dire si l'on fit fête au poisson boucané, aux bananes, aux patates et aux ignames rapportées de l'expédition, serait superflu. Nicolas connut enfin les joies de l'arbre à pain. Le brave garçon éprouva pourtant un mécompte. Il s'attendait à mieux. Non pas qu'il trouvât que ce fut mauvais, mais cela vous avait un petit goût...

— Eh bien! demanda Robin, quand la faim fut un peu apaisée, comment se sont comportés nos Robinsons?

— Nos Robinsons, répondit la mère, ont été charmants. Ils ont étudié! Oui, mon ami, étudié. Ils ne veulent pas être des ignorants, de petits sauvages blancs.

— Et qu'ont fait nos petits savants?

— Ils ont fait « une » géographie.

— De la géographie, veux-tu dire.

— Non, mon ami. Je maintiens le mot. Une géographie. A tout seigneur tout honneur. Henri, pouvant revendiquer la paternité de l'idée, par-

lera le premier. Henri, comment s'appelle la crique
où nous avons abordé après avoir franchi le saut
Hermina ?

— Elle s'appelle la *crique Nikou*, en souvenir du
Robinia Nikou.

— Edmond, quel nom as-tu donné au lac qu'elle
traverse ?

— Le *lac Balata...* en souvenir du bon lait que
nous avons bu.

— Edmond a la reconnaissance de l'estomac.

— Moi, interrompit vivement le petit Eugène, j'ai
appelé les vilains rochers...

— C'est un rapide, un saut, mon enfant, continua gravement la mère.

— ... Le *saut de l'Iguane...* c'est Iguane, qu'on
dit, n'est-ce pas, maman?

— Oui, mon cher enfant. Quant au point où nous
sommes présentement, nous l'avons nommé, sauf
avis contraire, l'*anse aux Cocotiers*. Tu vois, mon
ami, que nous avons tous collaboré à cette nomenclature qui a le double mérite d'être simple et de
perpétuer nos souvenirs.

— Mais, c'est parfait, c'est charmant, fit l'heureux père attendri. Et toi, mon petit Charles, tu
n'as rien ajouté à cet important travail?

— Moi, je suis trop petit... quand je serai grand,

tu verras, dit le bébé en se dressant sur la pointe des pieds.

— Et vous, demanda Mme Robin, qu'avez-vous trouvé? Êtes-vous contents? Le résultat a-t-il répondu à vos espérances? Il me semble, en voyant les traces des épines, que vous avez dû enlever des taillis d'assaut.

— La bataille a été rude, mais le succès complet. Nous nous sommes pour aujourd'hui imposé la plus extrême discrétion... Ne m'en demande pas davantage.

— Alors il y aura une surprise.

— Dont je te prie de me laisser toute la joie.

L'attente ne fut pas longue. Le proscrit et ses deux compagnons firent encore deux absences d'égale durée, puis, le soir du troisième jour, les habitants de l'anse aux Cocotiers tressaillirent de joie en entendant ces simples mots :

— Nous partons demain matin.

La distance n'était pas considérable, mais quel chemin! Si toutefois l'on peut donner ce nom à un sentier à peine tracé au sabre d'abatis, au milieu d'un inextricable fouillis de végétaux de toute sorte, hérissé de tiges tranchées en biseau à hauteur du genou, et parsemé de racines en forme de petites ogives, assez semblables à des étriers, et que les naturels appellent « z'oreilles-chien ». Cet ingé-

nieux casse-cou est admirablement construit pour
faire tomber à chaque pas le voyageur. S'il n'a
pas la précaution de bien lever la jambe, son pied
s'engage dans l'anse, et il s'en va donner de la face
sur la terre avec une intensité proportionnelle à
la rapidité de sa marche.

Nous ne parlons que pour mémoire de la rencontre des serpents. D'autant plus que Casimir s'a-
vance le premier et qu'il frappe de droite et de
gauche les taillis avec une longue perche feuillue.
Nicolas portant le petit Charles lui emboîte le pas.
Vient ensuite Mme Robin, appuyée sur une tige de
« counanan », puis Robin tenant sur ses robustes
épaules Eugène et Edmond, puis Henri qui marche
comme un homme. Enfin, Angosso, armé du fusil,
forme l'arrière-garde.

Le sentier, tracé en ligne droite, monte au bout
de trois cents mètres environ. Bien que la pente soit
très douce, la marche est horriblement pénible.
N'importe ; nul ne dit un mot, les enfants eux-
mêmes ne laissent échapper aucune plainte.

Enfin, après une course de deux heures coupée
d'une halte, la petite troupe débouche dans une
vaste clairière située à mi-côte de la colline, et
sur une sorte d'esplanade large de plus de deux
cents mètres.

Une exclamation de bonheur échappe à Mme Ro-

bin, à la vue d'une grande case qui se dresse gracieusement au milieu de l'espace découvert. Les
enfants oublient leurs fatigues et s'élancent en
poussant des cris de joie.

— Moi aussi, ma chère et vaillante femme, dit
avec une profonde émotion Robin, dont la voix
tremble légèrement, j'ai fait un peu de géographie
pendant ton absence. J'ai donné à cette habitation
le nom de la *Bonne-Mère*.

« Cette appellation te convient-elle?

— Oh! mon ami, combien je suis heureuse!
comme je te remercie!

— Eh bien! entrons donc à la Bonne-Mère.

Les trois hommes avaient réalisé un tour de
force. Il est vrai que le Boni était passé maître ès-
architecture coloniale, que les doigts du pauvre
lépreux possédaient encore une dextérité sans pareille, et que les travaux du pénitencier avaient,
hélas! fait de l'ingénieur un charpentier sans égal.
Aussi, cette case dans la confection de laquelle ne
sont, et pour cause, entrés ni un clou ni une che-
ville, est une véritable merveille. Elle ne mesure
pas moins de quinze mètres de longueur, sur cinq
de largeur, et trois cinquante de hauteur jusqu'à
la toiture. Les murailles légères, tressées en fins
gauletages perméables à l'air, mais non à la pluie,
sont percées de quatre fenêtres et d'une porte.

Elle peut impunément braver la rafale, car les quatre piliers, formant le gros œuvre de la construction, sont quatre arbres vigoureux, solidement implantés dans le sol par de profondes racines, et dont le tronc a été coupé au niveau de la base du toit. Ces arbres ont été réunis entre eux par quatre poutrelles attachées avec des fibres d'*arouma arundinacœa*, consolidées elles-mêmes par des lianes de *bignone-osier*. Les chevilles cèdent quelquefois, les mortaises éclatent souvent, ces lianes indestructibles valent mieux que le fil de fer galvanisé.

Sur ce rectangle a été dressée une toiture en feuilles de *waïe* dont les chevrons en *bois-canon*, extrêmement léger, sont reliés à leurs extrémités par le même procédé. Nous avons déjà parlé du *waïe*. C'est un beau palmiste à tige très courte, formant un énorme bouquet plutôt qu'un arbre. Ses feuilles sont composées. La nervure médiane a souvent quatre mètres de longueur, et les folioles atteignent jusqu'à cinquante et soixante centimètres. Elles s'insèrent des deux côtés comme les barbes d'une plume. L'ouvrier qui veut en faire une toiture rabat sur celles qui leur sont opposées les folioles insérées de l'autre côté, les tresse à la base à la façon des paillassons des maraîchers. Il possède de la sorte une surface plane de quatre mètres de long sur cinquante centimètres de large, qu'il pose sur les chevrons, et immobilise comme les poutres avec les fibres de l'*arouma*. Ces folioles tressées, mises bout à bout en longueur, superposées et imbriquées en largeur, forment bientôt un toit absolument imperméable qui dure au moins quinze ans, et que ne peuvent détériorer ni le vent, ni le soleil, ni la pluie. Les feuilles, d'abord vert tendre, prennent en vieillissant une belle nuance maïs du plus agréable aspect.

Les chevrons dépassent sur chaque façade la muraille de plus de deux mètres, de façon à former une large galerie couverte. La case enfin est séparée en trois parties. L'une forme le dortoir commun de la mère et des enfants; celle du milieu servira de salle à manger; on pourra en outre y tendre aussi des hamacs pour Nicolas et Robin. La troisième sera le magasin, confié à la garde de Casimir.

Le sol, purifié par le feu, ne recèle plus les hôtes incommodes qui avaient jadis élu domicile parmi les herbes et les racines. Les abords sont entièrement dégagés; partout circulent l'air et la lumière. Deux beaux manguiers, deux arbres à pain, plusieurs calebassiers ombragent agréablement la case, et une épaisse broussaille, hérissée d'épines, mais chargée littéralement de ces petits citrons de la Guyane à l'écorce aussi mince que l'ongle, s'étend comme une haie derrière la partie réservée aux enfants.

Robin fit visiter non sans orgueil cette belle habitation aux nouveaux venus. Les enfants et leur mère étaient radieux. Chez Nicolas, la joie se compliquait d'une forte dose d'étonnement.

— Savez-vous bien, patron, que nous allons être logés comme de véritables ambassadeurs.

— Calmez votre enthousiasme, mon cher enfant. Les ambassadeurs ont des tables, des lits, des meubles, des ustensiles de cuisine, de la vaisselle, et nous n'avons même pas une assiette ni une bouteille.

— Tiens, c'est vrai, fit le Parisien un peu refroidi... Nous coucherons par terre, nous mangerons avec nos doigts et nous boirons dans des feuilles roulées en cornet. Ça peut être drôle pour un moment; je vous avouerai, entre nous, que je ne serais pas fâché d'avoir un peu de vaisselle plate.

— Nous en ferons, Nicolas. Tranquillisez-vous, mon ami. Je vous dirai tout d'abord que nous avons des arbres qui portent une superbe batterie de cuisine.

— A un autre que vous, patron, je dirais : Quelle plaisanterie. Mais du moment que vous me l'affirmez... J'ai d'ailleurs vu de si drôles de choses.

— Et vous en verrez bien d'autres, mon cher.

Votre désir relativement à la vaisselle, va être
promptement exaucé. Ce ne sera pas de la vaisselle plate, mais nous serons forcés quant à présent
de nous en contenter.

« Vous voyez cet arbre qui porte de gros fruits
verts, assez semblables à des citrouilles?

— Je l'ai remarqué tout d'abord, et j'ai pensé
que si le paysan de la fable avait reçu un gland de
ce calibre-là sur le nez, il ne serait pas rentré chez
lui en trouvant que tout était pour le mieux.

— Eh bien ! voici nos assiettes et nos plats.

— Tiens, c'est vrai. Ils appellent ça ici des
« couïs », si je ne me trompe.

— Vous avez raison. Faisons comme eux.

— Cela ne doit pas être bien difficile.

— Essayez. Je vous préviens pourtant que vous
ne réussirez pas tout d'abord si vous ne possédez
pas le secret de la fabrication.

— Vous allez voir.

Le brave garçon, sans perdre un moment, se
haussa sur la pointe des pieds, saisit à deux mains
une courge grosse comme la tête, accrochée à une
petite branche du volume d'un manche de porte-
plume, et qui pliait à se rompre. Il prit son couteau, et chercha à entamer l'écorce luisante et
polie. Peine inutile, la lame glissait, tailladait en
zigzags la mince pulpe verte. Nicolas crut faire un

coup de maître en enfonçant la pointe, comme s'il voulait trancher un melon.

Crac !... et voici la calebasse éclatée en cinq ou six morceaux informes. Et chacun de rire, comme bien vous pensez. Une seconde tentative eut un même résultat, une troisième allait amener un nouvel échec quand Mme Robin intervint.

— Ecoutez-moi, Nicolas, dit-elle. Je me souviens d'avoir lu jadis que les sauvages séparaient fort adroitement les calebasses en deux parties égales, en les serrant fortement avec une ficelle; si vous essayiez avec une liane?

— Merci, madame, de votre avis, il doit être bon. Mais je suis si maladroit que je n'ose pas.

— A mon tour .alors, repartit Robin, qui, pendant que le Parisien s'escrimait vainement, avait employé le procédé qu'il connaissait fort bien aussi.

La liane avait par sa pression tracé un mince sillon dans la carapace végétale, et l'ingénieur n'eut plus qu'a passer légèrement la pointe d'un couteau pour obtenir deux hémisphères, dans lesquels n'existait pas la moindre fêlure.

— Ce n'est pas plus difficile que cela.

— Que je suis donc bête, reprit le brave garçon tout confus. C'est tout à fait comme si je voulais couper un morceau de verre sans diamant.

— Votre comparaison est parfaitement juste,

mon ami. Il nous reste à sectionner une douzaine
de calebasses, puis nous arracherons la pulpe qui
les remplit...

— Puis nous les mettrons sécher au soleil et...

— ... Et elles éclateront tout net, si vous n'avez
pas la précaution de les remplir de sable bien sec.
Nous pourrons par la même occasion nous offrir
une douzaine de cuillers. Quant aux fourchettes,
on verra plus tard.

— En vérité, je vous assure, patron, qu'en nous
voyant encore il y a quelques jours si dénués de
tout, je n'aurais jamais osé espérer un changement
aussi rapide. C'est vraiment prodigieux.

« Ce qui me surpasse, c'est qu'ici, toutes les
choses indispensables à la vie croissent sur les
arbres. Il n'y a qu'à se baisser et à en prendre.

— Vous voulez dire à se hausser... Si ces arbres
vivaient en famille, s'ils se rencontraient dans les
bois à l'état sauvage, la zone équinoxiale serait,
comme vous le disiez tout à l'heure, un paradis
terrestre. Mais, hélas ! il n'en est pas ainsi. Qui sait
au prix de quelles fatigues cet abatis, que les
hasards de notre destinée nous ont fait trouver,
a été ainsi agencé ? Combien de patientes recherches, guidées par une merveilleuse entente de la
colonisation, n'a-t-il pas fallu pour réunir ici la
plupart des végétaux utiles, originaires du pays, et

ceux qui ont été introduits depuis la découverte du Nouveau-Monde ?

« Je le répète, la destinée, jadis si cruelle à notre égard, nous a traités en enfants gâtés. Que fussions-nous devenus dans cet incommensurable désert de plantes stériles, sans abri, sans vivres, presque sans instruments ?

« Le gibier est peu abondant, et la chasse demande des armes et une aptitude toute spéciale. La pêche !... Nous connaissons le Nikou depuis quelques jours seulement.

« La terre sera donc notre unique ressource. Nous trouverons des aliments sains et abondants sur les arbres et dans le sol.

— Oui, les arbres... dit en aparté Nicolas, songeur. On trouve de tout, sur ces arbres, quand on a la chance de les rencontrer.

— Je vous disais tout à l'heure que vous en verriez bien d'autres. Ce sera avant peu ; quand nous aurons pourvu aux plus pressants besoins de notre installation. J'ai trouvé en quelques heures des trésors inestimables. Il y a sur le haut de la colline des cacaoyers et des caféiers. Cette découverte a bien son importance.

« Que dites-vous de l'*arbre-à-beurre* ?... et de l'*arbre-à-chandelles* ? et du *savonnier* ? »

Nicolas, qui voulait connaître des arbres aux produits tout à fait inusités, passait de l'étonnement à
la stupeur.

— Ce n'est pas tout, et je ne vous parle que
pour mémoire du *roucouyer*, du *cannellier*, du *giro-*
flier, du *muscadier* et du *poivrier;* mais l'*avocatier*
méritera votre attention.

— Un arbre sur lequel poussent des *avocats !...*

— Oui, des avocats...

— Et ça se mange ?

— Ça se mange.

— Ah !... fit-il effaré.

— Passons, si vous le voulez bien, sur l'*ipéca-*
cuanha, le *caoutchouc* et le *ricin,* et arrivons au
fromager.

— M'sieu Robin, je vous regarde comme un
homme sérieux, et vous ne voudriez pas vous mo-
quer d'un pauvre garçon comme moi. Mais avouez
entre nous que c'est raide. Voilà maintenant un
arbre sur lequel poussent des gruyère, des mont-
dore, des roquefort ou des camembert...

— Non. Vous n'y êtes plus. Le fromager ne produit pas de fromage.

— Pourquoi alors lui donner ce nom qui me
met la double crème à la bouche ?

— Parce que le bois du *bombax* — bombax est

son nom scientifique — est blanc, mou, poreux, et
assez semblable à du fromage. Ses fruits et sa
gomme ne sont pour nous d'aucune utilité. Mais il
porte de longues épines aussi dures que le fer. Ces
épines nous serviront de clous. Quant au duvet si
fin, si soyeux, qui entoure ses graines, nous l'utili-
serons en guise d'amadou.

« Eh bien ! êtes-vous content de cette leçon à
bâtons rompus de botanique équinoxiale ?

— Je suis ravi, enchanté. Du moment que la
nature remplit si bien sa fonction de mère-nourrice,
à moi de recueillir ses produits...

— Dites : à nous, mon cher enfant.

— C'est manière de dire, monsieur Robin. Voyez-
vous, je compte travailler comme quatre, employer
mon temps, mettre tout ça en ordre, fabriquer des
ustensiles, faire la récolte, enfin devenir un véritable Robinson, tel qu'il n'y en a jamais eu dans
les livres.

— Je ne doute pas de votre bonne volonté, mon
ami. Je connais votre vaillance. Nous allons dès
demain entreprendre une lourde tâche. Les enfants
ne pourront pas de longtemps prendre part à nos
travaux. Il nous faudra pourvoir à leur subsistance,
à celle de leur mère. Mon vieux Casimir, en dépit
de son courage, est bien affaibli par l'âge et la maladie.

« C'est sur nous deux que repose presque exclusivement le souci de l'approvisionnement. Le brave Angosso va nous quitter.

— Tiens, c'est vrai. Ce bon sauvage... Quand je dis sauvage, cela signifie, sans mauvaise intention, un particulier qui n'a jamais vu la colonne de Juillet. Je m'étais attaché à lui. Ce que c'est que de nous ! Autrefois, les nègres me produisaient un drôle d'effet, tandis qu'aujourd'hui je vois qu'il y a de bien bonnes gens parmi eux.

« A propos, vous me rappelez que j'ai de l'argent à lui donner. Il faut qu'il passe à la caisse...

« Hé ! Angosso !... Angosso !

— Qué ça oulé, mouché, fit le noir.

— ... Ça oulé... ça oulé... Je veux te donner les deux pièces de cent sous, tes sous marqués, les rouleaux, quoi.

— Ah ! oui. Mo content.

— Moi aussi, je suis content. Nous sommes tous enchantés de tes services. Voici la somme, mon camarade, termina-t-il en lui remettant ses deux pièces de cinq francs.

Le noir, après avoir reçu son salaire, resta un moment bouche béante devant le Parisien. Ses deux gros yeux de porcelaine contemplaient avec une ardente fixité la chaîne d'argent aux « coulants » de jade vert, à laquelle était attachée la montre de Nicolas.

— Oh! murmura-t-il, li beau!

— Vingt-trois francs trente, à la foire aux pains d'épices. C'est pour rien.

— Li beau trop beaucoup!

— Peuh! un pauvre petit article de Paris. Tiens, dites donc, m'sieu le Boni, si le cœur vous en dit, l'objet est à votre service. Vous vous êtes assez gentiment conduit à notre égard pour qu'on vous procure un petit plaisir.

« Et voilà! estimable canotier, dit-il après avoir décroché la chaîne. »

Angosso pâlit de bonheur en la recevant du bout des doigts avec une joie craintive.

— Ça bagage-là pou mò? demanda-t-il anxieusement.

— Ça bagage-là pou tô, riposta Nicolas, ravi de placer un mot de créole.

Le Boni demeura un instant comme écrasé par ce bonheur inespéré.

Sans dire un mot, il bondit vers son « pàgarà », sur lequel était enroulé son hamac, un de ces admirables tissus filés par les femmes de son pays, le déplia, et l'apporta en disant :

— Ou compé Angosso. Angosso content bon bon. Li baïe z'hamac pour pitits mouns, li baïc sab' la pour compé blanc. (Vous êtes le compère d'Angosso. Angosso est très content. Il donne son hamac pour les enfants; il fait cadeau de son sabre à son compère blanc.)

— Mais non, ce n'est pas la peine. Que diable, je ne vous ai pas fait un cadeau intéressé.

— Acceptez, mon cher Nicolas, intervint Robin. Acceptez. Vous lui occasionneriez un véritable chagrin en refusant son présent. Et maintenant, mon brave Angosso, va, retourne dans ta famille. Si jamais tu manquais de provisions, si la famine sévissait chez toi, viens ici avec les tiens, tu seras reçu à bras ouverts. Tu bâtiras un carbet près du mien. Nous partagerons les vivres.

— Oui, mouché. Angosso vini côté tig' blanc si li pas gain manioc, ni li pas gain posson.

Puis, il prit congé des Robinsons à la façon des nègres de la Guyane, c'est-à-dire en saluant individuellement chacun d'eux :

— Bonjou tig' blanc, bonjou madame, bonjou compé, bonjou pitits mouns — répété quatre fois — bonjou Casimi ! Mo parti caba.

— Surtout, dit Robin en lui serrant une dernière fois la main, ne dis jamais qu'il y a des blancs ici.

N'oublie pas non plus que tu seras toujours le bien-
venu chez nous, toi, et tous les Bonis.

— Oui, mouché, Angosso compé à tout mouns à
tig' blanc. Li pas parlé passé posson. (Oui, monsieur, Angosso est le compère à toute la famille
du tigre blanc; il sera plus muet qu'un poisson.)

CHAPITRE VIII

L'existence des Robinsons de la Guyane fut tout
d'abord matérielle, si toutefois il est permis de
qualifier ainsi l'adaptation presque exclusive des
facultés intellectuelles au fonctionnement de la vie
organique.

Si d'une part, la solution de ce problème est
fort complexe et souvent difficile à trouver au

milieu de notre civilisation contemporaine, la rétribution d'un travail quelconque, de l'emploi de forces humaines appliquées à telle ou telle fonction, peut d'autre part, en remplir totalement ou partiellement les multiples exigences. Le salaire d'un homme doit, en principe, lui suffire pour se procurer en nature les objets indispensables à l'existence des siens. Il va sans dire qu'un chef de famille ne pourrait, tout en donnant à sa femme et à ses enfants le pain quotidien, leur tisser des vêtements dont il aurait recueilli la matière première, leur fabriquer des chaussures, leur bâtir des maisons, les instruire, etc.

La répartition du paiement de son labeur affecté à différents produits industriels, lui permet de les faire vivre d'une façon plus ou moins abondante, mais, en somme, généralement suffisante. C'est sur cette solidarité, amenée par de mutuels et identiques besoins, qu'est basée notre société actuelle. Produire pour consommer en échangeant. L'effort constant du corps et de l'esprit d'un seul peut donc, en s'opérant sur un point unique, assurer la subsistance de plusieurs.

Les proscrits, au contraire, manquant de tout, même des instruments de première nécessité, devaient créer de toutes pièces les choses nécessaires à la vie. Il leur fallait manger et se vêtir, tirer,

en un mot, des productions de la nature tous les
éléments de l'existence. Un chapeau, une aiguille,
un bouton, une feuille de papier, un couteau, sont
des objets que l'on trouve partout et à peu de frais.
Mais, à quelles difficultés presque insurmontables
se heurtera l'homme isolé, perdu dans l'immensité,
quand il sera forcé de confectionner ces menus
bibelots. L'outillage indispensable à leur fabrication
ne nécessite-t-il pas préalablement le fonctionnement de plusieurs industries ?

Robin ne désespéra pas une minute. Il avait en
Nicolas un auxiliaire adroit, intelligent et zélé.
Quant au lépreux, grâce à sa vieille expérience
d'homme des bois, il était, par bonheur, un précieux appoint. Les trois hommes se mirent incontinent à l'ouvrage après le départ d'Angosso.

Telle est l'incomparable fécondité de la terre
équatoriale, qu'un abatis abandonné quelques années à lui-même, est bientôt envahi par un inextricable enchevêtrement de lianes, d'arbres et d'herbes
géantes. Les plantes alimentaires se mêlent aux
végétaux parasitaires. Les uns et les autres se
confondent, acquièrent un développement énorme,
sans se faire le moindre tort d'ailleurs, mais en cou-
vrant le sol, de façon que l'homme, submergé dans
cette mer de tiges, de feuilles et de fleurs, ne peut
ni faire un pas, ni cueillir un fruit.

16.

Il faut donc procéder avec méthode, sabrer, émonder, abattre, éclaircir, enlever non seulement les végétaux improductifs, mais encore choisir parmi le plantes utiles les plus beaux sujets et sacrifier leurs congénères dont la surabondance amène fatalement la stérilité.

C'est en somme un nouveau travail de défrichement. S'il est bien moins pénible que celui qui consiste à tailler un domaine en pleine forêt, il n'en demande pas moins de patience que d'habileté. Les deux blancs et le noir commencèrent donc par « débrousser » en grand. Nous conservons à dessein ce mot débrousser, employé par les colons guyanais, et qui implique parfaitement cette idée de nouvelle conquête opérée sur la broussaille.

La petite colonie ne pouvait vivre indéfiniment de poissons boucanés, de bananes grillées ou de fruits de l'arbre à pain. L'usage trop fréquent de la banane surtout produit des troubles intestinaux se traduisant par un ballonnement du ventre et une rapide déperdition de forces. Le seul aliment pouvant remplacer le pain de froment est le manioc.

Par bonheur, Casimir avait trouvé sur le versant de la coline une vaste plantation de manioc. Telle était la nature et la configuration du terrain, que le champ n'avait pas été envahi comme les autres points de l'habitation. Seuls les bois-canon (*cecropia-peltata*), les végétaux par excellence des défriche-ments, avaient poussé leurs branches gourmandes. Leurs troncs lisses, d'un blanc éclatant, creux, remplis de moelle, d'où leur nom vulgaire de *bois-canon*, se dressaient comme des colonettes d'argent, au milieu du tapis vert sombre formé par les feuilles de manioc.

On recueillit en quelques heures une ample pro-vision de racines. Un *grage* fut improvisé, une couleuvre fut tressée, mais un obstacle presque insurmontable se dressa aussitôt devant les colons. Ils n'avaient pas de platine pour cuire leur farine, et faire évaporer le suc vénéneux contenu dans la pulpe, même après qu'elle a été vigoureusement exprimée.

Casimir n'avait pas l'esprit inventif. Rien ne savait pour lui remplacer la plaque de tôle sur laquelle il avait toujours vu préparer le couac et la cassave. Nicolas aurait, disait-il, donné un de ses yeux pour avoir une poêle !... Robin resta songeur quelques minutes.

Il tisonnait machinalement le foyer où cuisait le souper, avec un morceau de bois pointu, quand il aperçut entre les charbons quelque chose de brun rougeâtre, paraissant solide.

— Tiens, dit-il surpris, qu'est-ce que cela ?

Mme Robin s'approcha. Les enfants firent cercle. L'ingénieur poussa l'objet en question. C'était une grossière figurine de terre travaillée par la main d'un artiste plein de bonne volonté peut-être, mais, à coup sûr, fort ignorant des lois de la statuaire. Robin ne se préoccupa guère de la forme, mais la matière l'intéressa.

— Tiens, de la terre cuite!

— Oui, père, répondit le petit Eugène. J'ai fait un bonhomme, et puis je l'ai mis cuire... C'est pour jouer avec Charles.

— Et où as-tu trouvé cette terre, mon cher petit artiste?

— Mais, là, dans la maison. Tiens, regarde. J'ai un peu fouillé avec un morceau de bois, j'ai mouillé ma terre, et alors j'ai fait mon bonhomme.

Robin se baissa, examina la petite ouverture, gratta le fond avec un sabre, et ramena un échantillon de terre grasse au toucher, molle, un peu colorée en rouge par l'oxyde de fer.

C'était de l'argile.

— Mes enfants, dit-il joyeux, vous aurez, demain à midi, chacun une belle galette de cassave.

— Oh! quel bonheur, de la cassave! s'écrièrent en chœur les quatre gamins, ravis de ne plus manger de bananes. Et comment feras-tu, dis, père?

reprit le petit espiègle d'Eugène. Est-ce que c'est mon petit bonhomme qui la fabriquera ?

— Non, mon cher fils, mais il sera la cause immédiate de cette amélioration dans notre ordinaire.

« Tiens, regarde à ton tour. »

Et sans perdre un moment, le proscrit fouilla profondément le sol, retira une grosse masse d'argile très pure, la pétrit, l'humecta légèrement, la tritura quelque temps, puis l'étala en forme de disque, après l'avoir tant bien que mal aplanie sous sa main mouillée.

— Maintenant, du bois, et chauffons ferme. J'aurais voulu faire sécher au soleil mon plateau qui peut-être se fendillera sous l'effet de la chaleur, mais si ce léger incident se produit, nous recommencerons demain.

— J'ai deviné ! Patron, j'ai deviné ! s'écria Nicolas en entassant à quelques pas de la case plusieurs brassées de bois. Vous avez fabriqué une *platine* en terre. Est-ce vrai ?

— C'est exact, et mon instrument remplira parfaitement son but. Je m'étonne vraiment que les noirs et les Peaux-Rouges n'aient jamais pensé à ce procédé si simple pour remplacer ainsi ces plaques de tôle dont ils sont bien souvent privés.

Casimir, stupéfait, écarquillait son œil unique
en murmurant :

— Oh ! ça blancs-là, jamais embarrassés, non ; li
trouver toujours toutes chevilles pour trous. (Ils
trouvent toujours autant de chevilles que de trous.)

Après douze heures de cuisson sur un feu d'a-
bord très doux, dont l'intensité fut peu à peu aug-
mentée, la platine, légèrement fendillée et moins
plane peut-être que la surface des eaux tranquilles,
mais bien dure, et complètement cuite, fumait
sous une bonne et affriolante galette.

Cette première victoire, remportée sur le besoin,
fut accueillie avec toute la satisfaction que l'on
peut imaginer. C'était bien une véritable conquête,
autour de laquelle il serait possible d'opérer un
groupement de toutes les choses de première nécessité, et qui, d'abord informes, seraient susceptibles
de multiples perfectionnements.

On fabriquerait bientôt des poteries avec cette
argile excellente, puis des briques, un fourneau...
que sais-je encore ? En attendant ce moment,
Mᵐᵉ Robin, aidée de son fils aîné, procéda, sous la
direction de Casimir, grand-pannetier honoraire,
à la confection de cette manne, qui, sous les deux
aspects de couac et de cassave, constitue la principale ressource alimentaire des peuplades de la
zone torride.

Entre temps, on débroussait avec ardeur. Les abords de la maison étaient parfaitement éclaircis. On parlait de recueillir un peu de cacao et de café. Il était même question de fabriquer un enclos palissadé attenant à la maison, et dans lequel seraient enfermés quelques oiseaux et quadrupèdes facilement domesticables, dont Casimir se faisait fort d'opérer sous peu la capture.

Le premier pensionnaire de cette future basse-cour fit son apparition avant même qu'un pieu fût planté. Nul ne s'attendait à l'arrivée d'un animal aussi bizarre, qui ne peut être d'aucune utilité, mais dont l'aspect est tellement baroque et les habitudes si extraordinaires, que les enfants réclamèrent à grands cris le droit de cité pour lui. Cette innocente fantaisie leur fut, comme bien vous pensez, octroyée sans la moindre difficulté.

Voici comment s'opéra cette nouvelle conquête dont Nicolas fut le héros. Le Parisien était parti un matin au champ de manioc. Il était seul. Robin, resté à la case, était occupé à la confection d'une hotte en fibres d'arouma, à l'aide de laquelle devrait s'effectuer, en attendant mieux, le transport des denrées alimentaires.

Nicolas, dont l'œil fureteur toujours aux aguets inventoriait minutieusement l'horizon le plus rapproché, aperçut bientôt, sur la cîme d'un bois-canon, une masse grise immobile.

— Ce n'est pas un singe; il aurait depuis long-temps déménagé. Ça ne remue pas plus qu'une souche. C'est drôle. Pourtant, continua-t-il en approchant, c'est un animal.

Le bois-canon avait à peine sept ou huit mètres de hauteur. Son bouquet, composé de larges feuilles rares, blanches en dessous, n'avait pas plus de deux mètres de diamètre. L'animal apparut alors distinctement. Il embrassait étroitement de ses quatre pattes une branche, et paraissait dormir. Nicolas agita légèrement le tronc flexible, un peu plus gros que le bras. L'animal resta immobile. Il secoua plus fort, puis se mit à tirailler à tour de bras l'arbre qui décrivit de vastes oscillations, sans que l'enragé dormeur parût même se douter de sa présence.

— Ça, par exemple, dit-il, c'est un peu fort. On dirait vraiment qu'il est empaillé là-haut, et accro-ché avec des fils de fer. Eh bien! attends un peu.

Quelques coups de sabre vigoureusement appli-qués sur le tronc, suffirent à faire dégringoler le bois-canon qui s'abattit sur le sol, sans que pour-tant le mystérieux quadrupède lâchât prise. D'un bond, Nicolas fut près de lui, prêt à l'assommer, ou tout au moins à lui couper la retraite. Peine inutile. La pauvre bête laissa échapper, à son aspect, un gémissement plaintif : « Ha-ii ! Ha-iii ! » et se cramponna de plus belle.

Le Parisien coupa tout simplement la branche du cecropia, la transforma en traîneau, s'y attela et reprit incontinent le chemin de la case. L'animal poussait de temps en temps son cri plaintif, et se cramponnait de plus belle. Aussi loin qu'il aperçut ses petits amis, Nicolas s'écria :

— Henri ! Édmond ! Eugène, accourez ! Si vous saviez qu'elle drôle de bête j'ai trouvée !

Une explosion de rires et de cris de joie accueillit son arrivée. Robin quitta un instant son travail et s'approcha, suivi de Casimir.

— Que diable nous apportez-vous là ? mon cher Nicolas.

— Ça, *parsoux-mouton* (mouton-paresseux), fit le noir.

— En effet, c'est bien là le fameux *paresseux*, l'aï, qui se nourrit exclusivement des feuilles du bois-canon, qui ne met pas moins d'une journée à grimper sur l'arbre, et y séjourne jusqu'à ce qu'il ait dévoré même l'écorce.

— Ça même.

— Ah ! dit Nicolas, fier de sa capture, ce particulier-là s'appelle le *paresseux*. Je vous assure qu'il n'a pas volé son nom. En voilà un qui n'aime guère changer de place !

— Père, s'écrièrent en chœur les enfants, « raconte-nous » le paresseux.

— Bien volontiers, d'autant plus que cette leçon d'histoire naturelle vous sera très profitable.

« Ce singulier animal appartient à la tribu des *tardigrades*, — expression tirée de deux mots latins, signifiant qui a la démarche lente, — de la famille des *édentés*, de l'ordre des *bradypes*. Bradype est formé des mots grecs : *pous*, pied, et *bradus*, lent. »

Nicolas écoutait aussi de toutes ses oreilles.

— Savez-vous bien, patron, que les naturalistes qui se sont mis en frais de noms très compliqués pour indiquer la lenteur de notre paresseux n'ont pas eu tout à fait tort !

— Cet ordre comprend deux genres, continua Robin sans s'arrêter à cette réflexion non moins exacte qu'inopportune : l'aï et l'unau. Ce dernier n'a que deux ongles à chaque pied, il ne possède pas le moindre rudiment de queue.

— Alors, dit Henri, celui-ci est un aï puisqu'il porte trois griffes, et une toute petite queue que l'on voit à peine.

— Très bien, mon enfant. Il se distingue également de l'unau par sa taille un peu inférieure, qui atteint à peine soixante-dix centimètres, tandis que

celle de l'unau peut dépasser un mètre. Un autre
signe distinctif, est cette tache noire d'ébène, longue
de dix centimètres, semblable à un point d'exclamation, bordée de jaune, qui s'étend entre les deux
épaules, et forme une véritable dépression au
milieu de ses longs poils de couleur bise, secs et
grossiers comme du chiendent.

« Oh, tu peux toucher ; cette tache, formée de
poils doux, soyeux et très épais, produit au doigt
l'impression du satin.

— Il ne me fera pas de mal, n'est-ce pas ?

— Lui !... le pauvre animal, est bien l'être le plus
inoffensif.

« Et d'ailleurs, avant qu'il puisse même ébau-
cher un mouvement, tu aurais largement le temps
de faire un véritable voyage. »

Le brave paresseux, ne se sentant plus secoué ni
rudement traîné sur sa branche, commence à évo-
luer à la grande joie de la colonie. Il lâche son
point d'appui et glisse lentement sur le dos. Il rappelle assez bien, dans cette position, une grosse
tortue, moins la carapace. Il croise et décroise avec
une sorte d'inquiétude mollasse, ses quatre pattes
à la recherche d'un point d'appui. Ses jambes de
devant sont beaucoup plus longues que celles de
derrière, toutes les quatre sont armées de grandes
griffes, accolées par trois, jaunâtres, recourbées, et

présentant un développement de cinq centimètres.

Mais, quelle tête ! quel masque béat immobilisé dans un stupide rictus. Une tête, une poire plutôt, sans front ni menton, et dont le museau déprimé figure assez bien la pointe. En guise d'yeux, deux petits points ronds, effarés, idiots, troués en vrille, et dont l'expression ajoute encore à l'inepte phy-sionomie de ce masque, couvert de petits poils jaunâtres. On ne voit aucune trace d'oreille. La gueule, aux lèvres noires, minces, filiformes, s'en-trouve de temps en temps. Un petit sifflement poussif sort des dents noirâtres. Les yeux clignent lentement comme si les paupières fonctionnaient mal.

Nicolas le retourne et le met sur ses quatre pieds. Le paresseux s'aplatit, se traîne sur le ventre, en allongeant latéralement ses jambes qui ne peuvent supporter le poids du corps. Il arrive après un véritable voyage d'un mètre, près d'un montant de la case. Il pose tout doucement une de ses griffes sur ce montant, puis il se hisse de deux centimè-tres. C'est maintenant le tour de l'autre patte, qui s'élève avec un grand mouvement déhanché d'une interminable longueur, et vient s'appliquer un peu au-dessus de la première. On dirait un cric que l'on monte à raison d'un tour de manivelle par minute.

Les enfants trépignent sur place, à la vue de

cette incomparable lenteur. L'animal s'éleva d'un mètre et demi en un quart d'heure.

— Paresseux !... monte, paresseux, criaient-ils... Aï !... aï !...

— Rendons pourtant au paresseux cette justice, dit le père en reprenant le cours de sa monographie, que quand il est accroché quelque part nulle force ne peut l'en enlever.

« Nicolas, essayez de l'arracher du poteau. »

Le Parisien empoigna de chaque main les épaules de l'aï, et tira de toutes ses forces, sans même l'ébranler. Il se suspendit et pesa de tout son poids, rien n'y fit. Le bradype semblait faire corps avec le madrier qu'il étreignait avec l'énergie désespérée d'un noyé.

— Quelle poigne ! mes enfants, quelle poigne !

« Ce n'est pas tout, continua Robin. L'instinct de la conservation est à ce point développé chez lui, qu'il lui tient lieu d'intelligence. Si d'une part, quand des chasseurs le surprennent au milieu d'une clairière, il se laisse cribler de projectiles sans lâcher prise, il élit de préférence et pour cause, son domicile sur des arbres surplombant des rivières.

« Quand il se sent menacé, il lâche subitement son point d'appui, dégringole dans l'eau, tire incontinent sa coupe, et réussit généralement à s'échapper.

— Nous pouvons le garder et l'apprivoiser ? demanda Eugène.

— Certainement, mon cher enfant. Il est susceptible d'éducation. Oh! entendons-nous, d'une éducation très rudimentaire. Pourtant, je puis t'affirmer que si tu lui apportes chaque jour une petite provision de feuilles fraîches de bois-canon, il ne tardera pas à te reconnaître.

« Il n'est pas difficile, et sa sobriété égale sa paresse. Cinq ou six feuilles par vingt-quatre heures lui suffiront largement.

— Alors, il est à moi.

— Il est à toi, si Nicolas n'élève aucune prétention à l'endroit de sa possession.

— Oh ! vous plaisantez, Monsieur Robin. Je suis si heureux d'être agréable à Eugène !

— Je vais lui donner à manger, dit l'enfant en arrachant une feuille de la branche qui avait servi de véhicule.

« Tiens, aï !... aï ... Tiens donc. »

Le paresseux, épuisé sans doute par les efforts et les émotions de la journée, dormait, accroché par une patte au rebord de la galerie.

Grâce à l'énergie de tous, grands et petits, l'exis-

tence de la colonie semblait devoir être prospère.
Les commencements avaient été bien durs. Le chef
de la famille et sa vaillante compagne ne se rappe-
laient pas sans frémir les incidents terribles qui
avaient accompagné leur réunion. Si l'abondance
ne régnait pas encore, les besoins les plus urgents
étaient satisfaits. Robin eût en somme été parfaitement heureux, si le lugubre souvenir du passé
ne fût venu de temps en temps attrister son esprit
et lui causer aussi de vives appréhensions.

Il était libre depuis trop peu de temps, pour
avoir oublié les horreurs de la chiourme, les travaux écrasants du chantier, l'infâme promiscuité
du bagne. Il avait reconquis son indépendance, il
avait pu pourvoir à la subsistance de la famille et
assurer le lendemain ; il était urgent de mettre
son habitation à l'abri d'un coup de main, au
cas où le hasard signalerait sa présence à ses
ennemis.

Il avait ménagé avec la parcimonie d'un avare
les munitions que Nicolas tenait du capitaine hollandais, et si, de temps à autre, il avait fait « parler la poudre » c'était pour procurer un peu de
viande fraîche aux Européens à peine acclimatés.
Son fusil constituait un engin de défense dont il
se fut servi à la dernière extrémité, mais sans
hésitation aucune, pour sauvegarder cette liberté

sur laquelle reposait le salut commun. Mais il considérait, et avec raison, cette arme comme insuffisante pour lui permettre d'engager, le cas échéant, une lutte dont il importait de ne pas courir les risques.

Mieux valait rendre l'habitation inabordable, et fortifier le seul point faible par lequel pourrait pénétrer l'ennemi. Il n'était aucunement question, bien entendu, des systèmes de défense en usage dans les pays civilisés, la stratégie étant chose inutile aux coureurs des bois, et d'ailleurs, parfaitement inapplicable.

La *Bonne-Mère*, située à mi-côte, sur le versant d'une colline boisée, était inaccessible du côté ouest. Au nord et au sud s'étendaient des pri-pris sans fin, au fond vaseux, où nul pied humain n'eût pu se poser. Mais l'est était découvert, et le chemin conduisant de l'anse aux Cocotiers à la case était d'un facile accès. Là était le point faible.

L'ingénieur, qui eût mis facilement une place en état de défense, était incapable de fermer ce défilé, ouvert sur la crique. Le saut de l'Iguane lui semblait une ligne insuffisante. Il s'en ouvrit à Casimir et lui demanda son avis. Le bonhomme, qui ignorait absolument ce que pouvait bien être un bastion, une courtine, un redan ou une demi-lune, trouva pourtant la chose toute simple.

Une grimace, susceptible à l'occasion de repré-
senter un sourire, contracta sa pauvre bonne vieille
face, à l'idée du tour qu'il pourrait jouer aux « michants mouns » de là-bas, s'il leur prenait fantaisie
de s'attaquer à son compé, à ses chers pitits mouns
et à bonne madame.

— Mo savé. Nous fika chose la caba. Ou vini
ké mo, ké Nicolas. (Je sais. Nous allons faire cela
immédiatement, venez avec moi et Nicolas.)

— Mais, que veux-tu faire ?

— Tendez oun sò pitit morceau, ou voué. (Attendez seulement un peu, et vous allez voir.)

Impossible d'en tirer autre chose. Les trois hommes, armés de leurs sabres, partirent sans plus
tarder pour l'anse aux Cocotiers. Le point à défendre avait à peine soixante mètres de large. Le
vieillard se fit fort de le rendre inabordable en
moins de trois heures.

— Faites comme moi, compère, dit-il dans son
patois, et en creusant avec la pointe de son sabre
un trou profond à peine de quinze centimètres.

Trois secondes suffirent aux deux hommes pour
pratiquer, dans le terrain friable, chacun une petite
excavation éloignée l'une de l'autre d'environ trente
centimètres.

— Encore... Là... continuons.

Une première ligne de trous fut exécutée en moins

d'un quart d'heure, puis une seconde, puis une troisième, à peu près parallèles les unes aux autres, et perpendiculaires à l'habitation.

— Que diable veut-il planter là-dedans, des choux ou des artichauds? demanda Nicolas, trempé de sueur, bien que ce travail n'eût en somme rien de pénible.

— Tiens, dit Robin, j'y pense. Ce ne serait pas si naïf... Non pas des choux, mais des aloës, des nopals, des agaves et des euphorbes.

— Ça même, reprit le bonhomme. Ou comprend tout, compé.

— Mais c'est tout simple. Nous allons couper des boutures sur ces énormes végétaux qui croissent ici à profusion, planter deux cents cinquante à trois cents de ces boutures, et dans deux mois, il y aura ici une formidable futaie d'épines et de chevaux de frise à faire reculer un corps d'armée.

« C'est la clôture par excellence employée par les Espagnols à Cuba, par les Français en Algérie, et aussi par les Brésiliens.

— Je ne dis pas que ce ne soit une très bonne chose, objecta Nicolas; si pourtant on s'avisait avec le temps de s'ouvrir un chemin au sabre d'abatis.

— Jamais mouns blancs pouvé passé là, reprit avec un accent de menace le lépreux. Ce bagage-là, quand li poussé li plein *aye-aye*, plein *grage*, plein *boïcinenga.* (Jamais les blancs ne pourront passer par là. Quand ces plantes-là seront poussées elles fourmilleront d'aye-aye, de grages et de serpents à sonnettes.)

— Mais, nous ne pourrons jamais sortir.

Casimir sourit.

— Vié neg' pouvé appelé serpent, pouvé envoyé même. Li disé : Serpent ou qu'à vini. Tout' serpent couri côté li caba. Li disé : Serpent ou qué allé. Tout serpent soti ! (Le vieux nègre peut faire venir ou chasser les serpents. Il n'a qu'à leur dire : Venez, et ils accourent; — Allez-vous-en, et ils s'enfuient.)

Nicolas hochait la tête d'un air de doute, en murmurant :

— Je ne dis pas qu'ils ne viendront pas, mais ce sera un mauvais voisinage.

Robin le rassura en lui racontant la façon dont la chiourme avait été mise en déroute jadis par les alliés de Casimir.

— Alors, vous croyez à ça, vous, patron?

— Je crois à ce que j'ai entendu et vu.

— J'aurais mauvaise grâce à ne pas m'en rapporter à vous, tout en vous déclarant que ça me semble fort. Mais, il se passe ici des choses tellement étonnantes !

Les trois compagnons reprirent le chemin de la

Bonne-Mère, se réservant de revenir en temps et lieu inspecter le retranchement qui devait s'élever tout seul, et savoir si la garnison attendue y avait élu domicile.

Ils marchaient lentement, en file indienne comme toujours, et causaient à voix basse. Un léger bruit les fit s'arrêter soudain.

Dans ces forêts peuplées d'êtres étranges et terribles, repaires de fauves et de reptiles, où un pan de verdure sert d'embuscade à l'infiniment grand dont la griffe déchire, dont l'anneau enlace, où la feuille dissimule l'infiniment petit, dont l'invisible dard tue, un danger mortel menace toujours le voyageur sous une multiple forme. Aussi ses sens toujours en éveil, ne tardent-ils pas à acquérir une incroyable subtilité. Non seulement le sauvage habitant du pays de l'éternelle verdure, mais encore l'Européen, sait-il bientôt démêler instantanément tous les murmures de la nature, leur assigner une cause, en trouver même la direction, et arriver à en prévoir les effets.

En dépit de son habileté, Robin assez perplexe ne savait que faire, et surtout que répondre à Nicolas, ignorant comme un Parisien des Batignolles, de tout ce qui avait trait à la vie sauvage. Casimir se taisait, concentrant dans le sens de l'audition toutes ses facultés d'homme de la nature.

Le bruit continuait, vague, peu intense, ininter-
rompu, comme le bruissement d'une pluie fine sur
les feuilles élevées, auquel se serait mêlé un imperceptible crépitement. Ce n'était ni le susurrement
des écailles dans les tiges, ni le murmure de l'eau
qui monte, ni le ronflement d'une bande de patiras
s'ébattant au loin. Peut-être eût-on trouvé quelque
analogie avec le brouhaha bien connu produit par
un nuage de sauterelles. En effet, c'est à peu près
cela. Mais ce bruit, causé peut-être par la marche
de milliards d'insectes dans les herbes, est plus
aigu, en quelque sorte plus sec ; on dirait qu'il s'y
mêle comme l'imperceptible craquement d'innombrables et microscopiques cisailles.

— Ça fourmis, dit enfin le vieux noir, qui semble
vivement contrarié.

— Des fourmis qui émigrent, continua Robin
alarmé. Si elles se dirigent du côté de la case !...
Ma femme, mes enfants... Oh ! mon Dieu, courons !...

— Eh ben ! quoi, des fourmis, ça n'est pas des
éléphants, fit à son tour Nicolas. Quand il y en aurait des douzaines et des centaines, on met le pied
dessus, et tout est dit.

Sans même honorer d'un mot cette réflexion
qui accusait chez son auteur la plus profonde ignorance du péril, les deux hommes s'avancèrent rapidement. Le murmure devenait de plus en plus dis-

tinct. On était à moitié chemin de l'habitation. Le
lépreux, qui marchait en tête, s'arrêta brusquement, et un soupir de soulagement dégonfla sa
poitrine.

— Ça, michants bêtes-là, li pas passé côté la case,
non.

Les fourmis traversaient en effet le chemin, à
moins de trente mètres des trois amis, et le cou-
paient à angle droit, suivant par conséquent une
direction parallèle à la maison. La pente était assez
rapide, et cette disposition du terrain leur permettait de voir l'armée des phénicoptères rouler comme
un torrent que rien n'arrêtait. Cette masse de cor-
selets et d'abdomens, noirs d'ébène, luisants, serrés,
avait les lentes et capricieuses ondulations de la lave
en fusion. Elle en avait aussi les propriétés dévas-
tatrices. Des milliards de mandibules, piquaient,
trouaient, mordaient, tenaillaient au passage les
végétaux grands et petits. Les herbes disparaissaient, les broussailles s'éclaircissaient, les troncs
eux-mêmes semblaient se fondre. Le bruit qui s'é-
chappait de cette horde de petits rapaces était bien
caractéristique maintenant. Le murmure était plus
compact, le crépitement plus accentué. Les émi-
grants appartenaient à l'espèce dite « fourmi-
flamande », dont Casimir avait précédemment uti-

lisé la piqûre pour produire à la tête du proscrit agonisant cette vésication qui l'avait sauvé.

Nicolas, à la vue d'une semblable dévastation, paraissait moins triomphant que tout à l'heure. Il frémissait en voyant des arbres énormes, dépouillés en un clin d'œil de leur écorce, et montrer leur cœur indestructible, privé de son enveloppe, comme un os, de la chair et de la peau. La retraite était, pour un temps plus ou moins long, interceptée aux trois amis. Ils allaient attendre, et si les flamandes ne se pressaient pas, on couperait leur corps d'armée en incendiant les herbes.

Ils allaient, de guerre lasse, mettre ce projet à exécution, quand un incident bizarre le leur fit différer un moment. Depuis quelques instants, Robin regardait curieusement une grosse masse brune accroupie, aplatie plutôt, au milieu du sentier, de façon à toucher un des côtés de la zone envahie par les insectes. De temps en temps, une sorte de vaste panache également brun, se relevait, puis s'abaissait spasmodiquement, pour recommencer sans interruption. A l'autre extrémité, un objet rougeâtre, violacé, dont l'éloignement ne permettait pas de préciser la nature, sortait, long, droit, rigide, puis rentrait, comme la tige d'un piston de machine à vapeur, puis s'élançait au milieu des fourmis, pour disparaître et reparaître encore. Il n'y avait là rien de mystérieux, et le proscrit le comprit aussitôt. La masse brune était tout simplement un honnête fourmilier qui s'offrait un plantureux régal. L'objet rougeâtre, sa longue langue visqueuse qu'il dardait à travers les insectes, le panache, son immense queue, dont les mouvements de va-et-vient trahissaient la jubilation de son heureux propriétaire.

Tout entier à sa fonction gastronomique, l'animal ne soupçonnait même pas la présence des trois hommes que son manège intéressait vivement. Cette quiétude, hélas! n'allait pourtant pas être de longue durée. Le déjeuner du fourmilier avait un quatrième témoin. Celui-là semblait endurer un véritable supplice de Tantale. Disons bien vite que c'était un jaguar du plus superbe et du plus farouche aspect. Un vrai bandit des grands bois. L'armée des fourmis, large de plus de vingt mètres, s'étendait entre les deux quadrupèdes, et, c'est en vain que le jaguar avançait la patte avec ces gestes épeurés d'un chat pêchant une grenouille, et auquel le contact de l'eau produit une horrible appréhension. Les flamandes, l'aiguillon en l'air, serrées comme les soldats de la phalange macédonienne, le lardaient à qui mieux mieux, et formaient, entre lui et le fourmilier objet de sa convoitise, une infranchissable barrière.

Il fallait se décider, prendre un parti désespéré peut-être, mais un jaguar affamé ne raisonne plus. Un arbre s'élevait au milieu à peu près de la phalange. Il s'agissait de l'atteindre. C'était un bond de dix mètres à opérer. Le félin, sans se donner la peine de compter jusqu'à trois, s'élance, et réussit comme un gymnaste consommé. La moitié de la besogne étant faite, il s'agit de bien prendre ses mesures, pour tomber d'aplomb sur le brave fourmilier, et non pas au milieu de la horde grouillante dont il fait ses délices.

Ce dernier a vu la manœuvre de son ennemi et tout en ouvrant l'œil de son côté, il accélère encore le mouvement de piston de sa langue et entasse rapidement les copieuses bouchées de la fin.

Casimir rit de son vaste rire de nègre, Nicolas écarquille les yeux, Robin est vivement intéressé. Cette bataille de fauves va être dramatique. Le carnassier a des ongles solides et acérés, sa mâchoire est garnie de crocs énormes. Le mangeur de fourmis n'a que ses griffes, mais quelles griffes! de véritables crampons longs de dix centimètres, et aussi durs que l'acier le mieux trempé.

Le jaguar, estimant que le moment est venu, s'élance une seconde fois, la gueule grande ouverte, les griffes allongées, la queue droite. Il décrit en un moment une vertigineuse parabole, et s'abat...

juste à la place occupée une demi-seconde avant par l'impassible dîneur.

Le fourmilier, sans se départir de son calme, avait opéré une simple retraite de corps, et se trouvait en face de son brutal antagoniste, ramassé sur les pieds de derrière, ceux de devant levés à la hauteur de la tête, dans la position d'un boxeur.

Cette manœuvre ne semble pas du goût du jaguar, qui souffle et gronde furieusement. Partant de ce principe bien connu des duellistes et des boxeurs, que dans un combat il importe de porter le premier coup, il allonge une patte, fait une feinte rapide et tente de pénétrer dans la ligne basse qui lui semble imparfaitement protégée.

Le fourmilier répond par une formidable giffle, si bien appliquée, que toute la peau recouvrant la partie gauche de la face du félin est arrachée du coup. Le blessé laisse échapper un hurlement de rage et de douleur. Son sang-froid l'abandonne, il perd toute mesure. Le sang qui l'aveugle ruisselle en pluie sur les herbes. Il s'élance à corps perdu sur son ennemi, qui se laisse aller mollement sur le sol en baissant la tête et en étendant les pattes.

En un clin d'œil, le jaguar est « ceinturé », comme disent les lutteurs. Les griffes du fourmilier s'implantent comme des dents de fourche dans son corps qui craque sous sa puissante étreinte. Il se

débat désespérément. Les deux corps étroitement
enlacés roulent, se tordent. Les trois hommes té-
moins de cette lutte sauvage ne distinguent plus
rien. Cela dure deux interminables minutes. Puis
ils entendent un bruit sec d'os rompus, puis un
râle. L'étreinte du fourmilier se desserre, il reste
étendu sans mouvement, l'échine fracassée, près
du jaguar éventré, secoué par les derniers soubresauts de l'agonie.

Robin, Casimir et Nicolas, ravis de l'issue de
cette rencontre, s'avancèrent avec précaution près
des cadavres pantelants.

—Tout est bien qui fini de même, dit sentencieusement Nicolas; cet excellent fourmilier, comme
vous l'appelez, patron, s'est trouvé là bien à point.
Pensez-donc, si le jaguar avait eu la fantaisie de
s'adresser à nous !

Le proscrit sourit et brandit son sabre.

— Et ce ne serait pas le premier, ajouta-t-il froidement. En somme, voici des gaillards qu'il s'agit
de déshabiller proprement. Leurs peaux formeront
pour la case deux superbes tapis. Allons, à l'œuvre,
car les fourmis n'en laisseraient que les os.

— Tiens, reprit le Parisien, à la vue d'un petit
animal de la grosseur d'un lapin, et qui se tenait
blotti entre deux arcabas, qu'est-ce que c'est que
ça ?

— Ça pitit « tamandou » (fourmilier) dit Casimir.

— Pas possible ! Oh ! le pauvre petit, il a l'air tout éperdu. Patron, une idée. Puisqu'il est orphelin, si je l'emmenais à la case, pour les enfants... qu'en dites-vous ?

— Mais de grand cœur, mon cher ; nous l'apprivoiserons, et ce sera un agréable compagnon.

Pendant que Robin dépouillait prestement le jaguar, le Parisien attachait à un arbre le petit fourmilier, qui se laissait faire sans protestation d'ailleurs et avec une douceur attestant un excellent caractère.

— Quel drôle d'animal, dit-il en examinant attentivement le cadavre. Comment, c'est ça qui est sa tête ? Mais, il n'a pas de bouche.

— Comment, pas de bouche ?

— C'est-à-dire, que je ne vois au bout de son museau qu'un petit trou, par lequel passe encore un bout de sa langue, et c'est ce petit trou qui est sa bouche ?

— Je ne lui en connais pas d'autre. Et d'ailleurs, il n'en a nullement besoin, étant donné son genre d'alimentation. Ses mâchoires sont soudées ensemble, et forment une sorte de tube dans lequel se meut, comme vous l'avez vu tout à l'heure, sa longue langue visqueuse, qu'il darde au milieu des

fourmis, et qu'il retire pour la projeter de nouveau.

— Et cette seule nourriture lui suffit?

— Absolument. C'est pour cette raison qu'on lui
a donné, en histoire naturelle, le nom de *myrmc-
cophaga*, de deux mots grecs signifiant : mangeur
de fourmis. On l'appelle aussi *tamanoir*.

— Il est vraiment extraordinaire, qu'un animal
énorme comme celui-ci puisse s'accommoder d'un
pareil régime.

— J'en suis étonné comme vous. Si sa conformation se rapporte exactement aux descriptions que
j'ai lues jadis, ses dimensions sont bien supérieures
à celles qu'on lui accorde généralement. Celui-ci,
depuis le museau jusqu'à l'extrémité de la queue,
a au moins deux mètres vingt centimètres.

« Après tout, nous avons peut-être devant nous
un des géants de l'espèce. Qu'en dis-tu, Casimir ?

— Moi vu beaucoup « tamandous » gros passé li.
(J'ai vu beaucoup de tamanoirs plus gros que lui[1].)

---

[1] Le vieux noir a parfaitement raison. Je possède une
peau de *myrmecophaga jubata* (tamanoir à crinière). Sa
longueur totale est de 2,15, la queue a 68 centimètres et les
griffes 7 1/2. Sa hauteur est de 66 centimètres. J'ai vu, en
outre, au Maroni, un tamanoir qui atteignait trois mètres.
Je suis donc étonné des dimensions que lui donnent
certains auteurs, d'après lesquels sa longueur maximum ne

— Sa tête, mince, étroite, busquée, longue, arrondie, sans poils, rappelle plutôt le bec d'un oiseau que la face d'un mammifère. Quant à sa queue, aux poils épais, rudes et secs, on dirait véritablement du crin végétal. Cette longue bande triangulaire, noire bordée de blanc, qui s'étend obliquement du poitrail à l'épine dorsale, est bien curieuse aussi.

— Et ses griffes, patron, parlons un peu de ses griffes. Sapristi, je ne m'étonne plus, s'il a si proprement décousu le jaguar. Tiens, comme elles sont aiguës. Il ne peut pourtant pas les rentrer comme les chats, car elles ont bien huit à neuf centimètres.

— C'est qu'il en prend grand soin. Au lieu de les appuyer sur le sol en marchant, il les replie au-dedans sur la plante du pied.

— Ah ! bon, je comprends, ça fait l'effet d'un couteau fermé.

— Avez-vous remarqué qu'il n'en porte que quatre en avant, tandis que les pieds de derrière en ont cinq. Ces dernières, d'ailleurs, parfaitement

serait que de 1,50 et sa hauteur de 0,30 à 0,35. Je citerai, entre autres, le dictionnaire de Pierre Larousse, une autorité pourtant, et M. A. Mangin, un écrivain consciencieux et un véritable savant.

L. B.

émoussées, car elles lui sont inutiles tant pour se défendre que pour démolir les fourmilières.

— A propos de fourmilières, et l'armée des fourmis? Nous sommes tellement occupés depuis une demi-heure que nous n'y pensons plus.

— Fourmis allées toutes loin, dit Casimir.

— Tiens, c'est vrai, la route est libre. Nous allons rentrer en emportant les dépouilles des combattants, sans oublier notre pensionnaire.

Il était dit que nos amis n'arriveraient pas à la case sans avoir épuisé toute la série des aventures. Ils marchaient depuis quelques minutes à peine, qu'un miaulement désespéré sortit d'un gros bouquet d'herbes, et qu'un gracieux animal de la grosseur d'un chat, s'en vint, avec la naïve confiance du jeune âge, donner dans les jambes de Nicolas.

Le Parisien leva son sabre. Robin l'arrêta.

— Second orphelin qui sollicite l'adoption, dit-il en plaisantant. Celui-là sera mon élève. Je me charge de son éducation. J'en ferai plus tard un compagnon de chasse dont les services ne seront pas à dédaigner.

— C'est le petit du jaguar? demanda Nicolas.

— Vous l'avez dit. Il est tout jeune, j'espère l'apprivoiser. Comme il pourrait se livrer à quelques

écarts de griffes sur les enfants, je lui rognerai
les ongles pendant les premiers mois de son éducation. Vous verrez qu'il me fera honneur.

Une explosion de rires et de cris de joie accueillit
la rentrée des trois compagnons. Il fallut raconter,
par le menu, le dramatique épisode grâce auquel
la colonie s'augmentait de deux nouveaux membres.
Les petits orphelins ne semblaient pas trop dé-
paysés. A peine détachés, ils se mirent à jouer
ensemble et à cabrioler avec une joie qui témoignait
de leur inconscience relativement à la haine de
leurs parents et à la catastrophe qui en résulta.

Les peaux furent dépliées, frottées de cendres,
et étendues sur des troncs où elles furent fixées
avec des épines de « fromager ». Au moment où
l'ingénieur s'apprêtait à terminer la dissection de
la tête, un fou rire échappa à Henri qui l'observait
curieusement.

— Oh! papa!... si tu savais... Comme il est
drôle, ton tamanoir, sais-tu à qui il ressemble?...
Tiens, maman, regarde... Si on lui mettait des
lunettes.

— Que veux-tu dire, mon petit espiègle ?

— Qu'il ressemble à mon professeur d'écriture,
M. Michaud...

Le gamin fut repris de plus belle par son rire
qui se communiqua à ses frères, et tous, jusqu'au

plus jeune, se mirent à crier : « C'est M. Michaud !... M. Michaud ! » Tant et si bien que le
nom de Michaud resta au petit tamanoir.

Quant au jeune jaguar, il fut à son tour bientôt
pourvu d'un état civil. Sa grande ressemblance
avec le chat, lui valut séance tenante le nom de
« *Cat* », qui lui fut donné par Henri.

CHAPITRE IX

L'homme des latitudes tempérées ne peut impunément habiter, sans acclimatation préalable,
ni le pays des frimas éternels, ni la zone que calcine
toujours le soleil de l'équateur. Tôt ou tard, la nature, un instant violentée, recouvre ses droits, et
de dangereuses perturbations organiques apportent
de trop fréquents et douloureux enseignements.
Si l'on devait pourtant établir une comparaison

entre les facilités que présente la rapide adaptation d'un tempérament européen à l'extrême chaleur ou au froid excessif, l'avantage serait incon-
testablement pour ce dernier.

Il n'est pas besoin de démontrer que l'Européen
supporte mieux le froid que la chaleur. Le froid
n'est pas un ennemi invincible. Une alimentation judicieuse, le vêtement, l'exercice, et enfin le
feu, servent à le combattre efficacement. Il importe, avant tout, d'empêcher la déperdition du
calorique et de favoriser l'emmagasinage de nouvelles provisions. La réalisation de ce double problème ne présente pas d'insurmontables difficultés,
d'autant plus que les zones froides sont généralement exemptes de miasmes.

La chaleur est, au contraire, un terrible ennemi. Comment, en effet, lutter contre cette température sous laquelle râlent et se tordent jour et
nuit les hommes et les animaux suffoqués ? Comment éviter les rayons de cet astre implacable
dont le contact tue aussi sûrement que la griffe
du fauve, ou la dent empoisonnée du reptile.

Le soleil est pour l'Européen un ennemi aussi
dangereux que la faim. S'il peut à l'occasion se
préserver des atteintes des animaux, triompher
des intempéries et vivre au milieu des miasmes, il
ne peut impunément braver le soleil. L'ombre,

quelle que soit son opacité, ne lui procure aucune fraîcheur. Il règne perpétuellement sous les grands arbres une température de serre chaude que ne traverse jamais la brise. La nuit est à peine moins brûlante que le jour, car la terre restitue, quand le soleil a disparu, tout le calorique absorbé. Le temps est-il couvert? La chaleur est plus suffocante encore et la radiation solaire plus dangereuse peut-être.

Alors le poumon, las d'aspirer toujours cet air brûlant, ne fonctionne plus qu'imparfaitement et avec une sorte de dégoût, comparable à celui qu'éprouverait un estomac contraint à une perpétuelle absorption d'eau chaude. A cette cause d'épuisement, il faut avant tout ajouter ces sueurs profuses dont rien ne saurait indiquer l'abondance. C'est un perpétuel écoulement en nappe qui s'étend de la racine des cheveux à la plante des pieds, et dans lequel le corps se trouve comme au milieu d'un bain continuel. Les vêtements sont littéralement trempés et susceptibles d'être tordus ; de la face et des mains s'échappent sans cesse de grosses gouttes, qui roulent sur la peau et ruissellent à terre.

Loin d'être, comme dans les pays froids, avantageux pour supporter le climat, un tempérament vigoureux augmente au contraire la somme de dangers. Toutes les maladies, la fièvre jaune en tête, s'abattront de préférence sur l'Européen doué d'une santé florissante. Mentionnons pour mémoire les furoncles et les anthrax dont il sera littéralement criblé, les fièvres à forme congestive qui le saisiront au moindre excès de fatigue, et aussi cette éruption tenace, douloureuse, qui se traduit par d'intolérables démangeaisons, bien connue aux colonies sous le nom de *bourbouilles*.

Les bourbouilles couvrent le corps tout entier, qu'ils envahissent comme une sorte de rougeole, ou mieux encore de « suette miliaire ». Ce sont des « sudamina » produits par la trop grande richesse du sang, et dont l'anémie seule ou le retour en Europe amènent la disparition. En somme, l'Européen ne peut se considérer comme acclimaté, que quand il n'a plus de forces, que quand l'anémie a pâli sa face, et que ses muscles, gorgés d'un sang généreux, ont perdu leur vigueur primitive.

Il faut, pour vivre sous l'équateur, se contenter de n'exister qu'à moitié et prendre, comme on dit là-bas, « le pas colonial ».

Aussi, quand il se plaint de toutes ces misères, l'homme de la métropole s'entend-il dire à chaque instant par les créoles, ou ceux qu'un long séjour a adaptés à cette énervante existence : « Oh ! c'est la richesse de votre sang qui cause tout cela. Attendez quelques mois. *Quand vous serez anémique, tout ira très bien* ».

Faut-il, après cela, s'étonner de la faible somme de travail produite aux colonies par les ouvriers, quand on songe que le désir de chacun est d'acquérir cet état d'anémie que l'on combat ici à grands renforts de toniques !

Un mot encore relativement aux insolations pour terminer ce rapide et bien incomplet tableau des difficultés de l'acclimatation. L'insolation, le vulgaire coup de soleil, presque toujours mortel en Cochinchine, est particulièrement dangereux en Guyane. Il n'est pas toujours foudroyant comme à Saïgon[1], mais les ravages qu'il opère ne sont guère moins terribles. Il ne faut pas oublier que l'exposition de la tête nue, au soleil de midi, pendant quinze à vingt-cinq secondes, peut amener une congestion *immédiate* et souvent *mortelle*.

Un chapeau de paille ou de feutre n'offre aucune

---

[1] En Cochinchine, les soldats sont consignés dans les casernes de neuf heures du matin à trois heures après-midi. Il leur est formellement interdit de traverser les cours, et même de se mettre aux fenêtres, ne fût-ce qu'une seconde, sous peine de prison. La retraite est sonnée à neuf heures du matin et le réveil à trois heures de l'après-midi. Ce luxe de précautions ne saurait être inutile, et l'on a vu trop souvent de malheureux imprudents tomber morts après quelques secondes d'oubli. L. B.

sécurité, au moins pendant les premiers mois de
séjour. Le parasol est indispensable. Un appar-
tement bien clos n'est pas toujours un abri suffisant. Un rayon de soleil, filtrant sournoisement
par une ouverture du volume du doigt, et tombant sur la tête nue, produit également une dangereuse insolation. Autant vaudrait être frappé
d'une balle. Ce n'est pas tout. N'allez pas croire
qu'un léger nuage, placé comme un écran devant
l'astre équatorial, soit un préservatif. Ce nuage
arrête les rayons lumineux, mais les rayons calo-
riques le traversent, en conservant leur implacable
et mortelle intensité. Il importe donc de se défendre à tout prix de ce contact, de dix heures à
deux heures. Aussi, les cités coloniales ressem-
blent-elles chaque jour, pendant ce laps de temps,
à de véritables nécropoles, avec leurs rues dé-
sertes, leurs maisons closes, leurs magasins hermétiquement fermés.

Enfin, il n'est pas jusqu'à la lune dont l'influence ne soit également pernicieuse. Aussi, le
chasseur, le mineur, le colon, le bûcheron ou le
marin évitent-ils avec un soin égal et l'ardent baiser de l'astre du jour et le pâle sourire de la reine
des nuits. De terribles ophtalmies sont la fatale
conséquence d'un oubli, et l'homme qui s'endort
sous un rayon de lune court grand risque de s'é-

veiller aveugle. Les nourrices et les mères de
famille connaissent bien cette particularité, et il
n'en est pas une qui consentirait à sortir avec un
bébé pendant la nuit, si l'enfant n'est abrité sous
un vaste parasol.

Les Robinsons de la Guyane, après avoir heureusement pourvu aux dangers de la faim et assuré
leur subsistance, payèrent leur tribut à cette cruelle
exigence de la première heure. Les enfants s'adap-
tèrent les premiers et avec une facilité relative.
Leurs souffrances furent moindres que celles de
leur mère. La pauvre vaillante femme perdit bientôt l'appétit. A son élégante pâleur de Parisienne,
succéda cette teinte grise, maladive, qui envahit,
quoi qu'elles fassent, le teint de toutes les Européennes. Les anthrax, après avoir douloureusement troué sa chair, laissèrent, comme témoignage
indestructible de leur passage, de nombreuses
cicatrices livides. Elle guérit, grâce à son indomp-
table énergie, grâce aux excellents soins dont elle
fut entourée, grâce aussi aux infaillibles prescrip-
tions de l'hygiène équatoriale et aux remèdes
créoles. Elle pouvait dorénavant braver les intempéries de la zone torride.

Le pauvre Nicolas subit de véritables tortures.
Le brave Parisien, robuste et sanguin comme un
fils de Bourguignon, était, bien malgré lui, réfrac-

taire à toute acclimatation. Les « bourbouilles »
le rongeaient, et comme il ne put, dans un moment
de fièvre, résister à la démangeaison, il se gratta
avec une telle fureur, qu'il contracta une maladie grave dont la guérison se fit longtemps
attendre. Pour comble de malheur, il fut un jour
frappé d'un accès aigu de fièvre paludéenne qui
faillit l'emporter. Il resta huit jours entiers entre
la vie et la mort.

Inutile de dire que Robin, familiarisé depuis
longtemps avec ce climat terrible, supportait admirablement sa nouvelle position. Le contentement
moral et le bonheur physique semblaient l'avoir
rajeuni de dix ans.

Il n'est pas, enfin, jusqu'au bon vieux Casimir
qui n'eût subi une complète métamorphose. Robin
lui avait dit autrefois que certains cas de lèpre
invétérée s'étaient spontanément guéris grâce à
un changement de climat et d'habitudes; son affirmation s'était pleinement réalisée. Le séjour dans
l'habitation située à mi-côte, parfaitement saine,
bien sèche, une vie active de grand air, et
aussi une abondante absorption de salseparcille,
l'avaient complètement guéri. Ses plaies s'étaient
cicatrisées, à peine si l'on apercevait encore quelques squammes blanchâtres aux points envahis
primitivement par ce mal horrible. Ses doigts

encore ankylosés n'avaient pas recouvré leur
élasticité première sa jambe était toujours éléphantiasique, mais, en somme, il n'était plus répu-
gnant comme avant, en dépit de l'inépuisable
bonté de son excellent cœur.

Aussi, fallait-il le voir, tontonner allègrement sur
sa jambe piédestal, autour des enfants qu'il adorait
et qui le lui rendaient bien, les initier à toutes les
subtilités de la vie sauvage, leur apprendre à ma-
nier les outils, à façonner le bois, à tresser les
joncs ou les lianes, à filer le coton, ou imiter les
cris des animaux de la forêt.

Les petits Robinsons étaient dignes d'un tel
maître. Mais, si d'une part, leur éducation matérielle ne laissait rien à désirer, leur instruction
morale avançait rapidement. Les livres manquaient, il est vrai, mais n'avaient-ils pas le grand
et superbe livre de la nature que leur père feuil-
letait sans cesse avec eux! Ce savant n'avait-il pas
tout ce qu'il fallait pour faire le meilleur professeur ! N'était-il pas merveilleusement secondé
par sa femme, cette admirable créature qui, à la
vaste érudition d'une incomparable institutrice,
joignait toutes les ingénieuses tendresses d'une
mère !

Aussi, la classe des Robinsons était-elle une
classe bien tenue. La discipline était parfaite et

les progrès étonnants. L'étude des langues vivantes
était activement poussée. On parlait couramment
le français, l'anglais et l'espagnol, sans compter
le cayennais, que les enfants patoisaient mieux
que père et mère, à la profonde jubilation de Casimir.

Les cahiers d'écriture... je dis les *cahiers d'écriture*, étaient superbes. Mais avant de continuer la
nomenclature des perfections de nos petits amis,
expliquons la façon dont à force de patience, de
travail et d'industrie, ils ont pu en moins d'une
année, obtenir de pareils résultats. C'était quelque
temps après l'adoption du jeune tamanoir et du
petit jaguar. Les deux orphelins s'étaient bien
vite attachés à leurs maîtres. *Cat* et *Michaud* gran-
dissaient. Ils manifestaient une vive intelligence
et se conduisaient fort bien.

Casimir revint un jour, en proie à une gaîté
folle. Il portait sur sa tête un énorme panier analogue aux cages servant dans les basses-cours à
l'élevage des poulets. Dans cette cage piaulait une
jeune famille de volatiles qui protestaient par leurs
cris plaintifs contre cette claustration arbitraire.
Ils étaient bien une douzaine, déjà gros comme
le poing. Leurs plumes claires, striées de noir et
de blanc, leur huppe encore rigide et leur bec à
peine teinté de jaune à la base, les faisaient re-

connaître pour de jeunes hoccos âgés d'environ un mois.

Le vieux noir tenait en outre, solidement amarré par les pattes, un magnifique oiseau de la taille d'un dindon, au plumage noir-bleu sur le dos, au ventre taché de blanc, casqué d'une belle aigrette frisée, pourvu d'un bec court, solide, légèrement aquilin comme celui d'un coq, et semblant enchassé dans une armature d'or.

L'arrivée du bonhomme, parti depuis plus de huit heures, fut saluée, comme toujours, d'une cordiale bienvenue. Robin, occupé à nouer les rabans d'un grand hamac, filé et tissé par sa femme, avec le coton recueilli les semaines précédentes, interrompit sa besogne, vint à sa rencontre et lui dit gaîment :

— Eh ! compé, tu as fait une bonne chasse ; que nous apportes-tu là ?

— Ça, pitis hoccos. Ça maman hocco.

— Mais, c'est un trésor ! C'est l'avenir de notre basse-cour. C'est du gibier, de la viande fraîche...

Les enfants et leur mère sortirent précipitamment de la case et vinrent féliciter Casimir, qui se rengorgeait fièrement.

— Une famille de hoccos, dit le proscrit à sa femme émerveillée. Voici des habitants pour ce grand enclos palissadé que nous avons eu tant de peine à élever dernièrement, et dont notre vieil ami pressait si fort l'achèvement.

— Ça même, répondit le noir enchanté. Mo trouvé nid, attendé maman hocco pondé. Attendé li couvé. Attendé so pitis fika bons bons, mo ké apporté li caba.

— Et, pendant ce temps, tu nous faisais bâtir un abri pour eux.

— Cela s'appelle acheter la corde avant le veau, interrompit Nicolas sentencieusement... Heureusement que le proverbe n'a pas eu les conséquences qu'on lui prête.

— Allons, dit Mme Robin, hâtons-nous vite de leur donner la liberté relative dont ils vont jouir près de nous. Retirons-les de leur cage, et mettons-les dans leur nouvelle demeure.

— Ne crains-tu pas que la mère ne cherche à s'échapper? demanda Henri.

— Je ne le crois pas, mon enfant. Le hocco s'apprivoise très facilement, à la condition de ne pas être enfermé dans un réduit trop étroit. Il s'attache volontiers, va, vient familièrement, fait de longues échappées en forêt, et rentre généralement à l'habitation.

« Et d'ailleurs, cette pauvre mère ne cherchera pas à abandonner ses petits.

— Le bel oiseau ! répétait à satiété Nicolas. Il

pèse au moins quatre kilogrammes. Est-ce bon
à manger?

— Gourmand! le bifteck de hocco est peut-être
le meilleur mets de la zone torride.

— Ça se mange en biftecks? un oiseau...

— Oui, Nicolas; en biftecks. Le poitrail est à ce
point charnu, que l'on peut facilement prendre
dans le sens de la largeur une dizaine de biftecks
succulents auxquels nulle chair n'est comparable.

Les petits, qui venaient d'être lâchés dans l'enclos, se disputaient avidement quelques graines,
lancées à la volée par les enfants, et couraient, le
cou tendu, à la recherche de morceaux de cassave
dont ils se montraient très friands. La mère, encore
épeurée, secouait ses aîles, trottait dans l'enceinte,
et poussait des cris sourds qu'on eût dit arrachés du
gosier d'un ventriloque.

La pauvre bête ne tenta pas pourtant de franchir
la palissade. Elle se rassura peu à peu en voyant la
confiance de ses petits, et se hasarda même à pico-
rer aussi, avec de grands gestes déhanchés, encore
un peu craintifs, mais exempts d'effarement.

— Oh! papa, on dirait qu'elle nous connaît déjà,
fit Edmond. Est-ce que nous pourrons l'approcher
bientôt?

— Dans deux ou trois jours elle viendra manger
dans ta main, mon enfant. Ce bel oiseau est telle-

ment doux, confiant et paisible, que sa domestica-
tion s'opère presque du jour au lendemain.

« Ces qualités si rares chez un animal absolument
sauvage, et qui se trouve seulement sous notre latitude, lui ont même fait attribuer par certains auteurs une injuste réputation de stupidité.

« Il semble, dit Buffon, s'oublier lui-même et
s'intéresser à peine à sa propre existence. On dirait
qu'il ne voit point le danger, ou du moins qu'il ne
fait rien pour l'éviter. Il est complètement inoffensif; sa douceur, ou plutôt son indolence est telle,
qu'il songe à peine à fuir, lors même que quelques-
uns de ses compagnons viennent d'être atteints par
le plomb des chasseurs. Il se sauve d'arbre en arbre
et semble à peine avoir conscience du péril qui le
menace. Aublet en a tué jusqu'à neuf de la même
bande avec le même fusil qu'il rechargea autant
de fois qu'il fut nécessaire.

« Toutefois, la présence souvent répétée d'un
ennemi peut changer ce naturel et le rendre inquiet,
farouche et ombrageux. »

— Comme tu disais tout à l'heure, père, on l'a
calomnié, dit Henri qui écoutait toujours avec la
plus grande attention les leçons du proscrit. Il ne
s'en suit pas forcément qu'il soit stupide parce qu'il
est bon.

— Tu as absolument raison, mon cher fils. Vous

avez tous remarqué, d'ailleurs, que les animaux
vivant à l'état sauvage aux environs de l'habitation, voyant que nous ne leur faisons aucun mal,
se sont peu à peu rapprochés, au point de venir
familièrement nous rendre de fréquentes visites.

« Voyez cette colonie de cassiques, dont les nids
pendent à cent mètres à peine d'ici, comme de longues bourses à l'extrémité des branches de ce grand
« bâche »; et ces agoutis, ordinairement si craintifs,
qui s'ébattent chaque jour dans les patates, les
petits effrontés ; et ces perroquets jaseurs, ces aras
criards, qui viennent chanter, siffler, jacasser jusque
sur la toiture de la maison. Il n'est pas jusqu'aux
singes, qui ne s'enhardissent jusqu'à cabrioler au
milieu de nous, sans la moindre appréhension.

« Nous allons donc élever ces jeunes hoccos,
leur donner à manger, puis quand ils seront plus
forts, ils iront où bon leur semblera ; et, soyez tranquilles, ils reviendront fidèlement chaque soir.

— Ici!... *Cat!*... Ici, monsieur ! cria tout à coup
Henri, en voyant le jaguar, qui avait atteint déjà la
taille d'un gros chien, se glisser hypocritement le
long de la palissade, au grand effroi de la mère des
hoccos.

— Tu vois bien que sa réputation de stupidité
est une calomnie. La pauvre bête n'ignore pas le
danger, au contraire.

Et comme *Cat* n'obtempérait pas assez vite aux ordres de son jeune maître, et qu'il mordillait à belles dents la palissade, un coup d'une fine baguette, appliqué à tour de bras par l'enfant, lui fit bientôt prendre la fuite.

C'est sur ces entrefaites que Robin parvint à suppléer au manque d'une substance bien indispensable, et qu'il désespérait jusqu'alors de pouvoir se procurer. S'il ne négligeait aucune occasion d'instruire les enfants, et de grouper, au fur et à mesure que se développait leur intelligence, de nouvelles connaissances autour des anciennes, il était désolé de ne pouvoir les faire lire et écrire.

Bien des années se passeraient encore avant que ses fils pussent prendre une part active aux travaux de la colonie, et il importait de ne pas laisser passer ce temps, après lequel il est si difficile de se rompre au maniement de la plume et à la gymnastique de la lecture.

Ses tentatives avaient été jusqu'alors infructueuses. C'est, comme le disait avec chagrin Nicolas, que les rames de papier ne poussent pas aux arbres ; ce en quoi il se trompait grossièrement d'ailleurs. Les essais continuaient toujours vainement, quand une fantaisie du Parisien fut l'occasion d'une véritable trouvaille.

Nicolas était jadis un fumeur enragé. Le pauvre

garçon avait été contraint de renoncer à sa passion favorite, depuis le moment où il avait dit adieu au *Tropic-Bird*. Il aurait donné un de ses doigts pour un simple paquet de caporal ou une douzaine de cigares à un sou.

Casimir, heureux d'être agréable à compé Nicolas, avait promis de se mettre en quête de tabac. Dans les abatis des noirs ou des Indiens, un coin quelconque est toujours réservé à cette plante, pour laquelle ils éprouvent une passion non moins vive que les Européens. Il était à supposer que la Bonne-Mère dût en posséder. Les recherches du vieillard furent longues, mais elles obtinrent un succès complet, grâce à son inaltérable patience. Un beau matin, Nicolas ravi, reçut un paquet de cigarettes, longues de près de trente centimètres, composées chacune d'une feuille de tabac bien sèche, et roulée à la manière indienne dans une substance mince, tenace, solide et d'une belle couleur cannelle.

Le Parisien, après un remerciement dont les fumeurs comprendront sans peine la vivacité, s'entoura d'un nuage odorant. Robin prit une cigarette, et l'examina curieusement. La vue de l'enveloppe remplaçant le papier lui suggéra l'idée de l'appliquer à un tout autre emploi.

— Qu'est-ce que cela? demanda-t-il au noir.

— Ça, écorce mahot, répondit-il.

— Où l'as-tu trouvé?

— Là-bas. Côté champ manioc.

— Viens avec moi. Nous allons en chercher une provision.

Après une demi-heure de marche, les deux hommes se trouvaient devant un bouquet de beaux arbres, aux immenses feuilles, vertes en dessus, pâles en dessous, et couvertes d'un léger duvet roussâtre. Ils portaient des fleurs blanches et jaunes ; pour fruits de longues capsules cannelées, jaunes, renfermant des graines blanchâtres, entourées d'un duvet analogue à celui des feuilles. Leur écorce, fine, lisse, de la nuance des cigarettes de Nicolas, ne présentait aucune aspérité.

L'ingénieur reconnut en effet le *mahot franc*, un arbre voisin des cotonniers, employé aux colonies à de multiples usages. Son bois tendre, blanc, léger, facile à fendre, est excellent pour allumer du feu par le frottement. Il flotte comme le liège. Son écorce fibreuse, très résistante, coupée en lanière, sert à faire d'excellentes cordes, absolument imputrescibles, et aussi à calfater les pirogues. Enfin, les riverains de certains fleuves de la zone équinoxiale fabriquent avec son liber [1], des hamacs, des filets, etc.

---

[1] Le *liber* est la partie intérieure et vivante de l'écorce. Il se compose de minces couches superposées.

Le génie inventif du proscrit allait donner une autre destination à cette partie de la substance corticale. Sans perdre une minute, il en détacha de larges morceaux, et décolla en quelque sorte une quinzaine de minces plaques concentriques, avec la même facilité qu'il eût séparé les feuillets d'un livre mouillé. Cette manœuvre s'opéra sans déchirures et avec une grande rapidité.

—Je tiens mon papier ! s'écria-t-il joyeux. Pourvu qu'il ne « boive » pas quand il sera sec.

Casimir ne savait pas ce que cela signifiait. Il comprit seulement que son ami voulait des feuilles sèches. Il lui en montra plusieurs qu'il avait mises de côté, sous des lambeaux d'écorce, et qui, en séchant à l'ombre, étaient bien planes, sans la moindre gerçure.

— L'encre sera facile à trouver. Un peu de *mani*; mieux encore, du suc de *génipa*. Quant aux plumes, le hocco va m'en fournir.

Ils revinrent à l'habitation, et l'heureux père, sans dire un mot de sa découverte, se dirigea vers l'enclos palissadé dans lequel s'ébattait depuis une semaine la petite famille des hoccos.

Il retint à grand'peine un cri de colère et de douleur, à la vue des petits blottis effarés dans un coin, et de la mère déchirée en lambeaux, dont le cadavre n'était plus qu'une masse informe

de chairs pantelantes, mêlées à des plumes froissées.

Au bruit de ses pas, le jaguar, les lèvres rouges,
s'enfuit la queue basse, comme s'il avait conscience de son méfait, et disparut par une large
ouverture pratiquée dans la palissade.

L'ingénieur ne voulut pas attrister les enfants en
leur racontant l'incartade de leur favori, auquel il
se promit d'administrer en temps et lieu une solide
correction. Le jour allait avant peu finir, il remit
au lendemain l'annonce de la mauvaise nouvelle,
ramassa quelques plumes de la pauvre défunte
mère, répara la palissade et pénétra dans la case.

— Mes chéris, dit-il, soyez heureux. Voici du papier, des plumes et de l'encre. Nous allons tenter un
essai, qui, j'ai tout lieu de le croire, sera couronné
de succès.

Il tailla sans plus tarder une des plumes, à l'aide
d'un petit canif de toilette que sa femme avait
apporté par hasard et dont on prenait un soin mi-
nutieux. Quelques gouttes de suc de génipa noircis-
saient au fond d'une écuelle de terre. Il y trempa
la plume, puis d'une écriture ferme, bien arrondie,
semblable à celle des vieux parchemins, traça en
quelques lignes la monographie du *mahot franc* et
raconta l'origine du nouveau papier.

Ce ne fut pas sans une vive émotion qu'il passa

19.

la feuille à son fils Henri, qui lut comme de l'imprimé le manuscrit, à la grande joie de ses frères et de sa mère. Cette découverte avait pour les Robinsons de la Guyane une importance capitale. Le proscrit avait jusqu'à ce jour appréhendé l'ignorance pour ses fils. La pensée qu'ils ne seraient peut-être que de petits sauvages blancs avait souvent attristé son esprit. Quelle que soit en outre la grande utilité pratique des études orales, rien ne peut remplacer pour de très jeunes enfants les leçons écrites. L'étude de l'arithmétique, des mathématiques, et de la géographie entre autres, serait absolument impossible sans elles.

Aussi, tous les membres de la colonie, grands et petits, voulurent-ils, à tour de rôle, écrire quelques mots sur ces belles feuilles, dont la couleur fauve s'harmonisait si bien avec la teinte marron foncé de l' « encre » de génipa. Chacun eût désiré avoir une plume et barbouiller à son aise. La manifestation de ce désir rappela au proscrit la fin malheureuse de la pauvre mère des hoccos. *Cat* n'avait pas reparu, espérant sans doute qu'après avoir passé la nuit à la belle étoile, le souvenir de sa méchante action serait oublié. Le féroce gourmand se trompait ; car Henri, indigné au récit de son méfait, se jura de lui administrer concurremment avec son père, la volée que celui-ci lui avait promise et dont le souvenir ne s'effacerait pas de longtemps.

L'acte de voracité du jaguar pouvait aussi porter un grave préjudice à l'élevage des poussins, trop jeunes encore pour se passer de leur mère. Mme Robin, surtout, était d'autant plus inquiète, que des grains abondants, précurseurs de la saison des pluies, tombaient plusieurs fois par jour.

Le lendemain, chacun fut sur pied dès l'aube. La porte était à peine ouverte qu'un cri sonore, semblable à un appel de cor de chasse, retentit à quelques pas de la case, dans la direction de l'enclos.

— Qu'est-ce encore? s'écria Robin en saisissant son fusil, chose qu'il ne faisait que dans les grandes occasions.

Casimir sortit clopin-clopant, et rentra en riant à se tordre.

— Laissez-ça fusil là, compé. Ou qu'à vini côté pitits hoccos. Oh! mi maman!... Ça bien drôle!... Mo content.

Au moment où ils arrivent à la palissade, un spectacle original s'offre en effet à leurs regards. Un bel oiseau de la taille d'un gros coq, mais monté sur de longues jambes, s'avance gravement au milieu des jeunes hoccos, les surveille d'un œil vigilant, les groupe autour de lui, gratte la terre, fouille les herbes, et cherche à découvrir pour eux

des graines ou des larves. Leur mère n'eût pas
témoigné plus de zèle ni plus d'attentions. De temps
en temps, il se dresse sur ses ergots, et lance son
vibrant appel. Il porte haut sa belle tête intelli-
gente, au long bec aquilin, et couverte d'un fin
duvet court et légèrement crépu. Son plumage,
d'un beau noir sur le cou, les ailes et le ventre, a des
reflets irisés. Une bande d'un rouge ocreux, qui
tranche sur ce fond noir, l'entoure comme une
ceinture, passe sur le dos qu'elle sépare en deux
parties à peu près égales, et sur les ailes, dont les
« petites couvertures [1] » se dorent d'un fauve éclatant.

Il ne semble aucunement gêné de la présence
des nouveaux arrivants, que son manège intéresse
vivement. On lui jette des graines et du couac, et,
loin de se précipiter goulûment, il appelle les poussins avec ces petits gloussements affectueux habituels aux poules mères.

— Ça, *agami*. Bon z'oiseau. Camarade à tout'-
mouns.

— Oh ! je le reconnais parfaitement. Depuis quelque temps, je le vois tourner autour de l'habitation.

---

[1] Les plumes qui naissent au bord supérieur de l'aile, soit
en dessous, soit en dessus, se nomment *tectrices* ou *couvertures*. Elles sont, par conséquent, divisées en *supérieures* et
inférieures. Ces dernières se divisent à leur tour en couvertures *petites*, *moyennes* et *grandes*.

Je pensais bien qu'un jour ou l'autre il se rapprocherait de nous.

— Quel bonheur! s'écrie le petit Eugène, qui adore les oiseaux.

« Est-ce qu'il va rester ici?

— Oui, mon enfant. Il ne quittera plus ces jeunes orphelins, qu'il a adoptés déjà et auxquels il témoigne un amour de mère.

— Qu'il est beau! reprit l'enfant.

— Il est aussi bon que beau, et il n'existe peut-être pas d'animal aussi affectueux que lui. Croiriez-vous, mes chéris, que non seulement il sait reconnaître celui qui le soigne et se prend pour lui d'une vive affection, mais encore il obéit à sa voix, répond à ses caresses, et en sollicite de nouvelles, jusqu'à l'importunité! Il fête sa présence par des transports de joie, devient triste quand il le voit partir, et accueille son retour par des bonds et des battements d'ailes.

« Il est très constant dans ses affections. S'il est libre de son attachement, il le donne à celui qui lui témoigne le premier de la bienveillance.

— Papa, interrompit Eugène, veux-tu me le donner? Je l'aimerai beaucoup et il m'aimera aussi. Il ne connaît encore personne. Je voudrais le voir s'attacher à moi.

— Accordé, mon cher fils. Ton frère Henri possède un jaguar. Edmond un tamanoir, à toi l'agami. Tu ne seras pas le plus mal partagé sous le rapport de l'amitié, au contraire.

« Quand les hoccos devenus grands n'auront plus besoin de ses soins, il te suivra partout comme un chien.

— Mais, demanda Mme Robin, est-ce qu'il se comporte toujours ainsi vis-à-vis des animaux de basse-cour ?

— Je le crois volontiers. On lui accorde l'intelligence des chiens de berger. Il exerce sur les volatiles domestiques le même empire, la même surveillance que les chiens sur les moutons.

L'agami lançait de temps en temps son cri, qui devait s'entendre fort loin. Cri bizarre qu'il pousse sans ouvrir le bec, et qui lui a valu le nom d'*oiseau-trompette* chez les créoles. Il accueillit d'une façon particulièrement affectueuse les avances d'Eugène ; il s'enhardit bientôt, et vint, à la grande joie de la famille, prendre dans la main du petit homme les morceaux de cassave que celui-ci lui tendait.

— Maintenant, c'est fini, dit la mère à son fils enchanté : vous voilà amis pour la vie.

— Te rappelles-tu bien, Henri, tout ce que j'ai raconté sur l'agami? demanda Robin.

— Oui père, je me rappelle tout... Je devine ce que tu vas me dire.

— Parle, mon cher petit devin.

— Puisque nous avons de quoi écrire, tu désires que je rédige la leçon que tu viens de nous faire.

— ... Et que tu l'enseignes ensuite à tes frères, termina l'heureux père en l'embrassant.

L'épilogue de cette aventure fut une rude correction appliquée, près de l'enclos, sur l'échine de *Cat*, par la main vigoureuse de Robin. Le jaguar, honteux comme un renard qu'une poule aurait pris, n'approcha plus de longtemps l'enceinte au milieu de laquelle grandirent sous la surveillance de l'agami les jeunes hoccos, qui, parvenus à l'âge adulte, ne quittèrent plus l'habitation.

Peu à peu, les oiseaux et les quadrupèdes sauvages, enhardis par l'exemple, se rapprochaient et vivaient dans une demi-familiarité avec les Robinsons, qui semblaient véritablement les rois de cet Eden. L'abatis, au lieu d'être déserté par les habitants de la forêt qui fuient toujours l'homme aux instincts destructeurs, semblait un lieu de réunion où venaient fraternellement s'ébattre les êtres les plus disparates. La plantation, qui aurait largement suffi à nourrir trente familles, alimentait aussi les animaux. Rien n'était touchant et gracieux tout à la fois, comme la vue de cette colonie dont

tous les membres semblaient goûter un bonheur si
vaillamment conquis.

Une légère tache obscurcissait pourtant l'horizon
de l'un deux. La joie du petit Charles n'était pas
complète. Ses trois frères avaient chacun un compagnon qui était sa propriété exclusive. Charles
n'ambitionnait pas un jaguar, ni un fourmilier, ni
même un agami, mais il voulait un singe. Les sapajous, les macaques, les tamarins, les coatas, les
alouates eux-mêmes, venaient bien de temps en
temps exécuter, à quelques pas de la maison,
leurs fantastiques cabrioles, mais ils ne se laissaient
jamais toucher, et le petit Charles était désolé.

A cent mètres environ de la case, un bâche colossal dressait, on se le rappelle, ses palmes admirables, à l'extrémité desquelles un clan de cassiques
avait élu domicile. Ces oiseaux, de la grosseur de
notre loriot de France, jaunes comme lui, avec les
ailes et la tête noires, ont l'habitude de vivre en
nombreuse compagnie. Ils construisent sur le même
arbre, quinze, vingt, trente nids, extrêmement
curieux, semblables à de longues bourses, pourvus
d'une ouverture latérale, et suspendus par quelques
joncs à l'extrême pointe des feuilles. Si, d'une part,
ces poches, longues d'un mètre et larges à la base
de près de trente centimètres, ont un aspect original, elles offrent d'autre part un abri des plus sûrs

à l'intelligent volatile qui les bâtit. Il n'est pas en effet de rôdeur si petit qu'il soit, rat-palmiste, ou sapajou, en quête d'œufs frais, qui pourrait s'aventurer à l'extrémité des folioles ténues auxquelles sont amarrées par des fils plus ténus encore ces habitations aériennes.

Pour plus de sûreté encore, les cassiques accrochent toujours leur nid à des arbres sur lesquels les *mouches à dague*, ces terribles guêpes de la Guyane, ont élu domicile. Ces hyménoptères sont appelées aussi « mouches-carton », à cause de la substance semblable à du carton qui leur sert à bâtir leur nid et qu'elles tirent de fibres végétales agglutinées avec une sorte de gomme qu'elles sécrètent. Ce nid, qui a souvent plus de quarante centimètres de diamètre, est percé d'une seule entrée, pouvant livrer passage à une seule mouche. Chose curieuse, les « mouches à dague », et les cassiques vivent en parfaite intelligence, et, loin de s'attaquer jamais, s'unissent pour repousser leurs mutuels ennemis.

Le bâche de l'habitation de la Bonne-Mère avait donc aussi son nid de mouches à dague. Un beau matin, un joli macaque fort friand de ces mouches, s'avisa de leur déclarer la guerre. C'était avant le lever du soleil. Les insectes encore endormis allaient bientôt sortir. En dépit des clameurs assourdissantes des cassiques, le macaque s'installa com-

modément près du nid, posa son petit à cheval sur
ses épaules, et attendit leur réveil. Comme il ne
voyait rien venir, notre gourmand s'impatienta,
frappa de sa main gauche quelques coups secs sur
la paroi sonore du nid, pendant qu'il appliquait
l'index de son autre main sur l'ouverture.

Un léger bourdonnement l'avertit que la colonie
s'éveillait; il retira son doigt, une mouche montra
la tête... crac, les deux petits doigts noirs saisirent
l'insecte au passage, écrasèrent son abdomen, l'aiguillon surgit inoffensif, et la mouche fut incontinent croquée avec une superbe grimace de contentement. Une seconde suivit et eut le même sort,
puis une troisième, et ainsi de suite indéfiniment.
Comme la sortie des guêpes pouvait devenir plus
rapide que leur absorption par le quadrumane, il
régularisait cette sortie en bouchant l'ouverture
avec le doigt de la main gauche, pendant que la
droite opérait sans relâche le transport du nid à sa
bouche. Ce mouvement bi-automatique s'accomplissait avec une régularité mécanique depuis près
d'une demi-heure, sans une seule hésitation. L'enragé gourmand n'en avait jamais assez, il croquait
toujours et semblait vouloir continuer indéfiniment,
au grand désespoir d'un de ses congénères qui
s'était avancé sans bruit, et contemplait d'un œil
d'envie ce régal auquel il ne pouvait prendre part.

Le premier arrivant semblait ne pas vouloir
quitter la place, et la conquête en était trop difficile pour être tentée de vive force. Si le petit doigt
obturateur était en retard d'une demi-seconde, les
deux singes auraient aussitôt à leurs trousses un
essaim de guêpes irritées dont les piqûres sont horriblement douloureuses, et souvent mortelles pour
les animaux de moyenne taille.

De guerre lasse enfin, le nouveau venu parut
renoncer à toute compétition. Il monta sans bruit
au haut du bâche, s'accrocha par la queue, la tête
en bas, et se balança pendant quelques minutes
avec frénésie. Bien que cette position n'ait en soi
rien de méditatif, elle avait sans doute fait affluer
les idées dans le cerveau du macaque. Il avisa un
gros régime de fruits mûrs, pesant ensemble plus
de vingt livres, accroché à deux mètres au-dessus
de l'amateur de mouches à dague. Il mesura de
l'œil la distance le séparant du sol, pouffa de rire,
se gratta, puis se mit sans plus tarder à ronger à
belles dents le pédoncule charnu qui pliait à se
rompre, et qui dégringola bientôt avec fracas,
entraînant pêle-mêle la moitié du nid, et le petit
égoïste qui s'aplatit sur le sol, l'échine rompue.

L'auteur de cette farce lugubre, ravi de son
escapade, comptait bien se mettre en quelques
secondes à l'abri de l'aiguillon des mouches irri-

tées. Il avait compté sans les cassiques. Ceux-ci, à la vue de l'attentat dont leurs alliées venaient d'être victimes, redoublèrent de cris, en formant un cercle menaçant. C'est en vain qu'il bondissait de branche en branche, et cherchait à s'éloigner ; les mouches, guidées par les oiseaux, se jetèrent sur lui, le lardèrent à qui mieux mieux, jusqu'à ce que, gonflé comme une outre, il vint en tombant s'écraser sur une racine.

Les Robinsons avaient assisté à ce petit drame aérien qui les avait vivement intéressés. Casimir, sans prononcer un mot, s'était avancé doucement, sans faire de grands mouvements, dans la crainte d'attirer l'attention des guêpes occupées à réparer déjà les désastres de leur habitation. Il prit le cadavre du macaque étroitement enlacé par le petit et le rapporta triomphalement à la case.

Charles n'avait plus rien à envier à ses frères, son souhait était exaucé, il possédait son singe.

. . . .

. . . .

Une année s'est écoulée, avons-nous dit, depuis le moment où la vaillante famille du proscrit a pu rejoindre son chef. La saison des pluies vient de commencer. Grâce à leur activité prodigieuse, les Robinsons de la Guyane peuvent braver la faim et résister aux intempéries. La case commune est en parfait état. Les provisions de toutes sortes sont emmagasinées dans de vastes abris bien couverts et parfaitement aérés. Une toiture a été adaptée à un coin de la basse-cour. L'élevage des hoccos a fait merveille. Des marayes *(penelope leucolophos)*, des perdrix grand-bois *(letrao montanus)*, aussi grosses qu'un dindon, des toccros *(letrao guyanensis)*, des varraquâs, des pintades, se sont joints à eux, et vivent tous en parfaite intelligence.

Un certain nombre de tortues de terre, appelées par Casimir « *tôti-la-té* », savoureux potages de l'avenir, sont parquées près de la basse-cour, en compagnie de jeunes pécaris que leur mère allaite encore. La vie matérielle est donc assurée.

Pendant cette énervante saison de l'hivernage, les distractions de toute sorte ne manqueront pas aux membres de la colonie. La garde-robe a besoin d'être renouvelée. Aussi, une ample provision de coton a-t-elle été recueillie en temps et lieu. Un métier à tisser, très simple, bien rudimentaire, suffisant en somme, a été installé par Robin et Nicolas. Il fonctionne d'une manière convenable et donne une étoffe excellente. Chacun, sauf Casimir qui marche pieds nus, est pourvu de chaussures souples, légères, et très commodes, analogues aux mocassins des Indiens de l'Amérique du Nord. Le salacco restera, sauf modifications ultérieures, la coiffure obligatoire. Les fibres d'arouma en forment la matière première.

Enfin, une grande quantité de papier-mahot, bien sec, bien luisant, est à la disposition de tous. Ces longues journées de pluie ne seront pas stériles. L'esprit des enfants se développe à merveille. Les *Robinsons de la Guyane* ne seront pas de petits sauvages. Ils feront honneur aux FRANÇAIS DE L'ÉQUATEUR !

FIN DU *TIGRE BLANC* ‹

‹ L'épisode qui fera suite au *Tigre Blanc* aura pour titre : LE SECRET DE L'OR.

TABLE DES MATIÈRES

CHAPITRE VI

CHAPITRE VII

CHAPITRE VIII

CHAPITRE IX

Évreux, Ch. Hérissey, imp.